UMA VONTADE LOUCA DE DANÇAR

Élie Wiesel
Prêmio Nobel da Paz

UMA VONTADE LOUCA DE DANÇAR

romance

2ª EDIÇÃO

Tradução
Jorge Bastos

Copyright © Editions du Seuil, 2006

Título original: *Un Désir Fou de Danser*

Capa: Victor Burton
Foto de capa: Patrik Giardino/CORBIS/LatinStock

Editoração: DFL

2009
Impresso no Brasil
Printed in Brazil

CIP-Brasil. Catalogação-na-fonte
Sindicato Nacional dos Editores de Livros, RJ

	Wiesel, Élie, 1928-
W647v	Uma vontade louca de dançar: romance/Élie Wiesel; tradução Jorge
2ª ed.	Bastos. – 2ª ed. – Rio de Janeiro: Bertrand Brasil, 2009.
	308p.
	Tradução de: Un désir fou de danser
	ISBN 978-85-286-1351-3
	I. Literatura romena. I. Bastos, Jorge. II. Título.
	CDD – 859
08-3657	CDU – 821.133.1 (498)

Todos os direitos reservados pela:
EDITORA BERTRAND BRASIL LTDA.
Rua Argentina, 171 – 1º andar – São Cristóvão
20921-380 – Rio de Janeiro – RJ
Tel.: (0xx21) 2585-2070 – Fax: (0xx21) 2585-2087

Não é permitida a reprodução total ou parcial desta obra, por quaisquer
meios, sem a prévia autorização por escrito da Editora.

Atendemos pelo Reembolso Postal.

Para Eliahu
filho de Elisha
filho de Eliézer
filho de Shlomo
filho de Eliézer

Arbaa nikhnessu lepardés: eram quatro sábios a penetrar o pomar do conhecimento secreto. O filho de Azzaï olhou e perdeu a vida. O filho de Zoma olhou e perdeu o juízo. Elisha, filho de Abouya, olhou e perdeu a fé. Somente o rabi Akiba entrou em paz e saiu em paz.

O Talmude, em Tratado Khagiga.

Por que dizes, jovem amigo, que a felicidade não existe? Que o amor não passa de ilusão? Mesmo que seja verdade, por que dizer? E por que dizer, já que é verdade?

Outrora, amaste uma mulher graciosa e bela que vivia do outro lado dos oceanos e das montanhas. E sofrias com isso.

Pois bem, naquele longínquo Oriente, onde esperava dividir momentos privilegiados contigo, ela permanece graciosa e bela. Com a cabeça recostada, sorrindo, te espera. E toda vez que o meu olhar cruza o seu, sei que o amor causa loucura e felicidade.

Paritus o Zarolho, em sua "Mensagem a um aluno que tem medo de envelhecer".

Capítulo 1

Ela tem olhos escuros e um sorriso de criança assustada. Procurei-a a vida inteira. Foi ela quem me salvou da morte muda que caracteriza a resignação à solidão? E também da loucura em fase terminal — é exatamente o que digo, terminal —, como se fala de um câncer incurável? Sim, dessa loucura que pode servir de abrigo, ou até mesmo de salvação?

É dela, da loucura, que vou falar, da loucura carregada de lembranças e que tem olhos como todo mundo; mas, na minha história, eles são como os de uma criança sorridente tremendo de medo.

Podem me perguntar: Um louco que sabe que é louco de fato é? Ou então: Em um mundo louco, o louco consciente da sua loucura não é o único a ter o espírito são? Mas não vamos correr demais: Se vocês tivessem que descrever um louco, como o evocariam? Um estranho com cara de pedra? Sorrindo, mas sem alegria, os nervos à flor da pele; quando ele entra em transe, seus membros se agitam, todos os seus pensamentos se atropelam; ele sente descargas elétricas, muitas vezes, não no cérebro, mas na alma. Esse retrato lhes convém? Prossigamos: Como falar da loucura senão utilizando uma linguagem reservada àqueles que a trazem em si? Se eu lhes disser que cada um de nós, doente ou saudável, tem uma parte escondida, uma zona secreta que se abre para a loucura? Um passo em falso, uma jogada infeliz do destino bastam para um escorregão ou um tombo que nos tiram qualquer esperança de nos levantarmos. Enganos por pura distração, lapsos da memória ou erros de avaliação podem provocar uma série de quedas. Impossível, então, se fazer compreender por aquela que chamamos, meio inadequadamente, de alma irmã. Se vocês não admitirem isso, para mim é grave, mas não devem me lamentar. As lágrimas, às vezes, escavam seus sulcos, mas nunca profundamente, ou pelo menos não demais.

É isso que, de início, vocês devem saber.

Dito isso, já que quero contar tudo a vocês, lembrem-se de que contarei esta história sem me preocupar com a cronologia. Ela vai fazer com que descubram épocas e lugares múltiplos, de maneira desordenada. O que vocês querem? O tempo do louco nem sempre é o do homem dito normal.

Pronto, vamos começar essa narrativa a partir de cinco anos atrás, no consultório de Thérèse Goldschmidt, uma curandeira da alma que, bem paga — contarei mais adiante como —, pretendia, com a ajuda de seu imenso saber, me empurrar para as obscuras profundezas do conhecimento de meu ego para me ajudar a conviver comigo mesmo sem o meu *dibuk*. Mas tudo isso é uma hipótese à qual pretendo voltar.

Mais adiante, falarei de Thérèse a vocês, falarei muito dela. A inevitável, incontornável Thérèse. Foi ela que me fez falar. É a sua profissão. Passa a vida a sondar o inconsciente — cofre forte e lata de lixo do saber e daquilo que se viveu, esses arquivos subterrâneos que se devem e se podem decriptar —, fazendo perguntas infantis ou malucas. E, no meu caso, perguntas assim não exigem respostas, mas histórias.

Por que se zomba dos loucos? Porque eles perturbam? Molière não ridicularizou o doente imaginário? O homem que se crê doente não precisa de cuidados?

Uma Vontade Louca de Dançar 〜⊘〜 11

Estou saindo dos trilhos? Não acho que esteja sendo totalmente irracional. Ser louco é estar doente? Pode-se falar de um espírito gangrenado, de um pensamento maltratado até a morte, de uma alma mutilada, maldita? Pode-se enlouquecer na felicidade, como se enlouquece na desgraça? Pode-se abraçar a loucura como se abraça a religião ou a poesia? Pode-se entrar nela, pé ante pé, sorrateiro, prendendo a respiração, como que para não incomodar algum demônio secreto, disfarçado na ausência ou na ascese? Às vezes, tenho medo de fechar os olhos: vejo um mundo irreal, com seus desaparecidos. Torno a abri-los; o medo não foi embora. A loucura talvez seja uma sensação pregnante de futilidade: como no castelo de Franz K., diante da porta fechada, do lado de fora, espera-se o que já aconteceu e que, paradoxalmente, acontecerá tarde demais. Sou demente? Thérèse me diria. A palavra incomoda vocês? Preferem que não a empregue mais? Tenho outras à disposição: desregulado, desequilibrado, inconsciente, desestabilizado, doido, lelé, pirado, insensato, inadaptado, retardado, abobado. Sou paranóico, esquizofrênico, histérico, neurótico? Sofrendo de algum banal complexo de inferioridade ou de culpa que um simples antidepressivo pudesse curar? É possível. Culpado por ter livremente abusado de minha liberdade? Ou simplesmente por ter vivido uma vida que não era a minha, sucumbindo, ao mesmo tempo, à tortura de um desespero demasiado vago e de uma esperança demasiado transparente? Ou seja, por ter sobrevivido graças à minha loucura, em suas fases diversas e em suas profundezas tenebrosas? Mas quem garante que culpa e loucura sejam ou não sejam compatíveis? E quem decidiria que não posso ter o direito, simultaneamente, à loucura *e* ao desespero? E que os loucos são humanamente irrecuperáveis, portanto, desesperadamente condenados, exceto no campo privilegiado da arte? Van Gogh, antes de morrer, murmurou: "A tristeza vai durar sempre." A tristeza? Não. A duração da loucura é bem maior. Tolstói dizia que pensar no futuro é o início da loucura, mas Maimônides declarou que o mundo será salvo pelos loucos. Qual dos dois conseguiria me levar a uma outra realidade?

Pensei: Thérèse vai me ajudar, vai me salvar. Ela tem um diploma. É o seu trabalho, sua finalidade, sua missão. Salvar pela escuta, pela palavra. Abrir portas. Esmiuçar as trevas. Nada fácil no meu caso. Ela admitiu isso. Pode-se forçar a loucura como se força a memória? Difícil, me disseram. Ao mesmo tempo salutar e subversiva, a loucura toma um caminho que muda o tempo todo de direção; tropeça se erguendo, mente exclamando "acredite em mim"; avança recuando, quer ao mesmo tempo agradar e desagradar, procura a companhia dos outros para sublimar a solidão. Busca as origens da criação para cair na escatologia: Kleist, o grande poeta louco, não evocou a existência como uma ponte indo do nada para o nada? E acrescentou: como é difícil viver entre dois nadas...

Eu me lembrava dizendo tudo isso à doutora; falava para ela, falava, às vezes por iniciativa própria, às vezes por exigência dela, de meus delírios mudos e de minhas raivas cuja violência eu conseguia momentaneamente controlar. Contei-lhe minhas decepções, minhas ambições recalcadas e fantasmas vividos, o brilho do meu sol orgulhoso assim como as suas quedas deslumbrantes, revelei coisas para esconder outras, mais íntimas, mais verdadeiras, aquelas que preenchiam minha alma sedenta de sentido, tanto quanto de verdade. E citei Agostinho, que comentou, referindo-se aos macabeus, a maneira como os homens aprendem a morrer pela verdade! Evoquei lembranças antigas que ainda vão nascer amanhã ou até que nunca virão à luz. Mas nada lhe disse da minha consciência, no interior da qual tudo respira infelicidade e doença. Temos tempo, é o que ela dizia para me tranquilizar. Mais cedo ou mais tarde, chegaremos lá. Mais tarde para quem? Para o homem envelhecendo que sou, e que, semelhante àquele mendigo convidado ao festim dos deuses, implora ao futuro a esmola de alguns anos?

Ele recordava, sim, o doente recordava: criança, tinha medo de ser seqüestrado por ladrões. E certa noite, provavelmente durante um sonho desperto, o rapto de fato aconteceu. Desconhecidos entraram em seu quarto; um bigodudo grandalhão e uma mulher de seios enormes o ergueram. Ele quis gritar por socorro, mas som algum saiu da garganta. No momento seguinte, estava entre cobertas grossas, numa carroça puxada por dois cavalos furiosos. E a mulher de seios enormes lhe disse: "Não é você que está sendo levado, mas os anos de sua vida; vamos vendê-los na feira..."

Mais um sonho, já que a terapeuta adorava sonhos:

Eu estava viajando de avião. O comissário anunciou que problemas mecânicos obrigavam-no a pousar no mar. Gritos de angústia na cabine. Uma criança chorou. A mãe não conseguia acalmá-la. Sorte grande: o avião aterrissou em uma ilha. Uma multidão festiva nos recebeu com danças estranhas. Alguns fizeram discursos que ninguém compreendia. Uma mulher tentou me carregar, os olhos sangüíneos devoravam seu rosto; resisti. Disse para mim mesmo: é uma feiticeira ou louca, louca de pedra, louca de hospício, eles todos são loucos. E tinha razão. Não era a lei, mas a loucura que reinava ali. Tomara o poder. Procurei o avião; havia desaparecido, mergulhado no mar. O piloto? Também sumira, com os passageiros, quem sabe torturados, castigados, sacrificados. E todos desconhecidos. Eu não havia trocado palavra alguma com eles. E se fosse uma conspiração? Uma armadilha criada para mim? A mulher disse: "Estamos no teatro, montamos uma peça sobre a loucura. Trata-se de um mundo dominado pela loucura. Cada um tem um papel. E você também. Pode escolher: ser o carrasco ou o condenado." Tomado pelo pânico, respirando com dificuldade, gritei: "Eu me recuso, ouviram bem? Eu me recuso." A mulher insistiu.

Pediu ajuda. Um energúmeno de peito nu me agarrou pelos cabelos. Berrou: "Está em nossa terra, obedeça! Senão, vai acordar com a cabeça cortada!" Respondi: "Não, vocês é que estão todos no meu sonho, tenho o direito de expulsá-los..."

E o sonhador acordou molhado de suor.

Por que tais pesadelos, doutora? Os sonhos, esse produto famoso e guia do inconsciente, são a sua área preferida; você se movimenta neles como em seu próprio quarto de dormir. Explique-me: Por que, fechando os olhos, tenho sempre a sensação de estar em território hostil?

Outro sonho: Criança, ouvia sempre uma voz me dizendo: "Olha essa estrada, ela o levará a Deus. Corra, corra, menino, no final é Deus quem está esperando!" Corri, então, até perder o fôlego, corri para chegar o mais rápido possível. Mas, quando cheguei ao final do caminho, a voz me disse: "Você se enganou, menino; Deus o espera do outro lado." Buscando minhas últimas forças, voltei atrás — mas a voz se calou. E a criança começou a gritar: "Onde estás, Senhor?" Nenhuma resposta. "E a voz que ouvi, onde está?" Nenhuma resposta. Lembrei-me, então, de um livro que nunca me abandonava. Comecei a folheá-lo. Na página 13, li: "Deus é também o caminho que te conduz para diante e para trás." Comentário: "Se queres realmente amá-Lo, deves sacrificar o juízo, o conhecimento humano das coisas e dos seres."

Será que, de fato, me perdi em minhas palavras como na minha vida? Na minha idade, isso é bem possível, talvez até normal. Em todo caso, mesmo que Thérèse pensasse isso, não me criticava. Aliás, eu posso me permitir tudo; não é à toa que sou doente.

Muitas vezes, minha "curandeira" me assustava, como eu próprio me assustava: medo de falar demais ou dissimular tudo, ou seja, de me esvaziar do que sou, uma espécie de louco amputado da alma, em busca de seu passado rico demais ou pesado demais, para não vê-lo se apagar antes de morrer. Mas o passado desse louco não existe mais; ladrões o levaram para uma cidade perdida, tragada por raios sangrentos de um crepúsculo violento e purpúreo. Ali, toda mulher é deusa, uma jovem deusa de cabelos ruivos, mãos finas e suaves, que impede as alegrias de se abolirem no ódio, o ruído de um beijo se tornar estrondo do inferno e as vozes melodiosas das crianças felizes se transformarem em clamores. Mas essa mulher, essa deusa, tem um rosto que não se assemelha a qualquer outro, um rosto com olhos de criança, de criança sorridente com medo de mim.

Sentado em um banquinho, eu podia passar horas a fio fixando o vazio na esperança de preenchê-lo com a areia trazida pelas lágrimas das viúvas e dos órfãos, ou com o riso dos mendigos chamando a felicidade, para fugir assim que ela se aproxima. Tinha, então, a sensação de saber tudo e de nada compreender, ou, então, de nada saber, mas compreender coisas que aos outros escapam.

Afora isso, acontecia de tudo e, no entanto, tudo passava: eu nada retinha. Refratário à felicidade pueril e à vergonha, vítima e autor de alucinações ao mesmo tempo mórbidas e engraçadas, ávido de atalhos, pretendia-me insensível à duração. Visões e imagens explodiam em minhas pálpebras para logo se dissiparem, queimantes. A memória avançava ou recuava aos saltos. Tinha náuseas, dores de cabeça. Vertigem constante, incansável e opressora. Falava ao me calar, calava-me ao gritar. Passado e futuro se confundiam. Em um relâmpago, o mundo familiar virava de cabeça para baixo, e eu, o que fazia ali dentro? Tudo em mim se passava por espasmos: espasmos de raiva, de decisões, de desejos; duravam apenas um instante. Ah, se eu pudesse me tornar uma nuvem incendiada pelo sol, uma torrente que derruba exércitos poderosos à sua passagem. Se pudesse, de uma vez por todas, desatar o emaranhado de sonho e de fantasmas que me habitava, separar o tempo e a duração na consciência dos filósofos, no conhecimento divertido dos psicólogos, na experiência vivida dos santos seduzidos pela violência: seria eu um epifenômeno? Uma piscada de olho de deuses mortos? Estava correndo em direção ao cume, ou dele me afastando a passadas largas, mesmo permanecendo imóvel? Perguntavam como me chamo, e eu respondia, de través, que o tempo fica bonito quando o céu está encoberto. Ou então declarava ouvir o riso atroz do céu por entre a chuva das estrelas. Dizia que... diabos, nem sei mais o que dizia.

Muitas vezes, mas não sei mais desde quando, nem por quanto tempo, tive a impressão de viver sem comunicação externa: som algum chegava a mim vindo de fora. Os namorados a suspirar, os doentes a gemer, os cavalos a relinchar, os lobos a rir por entre os dentes, as nuvens pesadas a se aproximar como bandidos: eu nada via, nada ouvia. Nada sentia. O tempo se manteve como que suspenso, aguardando um sinal para se repor em marcha. Eu estava só, irremediavelmente só porque emparedado. Mas no dia ou no instante seguinte, em meu cérebro, criava-se um tumulto de gente resfolegante, com aparência perdida e cruel, a correr em todos os sentidos em direção a precipícios. Era uma estação de trem em que, diante dos guichês fechados e das portas cerradas, viajantes irritados se insultavam uns aos outros, porque haviam perdido o trem, como se fosse aquela a última chance que tinham para escapar de um inimigo invisível.

Depois dessas crises, eu sempre achava que estava ficando maluco, ou que já era. Então, uma grande lucidez se instalou em mim. Convenci-me de que eu é que perseguia cada torturador, eu é que amaldiçoava cada carcereiro.

Se ainda morasse na casa do meu tio, eu me perguntaria se não estava possuído. De qual *dibuk* eu era o alvo?

* * *

Escrevo-lhes, querido papai e querida mamãe, porque sei que cedo ou tarde vamos voltar a nos encontrar. Após uma longa, longuíssima separação, estaremos de novo reunidos. Pelo menos, assim espero. Pois essa separação está durando, durando tempo demais; na verdade, uma vida inteira, a minha vida de antes.

Todo mundo muda, mas vocês não. Permanecem fixados na eternidade, tão jovens, tão sorridentes, buscando um futuro que se delineia em meus traços.

Escrevo-lhes para que saibam tudo a meu respeito: quem sou e o que vou me tornar. Me reconhecerão? Têm idéia daquilo que atravessei, adquiri e perdi, desde a última vez que me olharam com ternura e confiança? Tornei meu aquele olhar. Juntos, buscaremos respostas às questões que definem o homem e o seu destino.

Existo ainda na memória de vocês, como vocês existem na minha?

Vivo no temor. Temor de decepcioná-los.

Não tenho nada de heróico, nem de glorioso a contar. Apenas coisas de aparência simples que preenchem uma existência ameaçada.

Como vocês, não conheci a deportação. A insurreição do gueto de Varsóvia, em 1943, e a libertação de Paris, em 1944, vim a descobrir em livros. Sofremos juntos a morte de minha irmã mais velha e a de meu irmão caçula: nós os cercamos com um silêncio pudico, mas não com esquecimento. O medo das seleções, o nó na garganta, a resignação, o terror, as pancadas, a morte nas cercas de arame farpado: imagens, palavras encontradas nas narrativas dos que escaparam. Com isso, em certos momentos, chego a sentir um cheiro acre, adocicado, enjoativo, de carne queimada. E fico nauseado. Mas quando lembro o festejo popular no dia da vitória ou, três anos depois, por ocasião da declaração de independência de Israel, tenho vontade de dançar na rua.

Todos esses acontecimentos vieram a mim de longe, do exterior. Penetraram minha consciência como água morna, ou como areia.

No entanto, não era isso que eu pretendia contar. Tudo que, com alguma sorte, vou poder lhes dizer se passou, sobretudo, dentro de mim. Imagino que vocês possuem imensos poderes sobre mim, mas seriam capazes de ler o que não se diz em voz alta? Adivinharão o que o coração consegue dissimular do próprio cérebro, será? Sabem

o que é sentir a loucura em si como se sente o sangue correndo nas veias?
Caleidoscópio vivo de cores e de formas, de rostos e de destinos: seria o meu ser que
se desdobra? Sinto-me, ao mesmo tempo, criança e velho; detestam-se os dois?
Claro que não! Pronto, já estão se abraçando. À beira de um rio, vejo-me na margem
oposta. Em determinado momento, vivo entre personagens bíblicos, mas no instante
seguinte estou no meio da multidão, aplaudindo o lançamento de uma nave espacial
levando passageiros à lua dos seus sonhos.

Aí onde estão, talvez vocês se entreolhem sorrindo e digam com orgulho: Ah,
quanta imaginação, não é? Só que não se trata disso. Trata-se de algo muito mais
grave.

Escrevo-lhes porque os amo muito. E também para me preparar, e a vocês,
para a nossa inevitável reunião. Será um fechamento ou uma abertura?

Sabem a quem eu devo muito? A um mecenas morto. E também, em outro plano, a um velho erudito sem-teto — a menos que fosse um jovem deus decaído que se imaginava um velho inválido. Numa noite de outono, ele propôs me ensinar a verdade.

Eu ainda vivia na casa do meu tio. Perambulava pelo Brooklyn, no meio de *hassidins* barbudos, com seus olhares desconfiados e febris, esperando ser abordado por algum exaltado insistindo para que eu me arrependesse, quando um desconhecido de aparência doentia me pediu que o ajudasse a andar: era um tanto desajeitado com as muletas. Uma imagem me atravessou o espírito: e se fosse o Messias que, de acordo com o Talmude, espera o Chamado entre os feridos e os doentes diante dos portões de Roma? Como lhe recusar minha ajuda? Com a voz fraca, perguntou:

— Quer que lhe ensine a verdade?

Após alguns passos, respondi:

— Claro que sim. Há muito tempo a persigo.

— Muito bem, saiba que a encontrei.

— Bravo! — eu disse, fingindo admiração. — Explique-a.

— A verdade é uma máscara que se esconde por trás de outras máscaras.

— Você me decepciona — repliquei.

— A verdade é que não há verdade.

Um *hassidim* jovem se aproximou e nos perguntou se já tínhamos feito as orações do fim da tarde.

Meu companheiro fortuito se irritou:

— Está nos incomodando. Então não vê que estamos rezando?

Vexado, o intruso murmurou:

— Irão para o inferno, queimarão em suas chamas e, então, se lembrarão de mim.

O mendigo nem se deu ao trabalho de responder; contentou-se em rir.

— E Deus nisso tudo? — perguntei.

Ele parou e me olhou com pena:

— Pobre idiota que você é — disse entre os dentes. — Não entendeu ainda que...

— Não diga mais nada — supliquei.

Bruscamente, o pânico me invadiu. Senti que meu interlocutor ia me fazer cair na blasfêmia.

— ... Não compreende, então, que Deus não é Deus, pois o homem não é mais humano? Que neste mundo louco, dominado pela violência e pelo ódio, a serviço do Mal e da Morte, o próprio Deus é como eu, como você... Que Ele também precisa que nós O libertemos, O ajudemos a não perder a esperança?

— Mas, então... — exclamei.

— Então o quê?

— ... então, de que vale nossa busca de Deus, que fazer da nossa sede de Deus, da nossa fé em um Deus todo-poderoso e misericordioso?

O mendigo me contemplou, balançando a cabeça com comiseração:

— Um dia, meu amigo, você compreenderá...

Bem, um dia, pensei, um dia vou estar acabado e compreenderei.

Compreenderei o quê? Que às vezes a loucura é preferível ao que parece racional? Que podemos nela nos alojar sem temer decepções e traições?

E já teria chegado esse dia?

A Thérèse, que supostamente vai me curar, não mencionei meu *dibuk*, mas evoquei Rina, que conheci apenas no espaço de tempo de um encontro apressado; correção: de quem acredito ter me aproximado no espaço de tempo de um sorriso. Adepta de tudo que remetesse ao oculto, aquela estranha mulher desprezava a vida, e a vida fazia o mesmo com relação a ela. Teria alguma vez se apaixonado? Como saber? Com 30 ou 40 anos, vestia-se como uma velha avó. Ao evocá-la, não sei por quê, pensei em meu primeiro e último verdadeiro amor. Seria você jovem demais para mim? Sua maturidade contradizia a idade. Amei-a por seu sorriso, mesmo sendo o de uma criança assustada. Medo de crescer? Sim, medo de crescer em um mundo que, apesar das declarações grandiloqüentes, não gosta de crianças; toma-as antes como alvo para a sua frustração, sua falta de autoconfiança, sua vingança.

— Fale-me de Rina — insistiu a doutora.

— Penso nela sem alegria.

— Por quê?

— Ela podia ler a sorte, quer dizer: a má sorte.

— O misticismo, no entanto, não o deixa indiferente.

Indiferente? Nada me deixa indiferente. Contei-lhe minha atração pelo budismo. Na Índia, em certos *ashrams* que não se encontram nos guias, ensinam-se a sabedoria e a serenidade, e, em outros, a loucura. Isso mesmo, vai-se neles para enlouquecer. Podem ser vistas ali uma mulher passeando nua e rindo, outra cantando, uma terceira gemendo, mas, na verdade, é sempre a mesma mulher.

Imagens insustentáveis para um simples visitante: um adolescente envelhecido em um só minuto, um velho aspirado pelo céu. Esse é o véu que envolve a existência e o mundo dos homens.

— Quer dizer, uma ilusão?

— Uma bela ilusão que esconde uma feia realidade.

Voltou-me, então, a lembrança do encontro com Rina:

— Quem é você? — perguntou-me, um dia, com voz suave e lenta, uma mulher que acreditava na impotência do amor para mudar a vida.

Foi após a minha primeira viagem à Terra Santa. Estávamos em um ônibus, percorrendo a Quinta Avenida. Dia monótono de outono. Deprimente. Eu havia caminhado durante horas para cansar meu desalento. Dizia-me que a minha vida estava em outro lugar, do outro lado. Revi-me criança. Meus pais não desconfiavam de nada: os ladrões tinham deixado em meu lugar um garotinho muito parecido comigo. E que, em pleno delírio, contemplava o mundo e não o achava bom.

Desci em uma parada próxima do Central Park. Sentei-me em um banco. Um instante depois, semi-sufocada por um casacão negro, uma mulher jovem, com cabelos escuros, curtos e encaracolados, sentou-se a meu lado. Dei-me conta de que era a mulher que havia falado comigo no ônibus. Teria me seguido? Olhou-me estranhamente, como se eu não estivesse ali, como se eu não fosse eu, ao mesmo tempo terrivelmente presente e terrivelmente distante, sem ver nem sentir a neve que caía em seus cabelos desalinhados. E me perguntei: Seria a ladra de seios enormes? Não: está mais bem vestida. Ela se manteve em silêncio. Por achar que eu continuava distante? Eu, no entanto, precisava ouvir sua voz. Compreenda-me, doutora: eu a olhava, seus olhos se tornaram mais azuis do que o azul do firmamento, e a pupila, mais sombria do que o furor dos deuses ciumentos. De repente, levantou-se. Com um gesto, me convidou a fazer o mesmo. Demos alguns passos na rua até um bar-restaurante aquecido.

— Não me respondeu: quem é você?

— Alguém que procura uma criança.

— E eu, quem sou? — perguntou-me.

— Como quer que eu saiba?

— Chamo-me Rina.

— O que faz na vida?

— Quem me conhece acha que sou uma feiticeira.

— Ah, entendo. Você gosta de demônios.

— Não. Não de demônios. Apenas do mestre deles.

— Ah, entendo.

— Satã.

— Em nossas fontes, ele se chama Asmodeu.

— Você é judeu.

— Isso. Judeu.

— Sabe, então, que Asmodeu tem uma esposa.

— Chama-se Lilith.

— Eu sei. Sou eu.

Permaneci calado, pensando: Está se vangloriando! Nos textos, Lilith é belíssima. Rina pareceu ler meus pensamentos:

— Não acredita.

— Sinceramente, não acredito.

— Isso pode lhe custar caro.

— ... Custar-me o quê?

— O castigo do meu esposo.

— Por exemplo?

— Podemos tornar você incapaz de amar.

Ela acabava de entrar em minha vida; um instante antes, ela não existia ainda, mas, sem saber por quê, disse-lhe que a detestava, detestava-a desde o meu nascimento, talvez até antes.

— Você é louco — respondeu. — Louco de se espancar ou de se trancafiar.

Hesitou e continuou:

— ... E talvez louco de se amar.

Parou novamente, como se me convidasse a compreender por mim mesmo que, no mundo frio e cínico em que vivemos, é preciso ser louco para amar.

Voz fria, sem cor, neutra. Pronta a se inflamar? Rosto de pedra, mas de pedra viva, humana, sim, ela tinha olhos escuros, maléficos, surpreendentemente fixos, com um sorriso que se aproximava da zombaria. Tive, por um instante, vontade de lhe tocar o rosto, sim, tocá-lo para me punir, tornando cada traço seu um pouco menos humano. Estendeu-me a mão e tive medo de tocá-la.

— Você seria, então, louco o bastante para me amar, sendo eu a esposa do outro rei do universo?

Para não cair em sua armadilha, deixei meu pensamento ir encontrar meus pais: Onde estamos? Onde estou? Na selva de Paris ou na de Manhattan? No vale dos deuses com seus jardins floridos, onde a primavera é eterna?

Respondam-me, pelo amor dos céus, e para o ódio de seres como Lilith e Asmodeu. Diga alguma coisa, pai. Responda-me, mãe. Nem que seja apenas para quebrar o silêncio que berra em minha cabeça em chamas, em meu coração louco.

Quando os mortos não querem falar, ninguém no mundo os pode obrigar. Fechados, trancados como se estivessem em uma fortaleza hostil, inimiga.

E, como eles, permaneci silencioso, muito simplesmente para ouvir um canto que apenas eles podiam captar e decifrar: o canto das pedras que se lamentam por ser pedras.

Senti-me subitamente invadido por uma força nova. Rina não me assustava mais. Inclinei-me em sua direção para contemplá-la e medir seus dons. Haveria melhor maneira de reagir? Finalmente, algo se moveu em seu rosto. Uma palavra quis sair de sua garganta e interrompeu-se claramente. Mais uma. Em seguida outras. Podia vê-las, eu as via se agitarem como moscas.

— Sei que você tem perguntas; eu o ouço — ela disse. — Interessam-me tanto quanto a você.

— Prefiro ouvir as suas — repliquei.

Não respondeu de imediato.

—Você teria medo de sofrer, talvez de morrer?

— Não tenho mais medo.

— Vou continuar: imaginemos que me apaixone por você, o que diria?

— Diria que é louca.

— E se fosse, mudaria alguma coisa? Você me amaria com todo o amor, diz, se soubesse tudo que sei e o que sei fazer? Me amaria até perder o juízo?

—Você é louca, é o que lhe digo.

E acrescentei que, na época dos meus estudos, aprendera muitas coisas sobre o mundo dos demônios. Seus poderes, tendências e perversidades. Mas fonte alguma mencionava sua demência. Era preciso que eu corrigisse tal lacuna.

—Você não sabe nada de nós — assobiou entre os dentes. — Ignora quem somos e quais são os nossos desejos. Recusa meu amor, não porque sou quem sou, mas porque é quem é: um homem condenado a não amar. É pena para você e para mim. Se tivesse aceito, teria podido me salvar me amando. Pois bem, caro senhor pureza, sabia que vivo na lama, na lama do mundo? E na maldição, na maldição das suas criaturas?

Eu estava divagando, certamente divagava, mas não podia fazer outra coisa. Contar-lhe minha vida tolamente vivida, mutilada, monopolizada por deuses malfazejos? A extensão da minha doença, os motivos da minha culpa real ou imaginária?

— Eu o amaldiçôo! — gritou Lilith. — Que você permaneça sem amor a vida inteira!

Saberia que eu era louco e, portanto, doente? Teria esquecido? Teria também ficado louca? O que procurava em mim: o amor puro e inocente que, em meu subconsciente, eu reservava para a mulher dos meus sonhos, da qual ainda não quero falar? Mas o amor puro existe? Há anos, cada vez que encontrava um desconhecido, eu me perguntava, até quando vou precisar perguntar? Aliás, todos que me conheceram ou acreditavam me conhecer, através das minhas palavras e dos meus silêncios, se faziam a mesma pergunta: a da solidão erguida como uma tela, uma muralha, também um espelho. É contagiosa a loucura? Por que todos que se aproximavam de mim se incluíam nessa maldição?

Bom, estou exagerando um pouco, talvez muito. Nem todos foram contaminados, e os que foram, não ficaram realmente amaldiçoados. E daí? Se estavam livres para escolher a razão e a felicidade, eu estava para não querer nem uma nem outra. Minha obsessão: um minuto antes de ser inteiramente tragado, gritar a verdade no rosto dos homens, mesmo que isso os enlouqueça.

Da mesma forma que o *dibuk*, refugiei-me na loucura como em uma cama quente, em noite de inverno.

Sim, é isso. Era um *dibuk* que me perseguia, que habitava em mim. Tomava o meu lugar. Usurpava minha identidade e me dava o seu destino. Sem dúvida alguma: tratava-se de um *dibuk* disfarçado de Doriel. O eu era, realmente, um outro? E o outro seria eu? Daí minha constante confusão, essas mudanças, essas metamorfoses bruscas sem explicações nem ritos de passagem, essa melancolia vizinha da estupidez, essa flutuação do ser que caracteriza o meu mal? Dito de outra forma: estaria eu vivendo a vida de um outro, mais precisamente, a de um desconhecido? E quem seria o *dibuk* do outro?

— O que é um *dibuk*? — perguntou a terapeuta, verdadeiramente interessada.

— Pergunta errada, doutora. Deve-se perguntar: quem?

— Sinto muito, mas não entendo.

— Deve-se dizer: quem é um *dibuk*?

— Está bem. Quem é?

Falei-lhe da peça de S. Anski, uma das grandes obras do repertório mundial. Dois estudantes talmúdicos se unem por um juramento: um dia, se um dos dois tivesse um filho e o outro uma filha, as crianças se casariam. Mas um enriquece e o outro permanece pobre. Pode-se imaginar a continuação. Léa não se casa com Hanan. Ele morre de infelicidade. E sua alma entra, arrombando tudo, na da sua prometida.

— Então, seu *dibuk* deveria ser uma mulher.

— Nem sempre, doutora. Um *dibuk* pode ser um estranho, um ladrão de identidade, que fala por mim, no meu lugar. É uma alma errante, exilada, perdida no imenso vazio que são o universo do homem e a memória de Deus. Por razões conhecidas ou desconhecidas, o *dibuk* se dissimula diante de anjos e de demônios. Sente-se em segurança somente na alma de um outro ser. Sou o esconderijo dele. Sua vida se torna a minha; ela é feita de excessos, de angústia e de remorsos mal definidos. Temo que meu *dibuk* não seja louco, e me esforço para captar o germe de sua loucura. Seria a rejeição da religião, por ele julgada muito pouco exigente, ou o contrário, o que não resultaria em nada melhor? Seria, simplesmente, uma revolta do pensamento contra si mesmo? O pensamento do *dibuk* nunca escorrega, ele corre até perder o fôlego, e eu corro atrás, para contê-lo. O coração do *dibuk* desconhece o amor e o ódio, mas tem ciúmes de quem os sente. Talvez ele recuse a tradição em nome de todas as tradições, uma rejeição da herança tolamente aceita, para se sentir mais livre.

A terapeuta se controlou, evitando um balanço incrédulo da cabeça:

— Mas quem de vocês dois é o doente? De quem eu deveria cuidar?

— De mim. Dele. Mais precisamente: de mim que sou ele.

Expliquei-lhe em palavras rápidas: Quando invade uma pessoa, o *dibuk* é onipresente, astuto, mas nem sempre diabólico, pois ele sofre. Ele também, todavia, está motivado por uma necessidade que remete ao campo do sagrado. Sua alma, apesar de condenada, não continua aspirando à paz prometida pela transcendência? Ágil, imprevisível, determinado e sem escrúpulo, ele me carregava como a um prisioneiro tolhido por correntes; sua salvação dependia da minha, mas, ao mesmo tempo, a minha estava condicionada à dele.

— E eu — perguntou a terapeuta, sem olhar para mim —, o que faço eu nisso tudo?

O *dibuk* caiu na gargalhada, e eu também.

Em toda loucura aninha-se o desejo de evasão, com a finalidade de se reencontrar, se renovar, morrer para renascer, urrar para se calar...

Havia tanta coisa a calar, tanta coisa a dizer, mas onde estavam as palavras? Escondiam-se, fugiam de mim, me detestavam; era essa a minha loucura, doutora. As palavras. As palavras de que eu precisava para me agarrar à vida, para recuperar meu fervor e rezar, sim: para viver. Onde estavam? Por que desapareceram? Por medo de serem isoladas? Há sons e palavras que não suportam ficar sozinhos; cada um atrai o seguinte e se encadeia: força alguma pode separá-los sem que isso os reduza à impotência. Seria esse o segredo da poesia e da música?

E da loucura?

Utilizei demais as palavras, a brandura ou a densidade delas, para subjugar o primeiro transeunte visto na rua ou na feira, e tinha vontade de repudiá-las. Por isso, sobretudo pela manhã, sentia a necessidade irresistível de apenas abocanhar a vida com toda força, e mandar aos diabos o medo que tinha dos outros, a vergonha de viver entre eles. Tratava-se, afinal, de amar o que possuímos e o que somos, para mais facilmente nos livrarmos disso. Aos diabos os prazeres de amanhã no céu; a terra estava ali, nos dando a saborear seus frutos, e o corpo, para exigir uma felicidade impossível. Esperança vã? Gritos lançados contra um mundo surdo? Se me tomarem por louco, azar. Lembre-se, doutora, de Zaratustra se exprimindo pela boca daquele outro grande louco que se suicidou após um longo silêncio: "É noite. Ergue-se mais alta a voz das fontes jorrantes; e também minha alma se torna fonte jorrante." Acha que o silêncio dele o mergulhou em seus próprios delírios?

Fechei os olhos: em algum lugar, em meu vilarejo na Polônia. Uma nuvenzinha, um sorriso sombrio, a neve caindo, e ela caía sobre o rosto, como querendo apagar o sorriso do órfão aflito... Não me pergunte qual a relação, não a senhora; afinal, doutora, espero que não a senhora... Pois é a senhora; que não pára de me irritar com a mania de lembrar que a associação de idéias é essencial para a terapia... A senhora é que me pede, exige e ordena, em nome de todos os santos da terapia divina, que deixe correr o pensamento para que ele siga galopando e colha uma imagem ali, arranque um suspiro acolá... Bem, doutora, não creio em toda essa teoria-catástrofe segundo a qual a verdade do mundo e do homem se esconderia por ter medo ou vergonha...

— Medo? Vergonha? Por quê?

— Não sei, doutora. A senhora insiste para eu dizer tudo que me passa pela cabeça, absolutamente tudo, mesmo o que não for claro, mesmo que não faça sentido; então, eu digo, entende? Deixo-a guiar, mas tenho também o direito de perguntar se o que me sai da cabeça está nos ajudando a progredir, não é verdade? Não diz nada? Muito bem, então vou me calar também.

— Se voltássemos ao medo e à vergonha?

— Pronunciei também a palavra "verdade". Não se lembra? Le Gaon de Vilno, a senhora conhece? Ele dizia que a finalidade da Redenção é a redenção da verdade. Não, estou vendo que não o conhece. Mas Platão, a senhora conhece melhor, não é? *Amicus Platon*, gosto de Platão, mas não tanto quanto da verdade.

— Deixemos Le ga... gaon... Vamos esquecer o medo e a vergonha. Falemos da verdade.

— Mas a senhora, então, não entende nada? Tudo isso está ligado. Pessoas como a senhora pensam, com certeza, que a verdade causa vergonha, causa medo. Mas, e se alguém disser que não é assim? Que a verdade é o medo, assim como a vergonha?

Ela continuou, com sua voz monótona, a me fazer reagir, e eu achei que era por medo da nuvenzinha que sorria ao órfão... Quis me fazer falar do lugar das mulheres em minha vida, mas não tive vontade. Dizer-lhe que sempre me intimidaram? Que não sei qual comportamento adotar com relação a elas? Preferi continuar em minha nuvem. A nuvem também era órfã... E chorava... Suas lágrimas viraram flocos de neve e de sangue... Pegava-as com a boca e um grito escapou: tive medo de sufocar... É que imaginei o estrangulador, o rosto torto, as mãos monstruosamente largas e pesadas e sujas, imaginei e vi suas caretas de vencedor, ouvi suas risadas de conquistador... Como se declarasse a quem quisesse ouvir: Eu sou o destino, estou acima do tempo e do céu, sou a força que esmaga... Já o vi ou apenas entrevi em algum filme, talvez em algum livro ilustrado... Uma criança judia escondida, escorraçada por olhos de falsidade, cercada de assassinos com punhais reluzentes... E ele estava só, o futuro orfãozinho, totalmente só, meu irmãozinho... Quem o traiu? Sabia que deveria correr em sua direção, pegar-lhe a mão, fazer qualquer coisa para protegê-lo, demonstrar minha solidariedade e meu afeto... Ele tinha medo e eu tinha medo, ele tinha medo e eu tinha vergonha... E isso é a verdade... Chegar a encostar nela sem violentá-la, desejá-la sem alcançar: se, pelo menos, eu pudesse... E se eu lhe dissesse que talvez fosse o momento de desatar os laços que ligam o homem a seu destino, de denunciar a impostura: Rina não existia, o louco dessa narrativa não se entregava à sua terapeuta; ele era, ao mesmo tempo, a sua própria indagação e a sua própria resposta, assim como a recusa de uma e da outra. Thérèse Goldschmidt só existia na minha doença, e eu também.

— O que, então, é a loucura, doutora, senão, no meu caso, um *dibuk*? Uma ascese? Um castigo divino?

Ela não sabia.

Mas vocês, a quem escrevo, devem saber tudo, prever tudo. Contem-me, então, o que vou saber por vocês mais dia menos dia: a loucura humana é o que exatamente? Cair em um estado secundário? Fustigar a razão até perder o fôlego? Ouvir o silêncio explodir dentro da cabeça sem poder recolher os pedaços?

Eu, então, sou eu? E o outro, quem é quando diz eu: Ainda eu?

Estão vendo? Conto-lhes tudo, pelo menos me esforço. É importante saber se me aceitarão, apesar de todos os obstáculos. Sua concordância só terá sentido se oferecida como um ato supremo de lucidez.

Aceitam vir comigo?

Capítulo 2

*U*ma imagem:

Um vilarejo em algum lugar na Polônia. Era domingo. A igreja devia estar cheia. Os sinos enchiam a natureza, como nas exéquias. Um quarto em uma casa à beira do bosque. Uma cama, um velho sofá, duas cadeiras. Livros em uma estante, jornais pelo chão. Um garotinho decepcionado, triste. Assustado, com os sentidos despertos. O pai lhe dissera que devia tomar cuidado, devia ser prudente no dia em que, com alguma sorte, tivessem o direito de ir à rua, e que, então, nunca deveria mostrar que tinha medo. Muitos inimigos, muitos perigos espreitavam lá fora. Mas fazia um dia bonito lá fora. O céu estava azul, sem nuvens. E tudo tão calmo sob as árvores frutíferas. O menino queria sair. Aquecer-se ao sol, brincar. Colher uma maçã, ameixas. Não, disse o pai. Não naquele dia. Por que não naquele dia? Porque não. Quando poderia sair? Amanhã. "Mas amanhã você vai de novo dizer 'hoje não'. — Não, amanhã eu direi: 'Vamos esperar.'" O menino era eu. Tinha seis anos, era criança ainda, não sabia o que responder. Então, disse: "Se mamãe estivesse aqui..." Interrompi-me: se mamãe estivesse aqui... o quê? Seria mais gentil comigo?

— Mas ela não estava com vocês — observou a doutora. — Tinha raiva?

Não. Mas o menino tinha vontade de chorar.

Seria por causa das recordações incompletas e cheias de repercussões no meio das quais me escondia, envelhecendo e cansado, desde que fiquei só? A doutora continuou a falar, eu respondia mas pensando em outra coisa, sentindo-me longe. Ela iria me ajudar? Será que eu lhe causaria algum mal? Tantos interlocutores encontrados no decorrer das minhas peregrinações, cedo ou tarde haviam perdido a esperança ou o juízo, ou nem que fosse uma parte apenas do seu ser. Era como se eu lançasse minhas sombras sobre quem se dirigisse a mim e um esconjuro em quem me olhasse. Um médico aposentado, viúvo e desorientado, um escroque saído da prisão sem ter desistido de suas patifarias, uma atriz desempregada, um ex-industrial que trapaceava no jogo de xadrez, todos ficaram marcados. Entre eles, havia jovens e menos jovens, estrangeiros e autóctones, intelectuais e ignorantes, poetas e técnicos: cada um à sua maneira, todos tiveram a mesma sina.

Seria eu o último deles?

Tudo explodia em mim: imagens, olhares, ruídos e lembranças, anjos quiméricos e monstros demoníacos. Como encontrar o que me tranqüilizaria? O homem que me perseguia escalou montanhas e seguiu tantas pistas, que nome lhe dar? De onde vinha? Quem o enviou?

Certa manhã, um transeunte ouviu meu inimigo dar urros de fera degolada. Avisada, a polícia precisou derrubar a porta do seu apartamento. Foi encontrado na cama, a cabeça ensangüentada. Interrogado quanto à identidade do agressor, só conseguiu repetir a mesma frase, o tempo todo: "Ela sorria como uma criança inocente. É pena. Eu preferiria dizer com um sorriso de criança assustada." Mas quem era o inimigo? Não era eu?

— Não entendo — disse a terapeuta.

— No entanto, é simples: na minha cabeça, a criança que eu vejo tem sempre um sorriso assustado.

— Mas o senhor mencionou uma mulher. Quem é? Uma feiticeira? Uma amante? Uma desconhecida? Um homem a acompanhava? Como entraram em sua casa, com a porta e as janelas fechadas?

Como um cego procurando o caminho, ou pelo menos um apoio, o interlocutor preferia pensar no seu sonho mais do que no assaltante; só pôde murmurar as mesmas palavras:

— Ela sorria, um sorriso de criança inocente mas não assustada, nada assustada...

O comissário, eu me lembrava dele: um avô com bigodes e o sorriso sábio e bom; balançou a cabeça várias vezes, como para dizer que me compreendia. Quem ele achava que eu era? Um órfão abandonado em plena feira? Um idiota de Khelm, o famoso vilarejo cujos habitantes eram todos conhecidos pela comovente ingenuidade, achavam uns, e pela tolice, na opinião de outros?

— Eu me lembro — disse o ferido. — Já nos encontramos em uma nuvem.

— Foi ela que o colocou neste estado? Fique tranqüilo, vamos encontrá-la. Irá para a prisão.

— Prisão? Vou acompanhá-la.

— Como era ela? Precisamos de uma descrição.

— Cabelos compridos, olhos escuros. E o sorriso perturbador de uma criança que espera mas sem medo. Ela não gostava do meu nome.

— Ah, sei, o seu nome. E como você se chama?

* * *

Eu me lembro:

Depois de pensar por um bom tempo, mamãe, você assumiu uma expressão grave:

— Quem é você?

— Eu me chamo Doriel.

Não sei mais por quê, mas eu respirava com dificuldade.

Você não gostava. Isso nem é um nome, era o que você me dizia. Eu, pessoalmente, gosto dele. Não pertence a ninguém. É uma declaração, uma mensagem antiga, um programa inédito. Além disso, é um nome, sim, um nome todo meu, um nome que chego a detestar ou a amar gratuitamente, mas é meu, está ouvindo, ouvem todos? É preciso mesmo que eu o guarde, mesmo que deva carregá-lo como a um fardo, um saco cheio de sombras.

Na minha cabeça, um andaime de barulhos e de imagens, de rostos zombeteiros ou sisudos, de homens que corriam para todos os lados e de soldados avançando na direção de um cemitério sem fundo. Eis que o edifício afundou e, sob o golpe dessa barulheira, meu cérebro explodiu. Busquei um apoio e ele se multiplicou em 144 pontos. Quis compreender e a minha confusão se fez mais deusa do que nunca.

Nada mais natural, refugiei-me onde ninguém podia me seguir. Primeiro foram os sonhos, mas a cercadura não era bem sólida, então, optei pela loucura.

Desde os múltiplos inícios da minha vida consciente ou sonhada, não parei de surpreender as pessoas à minha volta. Já no berço, brincava com minha mãe, beliscando suas bochechas ou seu peito. Eu a ouvia se gabar para as visitas: "Olhem só esse meu bandido. Se não fosse tão pequeno, diria que está louco por mim." Meus cabelos mudavam de cor de maneira brusca. Castanhos pela manhã, louros à tarde. Negros nos meus devaneios. Acontecia-me de engolir a refeição num piscar de olhos, enquanto, na véspera, havia levado quatro horas. "Não tem dúvida", disse uma velha cigana de pele quebradiça e voz rouca, desagradável, "o pequenino é louco. Louco pela vida que afasta a morte, ou o contrário."

À noite, abandonado por meu pai que dormia tranqüilamente em um canto da granja, eu me via nos braços ou sobre os ombros de um estranho que corria na direção do bosque onde sacerdotes seminus celebravam vitórias ou derrotas antigas segundo um rito tribal diabólico, dançando ao redor de uma fogueira com chamas ferozes.

Isso mesmo, via-me entre eles, mudo e assustado, prevendo o momento em que me levariam ao altar para expiar pecados esquecidos. Temia a dor mais do que a morte, mas, bem no fundo de mim mesmo, era outra coisa que acontecia: era salvo por uma mulher de cabelos escuros que desciam sobre seus fartos seios. Seria a mulher que outrora me raptara, agora arrependida? Interpondo-se entre os que dançavam e eu, murmurou-me ao ouvido palavras tranqüilizadoras e meigas — não ter medo, pois ela estava ali; dizer-lhe quando tivesse sede, pois me daria de beber. Perguntei se minha mãe ou meu pai tinham-na enviado. Então, ela mergulhou o olhar sombrio no meu, balançando a cabeça: "Não faça perguntas, meu menino, não faça perguntas, não por enquanto, aprenda a esperar, é uma arte, vai compreender quando for grande." Em um relâmpago, vi-me projetado no futuro: jovem príncipe quase adolescente, perdido entre os que dançavam. Mais uma vez, se preparavam para sacrificar um menino pequeno. Observei-o, observei-o com todas as minhas forças e, bruscamente, virei o rosto, para não ver mais o dele. Seria meu irmãozinho Jacob? Seria eu? Um sobressalto de pavor me despertou. Mas não sei se acordar fazia parte do sonho.

De que cor eram os olhos da mulher, quando sorria? Terei esquecido o essencial?

— Com quem ela se parecia? — perguntou a terapeuta, curiosa, como sempre.

— Não sei, não sei mais. No sonho, tudo se desfigura.

— Parecia-se com Rina?

— O que a senhora sabe de Rina?

— Nada. Mas, na penúltima vez, em certo momento, você citou seu nome.

— A respeito de quê? Deve ter ouvido mal.

— Mas a mulher do sonho: era parecida com a sua mãe?

— Deixe, então, minha mãe tranqüila.

— Não pensa mais nela, é isso?

— Deixe-a tranqüila, repito.

— Muito bem. Falemos da mulher amada.

— De qual?

— Não importa qual.

— Eu não a amei.

— Nem por um instante?

— Um instante inocente de embriaguez, de delírio, isso não conta.

— Para o que fazemos, tudo conta.

— Repito que não.

— Estou falando de...

— ... de quem? Da mulher amada? Ela não conta. Não conta mais. Nunca contou. Eu nem encostei nela.

— Mas teve vontade.

— Tive, talvez. Vontade de encostar nela, só isso. Mas durou um piscar de olhos. Nada a ver com o desejo.

— Mas o piscar de olhos...

— Não esmiúce tanto. Fiz um bocado de coisas na vida sem realmente tê-las feito. Um belo dia, com a fisionomia decomposta, acordei trovador; vi-me cantando nas ruas, palmas das mãos abertas, implorando que os transeuntes me escutassem, reconhecessem minha existência. Fiz isso? Claro que não. Com relação a Maya é a mesma coisa.

Não sabia mais quem me pôs em contato com ela. Algum amigo comum querendo me ajudar ou me pregar uma peça? Um inimigo esperando me ver cair no opróbrio? Um tribunal, celeste ou terrestre, quem sabe preocupado em me proteger do *dibuk* que me levava a infringir proibições, fazendo provocações a outras pessoas ou a mim mesmo? Nada disso. Encontrei Maya no mais estranho dos acasos. Pondo-me a caminho de Israel, na década de 1950, parei em Marselha, onde queria visitar o túmulo de meus pais. E encontrei-me em certo lugar onde, de acordo com um conhecido do Brooklyn, refugiados judeus da Europa Central se reuniam para negócios ou, simplesmente, para passar o tempo. Por que, então, tive que entrar em um salão onde se dava uma conferência para a qual não havia sido convidado? Não conhecia o conferencista, ignorava tudo a seu respeito. Seria um colóquio de intelectuais ou uma reunião política? Não entendia a língua em que falavam. Na verdade, tinha visto pessoas bem vestidas entrarem naquele prédio de fachada elegante parecendo um teatro ou um museu. Movido por uma curiosidade inabitual, segui-as. Apenas para ver. A sala estava repleta. Um ambiente bastante mundano. Pessoas suspiravam de emoção sem dúvida ou, quem sabe, de impaciência. Outros conversavam para afastar o tédio. De repente, todos se levantaram: o orador acabava de chegar. Subiu no pequeno estrado e começou a discorrer, e todos balançavam a cabeça. Sem entender nada, e menos ainda a minha presença no local, logo quis ir embora, mas, sem querer chamar a atenção, deixei o olhar vagar ao redor. Para ver se meus vizinhos achavam, como eu, o discurso obscuro — normal: o conferencista se exprimia em um francês cheio de palavras e de nomes em iídiche e em hebraico — e, sobretudo, longo, terrivelmente longo, com um tom adocicado e, para mim, um tanto tedioso. Uma jovem mulher de cabelos castanhos estava sentada à minha frente, perfeitamente imóvel. Algo nela me intrigou. Tive a estranha impressão de que não estava sozinha e que, no entanto, ninguém a acompanhava. Solitária, como eu? E se fosse a desconhecida dos meus sonhos, um dos meus primeiros amores não efetivados, sobre o qual eu muitas vezes pensava com remorso e vergonha, pois devia muito a ele? Só de pensar nisso, senti o sangue afluir ao cérebro. Seria uma lembrança ou um sonho já sufocado e consumido em uma bruma repentina e ainda mais rapidamente dissipada? Ah, Senhor, fazei com que seja ela. Se, pelo menos, eu pudesse vê-la de frente. E se lhe tocasse o ombro para que se voltasse em minha direção? Ousaria fazer isso? Ousei. Ela se virou e me olhou com uma expressão mais divertida do que zangada. Não era a desconhecida do ônibus. Mas também sorriu para mim. No instante seguinte, ela se levantou e saiu. Segui-a na rua. Uma chuva fina lavava as ruas e as casas. Em silêncio, a mulher tomou meu braço. Entramos em um café e nos sentamos a uma mesa voltada para um terraço. Ela pediu chá para dois. A voz, grave e sensual, me perturbou.

— Fale, estou ouvindo.

Disse-lhe que não compreendia o francês. Felizmente, ela falava iídiche. Quis saber por que eu a seguira; respondi que eu próprio não sabia. A razão da minha presença na cidade? Contei-lhe.

— É a sua primeira visita aqui?

— Sim.

— A primeira desde a guerra?

— Sim.

— Ou seja, não conhece a cidade.

— Não.

— Como vai fazer para encontrar o caminho do cemitério?

— Conto com a senhora — respondi sério.

Era verdade. Não a conhecia, mas contava com ela. Talvez fosse pela maneira agradável como falava iídiche.

— O senhor tem um jeito engraçado de olhar as pessoas — continuou.

— Não.

— Como não?

— Eu olho os olhos que me olham. A mim, como a senhora me olha?

— Pergunto-me se o senhor pertence a meu passado ou a meu futuro.

— O primeiro não conheço; mas é uma boa idéia: o segundo me interessa.

Conversamos à toa por um bom tempo. A sorte me sorria naquele dia. Ela parecia mais velha do que eu e trabalhava para uma organização judaica. Estava convencido de que ela me ajudaria.

— Tenho uma proposta a lhe fazer — eu disse. — Seja minha guia. Não me deixe até eu ir embora dentro de dois dias. Leve-me ao cemitério. Mostre-me a cidade. O bairro judeu, se ainda houver um. Pagarei bem. Não diga não. Ainda não. É muito cedo. Poderá dizer da próxima vez.

— O senhor é um tipo bem engraçado. Será quando, a próxima vez? E onde? Em qual cidade? Em qual vida?

Dizer-lhe que estava hospedado no Hotel Splendide?

— Não sei. Deixemos o destino decidir.

Bruscamente, uma sensação de pânico me invadiu. Encadeei rapidamente:

— E se não nos virmos mais?

— Restaria, pelo menos, uma bela história.

Foi então que me dei conta de que ela tinha o sorriso de uma criança inocente e calma, e olheiras sombreadas.

Como minha mãe?

Bruscamente, constatei incomodado não lembrar mais a cor de seus olhos.

Mas tudo que nunca me atrevi a dizer ou sequer pensar de minha mãe, pude, então, dizer de Maya.

Os olhos de Maya eram escuros, pelo menos era o que eu achava. Em minha vida, nunca vira nada semelhante. Quem quer que os olhasse mergulhava como em um rio em que tudo remete ao sonho e à aventura.

Não esqueci aqueles olhos; jamais os esquecerei. Insisto nisso, pois, mesmo que me enganasse, parece-me importante para a história: eram risonhos, de um azul-negro singular, irregular, ao mesmo tempo perturbador e calmante. Azul-escuro, como uma noite de primavera no oceano, ou o azul acima do deserto. Por um momento, pareciam queimantes a ponto de causarem mal; depois, sem se alterarem, sem qualquer transição, sob as finas pálpebras, abriam-se como em oferenda. E tinha-se vontade de escrutá-los ainda e ainda, acariciá-los com o olhar, sobrecarregá-los com algum sentido secreto, abrasá-los. O que os poetas e os romancistas dizem a respeito dos olhos e de seu poder é, ao mesmo tempo, verdade e mentira. Espelhos da alma? Janelas para o inconsciente? Sim, sem dúvida. Mas os de Maya eram mais, muito mais: reviravam-nos o estômago e nos retorciam as vísceras. Dissesse-me uma palavra enquanto me olhava, e eu estava pronto a levá-la até os confins da Terra. Apanhasse-me a mão, e eu deixaria a morte me tragar para a felicidade última com a qual não se transige.

Por sua causa, o azul permaneceu minha cor favorita.

— O senhor me olha e eu o olho — ela disse, com seu pequeno sorriso nos cantos dos lábios. — Isso basta para imaginar o impossível e até mesmo vivê-lo, não acha?

— Basta para quem?

— Para os casais que se formam — respondeu, enquanto um brilho travesso iluminava-lhe o olhar. — Será que me engano, senhor... como?

— Doriel. Meu nome é Doriel.

— Que nome estranho. Não me agrada.

Ela me levou ao cemitério e discretamente me deixou só. Visitei antigos túmulos antes de ir ao dos meus pais. Recitei Salmos, acompanhando minha oração: Reconhecem o seu filho? Cuidem dele nos descaminhos que o aguardam.

Foi essa, então, a história de Maya. O encontro ligou-me a outros encontros, de um outro tipo; é como se passa na vida. Cada ser humano é único, mas suas histórias não. De um ponto de vista quase místico, pode-se até dizer que todas se parecem. Eu, no entanto, ignorava que, muito mais tarde, encontraria outras Mayas no meu caminho, com seus nomes próprios, sorridentes como uma criança bem-comportada afagada pelo medo, mas nunca próximas o bastante para se poder falar de amor completo.

Ruborizado como um aluno de escola em seu primeiro encontro galante, com o coração a galopar como uma fera perseguindo a presa, revejo-me com Maya, à beira-mar, em Marselha. Em silêncio, acabávamos de deixar o cemitério. Sentia-me próximo dela. Nada disso se apagou. É como o passado vive no presente. Emudecido, imaginava-me no vilarejo polonês de cujas montanhas eu gostava. Naquele momento, era o mar que me agradava. Hipnotizado, contemplei as ondas, a me contarem suas eternas histórias de amores perdidos e tragados no fundo de seus insondáveis mistérios. De repente, a voz de Maya me espantou. Mais afetuosa do que antes. Sorria para mim. Parecia uma criança apreensiva, mas sorria. O que queria me fazer entender? O que via em mim? Sua própria juventude, talvez? A perda da fé? A ocasião de me comunicar a experiência do desejo compartilhado? Em todo caso, esqueci aquelas desconhecidas que, temendo a Deus e perturbado de vê-las pelas ruas de Manhattan, eu tentava, sem conseguir, apagar da consciência. Nenhuma tinha tanto encanto e fantasia. Nem aquela liberdade. Ela falava sem contenção, como se estivéssemos sozinhos no mundo. Para Maya, tudo parecia simples, ao alcance do olhar. O verbo inocente, o gesto nem tanto; tudo nela transpirava naturalidade.

— O que o aflige, são os seus pais mortos? — perguntou, ainda em iídiche. — Eu também perdi os meus. Não devemos deixar que nos pesem — acrescentou. — O desespero pode ter uma espécie de beleza, à condição de ser mantido no campo da lembrança. Seus pais o paralisam; os meus, não.

Sua intenção era a de celebrar a vida, mas me instilava uma angústia que me impelia para baixo. Como teria adivinhado meu lamentável estado de alma? Como sabia que me sentia infeliz? Tomou minha mão e segurou-a por um longo momento. Em meu coração, a obscuridade cedeu vez a um sopro de entusiasmo e alegria. Seu corpo dizia sim, mas o meu respondia não. Culpa minha? Devia me sentir responsável por isso também? Por não ter prolongado, fecundado aquele laço que, diante do mar e do céu, poderia ter nos unido em um momento de felicidade, mesmo que fugidio, ou seja, enganoso? E se permanecesse em Marselha, cancelasse a viagem a Israel e a levasse comigo para os Estados Unidos? Todas essas idéias atravessaram minha cabeça em polvorosa.

Muitas coisas se passaram em seguida. Seria cedo ou tarde demais? Todas conduziram ao tempo da separação. Não importa. No cérebro doente, o tempo segue um ritmo particular. Em outra época, na casa de meu tio, a vida parecia mais bem ordenada. Outra época? Quando foi aquela época? Era o quê? Uma pausa, um convite? Um aviso do destino? Digamos uma encruzilhada. Foi há muito tempo.

— Tratando-se do destino, tudo é desafio — disse Maya. — Mas quem sai vencedor? Essa é a questão.

Nosso segundo encontro aconteceu alguns anos mais tarde, em Tel-Aviv, a cidade que cresce sem parar dentro de uma sucessão de turbilhões de fúria e de alegria, em um bar à beira-mar. Seria por acaso? Destino? A tradição judaica — pois, está vendo, doutora, não a esqueço — não acredita em fatalidade. No entanto... Na existência de cada criatura, tudo remete a um grande desígnio. Inclusive a pedra que rola ou a árvore que balança. Tudo está inscrito. Eu poderia não ter passado por aqui hoje. Poderia ter chegado mais cedo, ou mais tarde. E a senhora nada saberia de minha vida. A mesma coisa com Maya. Sem dúvida, há de lhe parecer infantil e absurdo, mas uma voz, em mim, tinha segredado que a reveria em Israel. Em Jerusalém? Em um *kibutz*? Por que gostaria de revê-la? Curiosidade? Para provar a mim mesmo que eu era simplesmente capaz de amar? Ou para dar continuação àquela pobre história, de qualquer maneira fadada ao fracasso? Maya não veio ao encontro. Eu não era tão importante em sua vida. E ela na minha? Por onde e para quem vinha ela tecendo sonhos há meses?

Percebi-a chegando com um jovem oficial que ela segurava pelo braço. Irradiava contentamento. Com olhos voltados apenas para o companheiro, não me viu. Com o coração pesado, eu me perguntava se devia chamar sua atenção.

Deixei o local com passos furtivos por uma porta discreta. Como um ladrão.

Tenho tanto a calar, tantos episódios a calar, e procuro, procuro as palavras. Elas se escondem, fogem de mim, por que não tentam captá-la para mim? Deram-me tanta coisa, e em primeiro lugar a vida, ofereçam-me também as palavras de que preciso para amar, para compreender, para me abrir à serenidade...

* * *

Final de novembro de 1973. Sentado em um café perto do centro de Jerusalém, esperava um velho amigo de meu tio, também *haredi* e tão religioso quanto ele. Ouvia, distraído, a discussão entre dois jornalistas em uma mesa vizinha. Evocavam a confusão do início da Guerra do Yom Kippur. O vergonhoso fracasso do Serviço de Informações Militares israelense. A existência do Estado judeu nunca correra semelhante perigo. E nunca se falou tanto de intervenções divinas, de milagres. Nos primeiros dias, sobretudo: ajudados pelos soviéticos, no sul, o exército egípcio havia atravessado o canal de Suez e avançava no deserto enquanto, no norte, o exército sírio obtinha vitórias sem precedentes. Em todo lugar, tanques e aviões fora de combate eram substituídos lentamente demais e com muita parcimônia. Em certos meios, já se falava, em voz baixa, da possibilidade de destruição do Terceiro Templo, que simboliza o novo Estado judeu. Foram jovens soldados que, com coragem, interromperam a invasão. O preço foi alto: três mil mortos em combate e mais de dez mil feridos. E a Europa se mantinha indiferente à aflição e ao sofrimento dos judeus. Quando os Estados Unidos, finalmente, consentiram em liberar armas para Israel, nenhum país europeu deu a autorização necessária aos aviões militares para abastecimento em um de seus aeroportos. De certa maneira, isso podia significar que a França, a Alemanha e os demais aceitavam a hipótese de uma tragédia judaica na escala da História. Apesar de anti-sionista, o amigo do meu tio não escondeu sua amargura e nem seus temores. Felizmente, Tsahal, o exército de Israel, tinha, por sua vez, atravessado o canal de Suez, surpreendendo o exército egípcio pela retaguarda e ameaçando o Cairo.

Eu bebericava minha limonada, pensando não em meus estudos tantas vezes interrompidos, mas em meu tio e em minha tia. Moravam em Nova York e deviam se inquietar: em breve, eu completaria 35 anos, mas se algo me acontecesse naquele momento, cairiam em uma depressão talvez irremediável. Em um país em guerra, o drama não está somente na morte, mas na incerteza. Por isso, a angústia deles não cessava de me incomodar em minhas longas noites de errância pelo mundo.

— E nosso futuro, a quantas anda? — perguntou, bruscamente, uma voz em iídiche às minhas costas.

Dei um salto e exclamei:

— Maya! De onde você vem? O que faz aqui? Em missão extraordinária?

—Vim surpreendê-lo.

— Sabia que eu estava no país?

— De jeito nenhum.

— E então?

— ... então, nada. Estou contente de tê-lo surpreendido.

—Você é a deusa das surpresas.

— Melhor assim.

— Para quem?

— Para os casais que se formam de improviso.

O casal... Mais uma vez, eram quase os mesmos pensamentos que ela havia expresso anteriormente, em Marselha. Fez essa alusão e depois, adotando um tom professoral, explicou: se a surpresa não existisse, a vida não passaria de um mau romance sobre a mediocridade. Tinha ainda a mesma bela voz grave, sugerindo profundezas insuspeitas. Mas não era a voz que a tornava atraente; eram ainda os olhos escuros expressivos e o sorriso infantil... não assustado, mas divertido. Seria uma doença, doutora, que os psiquiatras vão precisar levar em consideração, esta dos "olhos azuis" e do "sorriso infantil"?

— Você olha para mim e tenho vontade de sorrir para você — continuou Maya, em seu iídiche melodioso. — E de falar de nós de mim também, acho. Vejo-o e me parece tão perdido e infeliz quanto da última vez. Por causa dos anos perdidos?

— Não somos os responsáveis. Se acabamos nos encontrando, é porque isso devia acontecer.

Será que ainda a amava?

Coloquei-me esta pergunta há muito tempo. Hoje, falando com vocês, que não estão mais aqui, e com você também, Liatt, enquanto escrevo, vou responder: algo daquele amor permaneceu em mim. Não que nada seja, mas não mais do que isto. Hoje, é a vocês que escrevo, não a ela.

É verdade, amava-a à minha maneira, não à dela. Amava-a porque tinha a voz que me levava de volta à infância e a seus instantes miraculosos. E porque tinha olhos azul-escuros e olheiras negras. E a expressão franca. E porque nada esquecia. Perguntava, exigia que eu sustentasse o desafio de lhe contar um romance sem benevolência sobre um futuro que poderia ter sido o nosso. Inventei rapidamente, então, um período de noivado langoroso, núpcias celebradas por mendigos místicos em uma floresta encantada... Além disso, amava-a porque era um amor puro, confiante, inocente... Disse-lhe que, antes, acreditava agradar às mulheres, atraí-las. Agora, nenhuma me sorria... Nenhuma, exceto ela. Depois, por sua vez, Maya evocou o mesmo período, após o nosso primeiro encontro, mas parando em diversos aspectos de uma vida de casal impregnada de um amor insatisfeito desembocando em uma cruel doença. Descreveu o quarto de hospital, os médicos, as visitas, as flores sobre a mesa, a vista que se tinha na janela, dando para um rio... Disse ter se casado para fazer o destino fracassar: acreditara ser capaz de lhe mostrar que detinha poderes sobre ele. Mas, no final, é sempre ele que ganha. Parecia tão jovem ainda. E já era viúva.

— Você olha para mim e tenho vontade de sorrir — repetiu em seu iídiche melodioso.

E eu de chorar.

Esse foi o nosso terceiro encontro, apesar de não ter havido, verdadeiramente, o segundo.

Eu me lembro: era ela que falava melhor e eu que me calava melhor, não como entre nós, doutora. Ela repetia palavras simples, mas estranhas. Como se recitasse, sempre em iídiche, poemas de Markish, contos de Peretz, versos extraídos de obras esotéricas antigas do Tibete, do Egito e da Babilônia, sobre a morte. Eu a ouvia com a mesma inquietação da primeira vez. Doutora, já seria eu, àquela época, o homem que a senhora conheceu? O *dibuk* já me habitava? Maya evocava, devaneando, nossas horas de felicidade imaginária, enquanto meu pensamento se dirigia apenas ao sofrimento derradeiro. O anjo da Morte, único a escapar da loucura, fazia, então, sentir a sua presença sob máscaras anônimas e indiferentes. Mau, pernicioso, rondava por ruas povoadas de crianças judias e árabes, e pelas colinas ensolaradas da Judéia, disposto a golpear os descendentes de Moisés e de Davi.

Muitos anos se passaram desde então. Vivi aventuras agradáveis e outras menos belas mas nunca enfadonhas. Estudei, com algumas incursões na interpretação de textos, atravessei regiões exóticas, cheguei à proximidade de grandes Mestres, brinquei com os filhos de amigos meus, gastei muito dinheiro aqui e acolá, fundei centros de acolhimento e de tratamento para deserdados da sorte e ajudei, da melhor maneira que pude, seres resignados a encontrar qualquer fiapo de esperança. Dediquei-me a órfãos infelizes cujos pais foram vitimados por guerras de todo tipo.

Quando ficava doente, coisa que, na minha idade, acontece cada vez mais freqüentemente, crianças vinham me visitar. Irene, que é tão jovem e com a saúde delicada, beijava a minha mão.

O pequeno Avremele, que perdera a mãe, me olhava com uma expressão triste, querendo saber onde eu sentia dores. Respondia não saber exatamente. Ele se espantava: Se eu não sabia o que doía, era porque nada doía; é lógico, não é? Ele, então, me alisava a testa e dizia: Pronto, não está mais doente. E alisava meu peito: Está vendo, não está mais doente. Eu sorria e dizia gostar dele. Entre duas idas ao hospital, havia um trabalho que, às vezes, me proporcionava uma sensação de satisfação. Dava aulas particulares de história judaica medieval a adolescentes... É a minha área, não me pergunte por quê, doutora... Talvez tenha pensado, com minha idade avançada, que agradaria a meus velhos pais que morreram jovens, tão jovens... Primeiro, foi a morte da minha mãe que chorei. Depois, a de meu pai. Eles, no entanto, morreram juntos, no mesmo dia, sei muito bem qual, em que lugar e em quais circunstâncias... Sei, da mesma forma, que poderia ter feito mais e melhor por eles... Chorava o desaparecimento da minha irmã Dina, do meu irmão Jacob... Ela, tão graciosa, tão intrépida; ele, tão fraco, vulnerável... Seria por causa deles que esperava tão pouco da vida?... Contei tudo isso a Maya, que me interrompeu:

— Da vida? De qual vida está falando? Da sua ou da minha? Ou, ainda, da que lhe sugere a imaginação?

Quando dois destinos acenam um para o outro, doutora, os deuses sempre intervêm. Eles aplaudem ou se zangam.

— E você — respondi para machucá-la também —, a qual casal se refere? Ao seu ou ao meu?

— Ao nosso, pobre idiota. Poderíamos ter vivido juntos, espalhado felicidade em um mundo condenado a sofrer e a causar sofrimento. Poderíamos...

Ela devaneava.

Perguntar sobre o nosso "segundo" encontro? Um oficial a acompanhava. Quem era? O futuro marido? E se eu a tivesse abordado, ela o teria deixado?

Aproximamos nossas cabeças. Ao redor, o mundo continuava a se agitar. Para nós, o tempo havia parado.

Nas fronteiras do deserto, a guerra estava exausta demais para ainda abalar as pessoas. Centenas de famílias choravam a morte heróica dos seus, os jornalistas comentavam escândalos envolvendo militares e políticos, comentaristas exigiam demissões, mas nós, no café, pensávamos apenas em nossas pequenas disputas.

— Conte-me uma história — pediu Maya, com seus olhos azuis se tornando mais azuis do que o céu.

— Uma história? — Espantei-me um pouco. — Aqui? Agora?

— Por que não? — replicou com um ar sério. — Haveria um momento especial para as histórias?

Eu podia responder que sim, há um momento para as histórias que se revelam e um outro para as que ficam abafadas na sombra; um tempo para as lágrimas e um outro para as cantorias, embora as lágrimas possam se deslocar para as cantorias.

— Uma lembrança serviria?

— No lugar da história?

— Por que não?

— Prefiro as histórias. As lembranças muitas vezes são tristes.

— E as histórias, não?

Maya parou de sorrir. Assumiu uma expressão séria. Devia pesar, em pensamento, o pró e o contra.

— Que seja — decidiu. — Tudo bem com a lembrança.

O que fazer para não entristecê-la? Falei, então, de uma tradição que existia em minha família, transmitida de geração em geração. Começara com meu tataravô materno. Ele vivia em um pequeno vilarejo, isolado nos Cárpatos. Tinha um albergue e uma taberna, vivendo ali com a mulher e os filhos. Apesar dos tempos difíceis para o nosso povo naquela região, ele nunca se queixava. Seria feliz?

Como todos os judeus da Diáspora, sim e não. No *Sabá*, com a família, fulgurava feliz. Passava, entretanto, por provações. Endividado até o pescoço, ameaçado e, às vezes, espancado por jovens fanáticos, sobretudo por ocasião das festividades cristãs, estava convencido de que só a vinda do Messias faria desaparecerem as maldições pesando sobre a sua casa, assim como sobre a grande Casa de Israel. Graças a essa expectativa, superava tormentos e misérias. Entretanto, em uma noite de inverno, estando tudo fechado no vilarejo adormecido, bateram à sua porta. Um visitante vestido pobremente, provavelmente um camponês ou um cocheiro, perguntou se podia dormir no albergue até o amanhecer. Estava exausto e sem um tostão. Meu tataravô quis saber quem ele era e de onde vinha, mas o visitante evitou a resposta, dizendo: "Pouco importa de onde venho; na verdade, venho de onde você mesmo vem. E você irá para onde eu vou." Com isso, virou-se e se dirigiu à sala para se aquecer. Meu tataravô trouxe-lhe chá quente, um casacão de peles para se cobrir, frutas secas e uma lamparina de querosene. Preocupado, não voltou a se deitar, e ficou velando o visitante adormecido. Era o rabi Israel, filho de Eliezer e de Sara, que se tornaria Baal Shem Tov, o Mestre do Bom Nome.

Maya esperava a continuação, mas fiquei em silêncio.

— Só isso? — exclamou, decepcionada.

— Não — respondi. — Tem mais. Era apenas uma introdução ao assunto.

— Mas, então, conte o resto! Há uma continuação, não há?

— Há. Essa lembrança, ou história, tem uma continuação.

— Qual? Não seja mau!

— Você sabe que não sou.

Pedi que não insistisse:

— Seja paciente. Já sabe que conheço a continuação e que um dia você também conhecerá. Que isso lhe baste. É perigoso correr muito rápido. Somente os loucos se arriscam.

Inteligente, Maya deixou transparecer alguma tristeza, mas não insistiu.

Eu sei, doutora, sei o que as pessoas dizem: Ele ficou louco, o pobre Doriel enlouqueceu. Muito bem, louco, eu mesmo. E voltava à pergunta que acompanharia todas as nossas sessões: O que é, doutora, estar louco? Entre um narrador normal, contando a vida de um louco, e um louco, evocando a morte de um homem normal, qual dos dois precisa dos seus cuidados, doutora? Se o mundo diz que sou louco e eu sei que não sou, qual dos dois tem razão? Então, estar louco, o que é? Começar uma história, ou uma frase, e não terminar? Inventar uma existência que não se viveu, ou amar uma pessoa que se amou em outra vida? Seria isso agarrar-se a desejos insatisfeitos? Ter a cabeça em chamas e o coração gelado de pavor? Viver nos confins do tempo, em um país em que tudo está organizado, como outros vão viver e dançar no fim do mundo? Muito bem, estou acorrentado à minha loucura, a seu furor, fisgado por sua violência. Meu cérebro está um mingau, doutora, o espírito em migalhas. E a alma, doutora? Alma possuída, violentada... A alma do louco vai embora, junto com o juízo, ou ela também enlouquece? Mas essa loucura, então, em que consiste? Fica atraída pelas chamas negras de um incêndio, como aqueles que, durante um *pogrom*, devoravam o coração e o corpo dos mortos e dos vivos, inclusive o de bebês que ainda iriam nascer? E essa alma doente, prostrada ou irruptiva, como curá-la sem conhecer a verdadeira natureza de seus estorvos e ferimentos?

É isso mesmo, está louco o pobre Doriel, ou o bravo Doriel. Variava, mas é o que cochichavam as pessoas, pretendendo o direito de julgar, de condenar quem recusa se parecer com elas, quem, agarrado à vida como se ela fosse um planeta adormecido ou em ebulição, poderia arruiná-las, desmascarando-as.

O que sabem do *dibuk* que zomba de mim, esses homens e mulheres que nunca sentiram as agonias da fome e do medo? Desde quando uma barriga cheia pode se erigir conselheiro espiritual, e um cliente do melhor alfaiate pode se impor como perito em moral social?

Toda essa gente tagarela noite e dia, trabalhando e descansando; dizem qualquer coisa sobre qualquer pessoa, sem se perguntar se o que dizem reflete um desejo de enriquecer o mundo com uma verdade nova ou com uma promessa antiga. Tenho certeza de que os pais dos meus alunos criticavam, em mim, até a ignorância da própria progenitura... Os professores me acusavam de lhes fazer concorrência... E os doentes imaginários, de lhes roubar seus médicos... Eu me mantinha impassível. Via maior interesse, mais vida e independência nas palavras do que em quem as pronunciava. Às vezes, em momentos sempre inesperados, uma palavra evaporava; impossível pegá-la de volta, pois já se tornara um rosto. E esse rosto, estonteante de beleza e fascinante de feiúra, ao mesmo tempo jovem e decrépito, grosseiro e majestoso, brincava de me atrair e de me rejeitar. E eu dizia, de mim para comigo, rindo e chorando: é o rosto de um deus atacado pela loucura dos demônios. E esse louco sou eu.

Tenho uma pergunta a lhe fazer, doutora: O louco pensa que é o único a ser louco ou que todos os homens são? Sou louco *para* ser único, ou porque *já* sou? Às vezes, em um acesso de não-sei-o-quê, eu me perguntava: Uma vez que existe esse laço entre a solidão e a loucura, como saber se os homens, em sua opacidade, em sua mesquinhez, não conseguiram enlouquecer a Criação inteira, saturada e nauseada com a sua tolice?

Às vezes, o louco tem vontade de lhes lançar umas boas verdades na cara. Lembrar-lhes as fantasias pueris do poder do qual se gabam fugir para mais facilmente se apropriar. O louco é menos manhoso, porém mais experiente; suas lembranças vêm de mais longe. Mas, para que chamar a atenção? Eles sequer se zangariam; vão escangalhar de rir, batendo com as mãos nas pernas: Ah! como é engraçado, nosso pobre Doriel, está divagando; isso o ajuda, sem dúvida o distrai. Pois bem, não: isso não o divertia. Ele simplesmente podia assumir o papel de sonhador solitário que via a luz surgir, vinda de uma outra era. E, de repente, se transformar em fogo, e era o fogo, o fogo que a mulher demente percebia no trem que a conduzia, a ela e a seus filhos famintos, e aos avós em silêncio, na direção do reino onde toda vida se revirava em morte; ela via chamas gigantescas mordendo o céu que, em brasas, se escancarava como um túmulo onde se apagavam as faíscas das almas que se dizem imortais. O sonhador louco, então, começou a chorar com todas as suas forças, pensando, quem sabe, que se vertesse bastantes lágrimas, elas talvez apagassem o incêndio; e Deus em pessoa, em um sobressalto de remorso ou de gratidão, lhe agradeceria.

Ah, sonhador, onde está o fogo que incendiava a noite? A senhora, doutora, saberia por onde anda aquela noite febril e aterrorizante que o louco carrega em si e que insiste em me esmagar com o peso dos seus fantasmas escorchados vivos?

Eu falo, doutora, mesmo sabendo que a senhora não compreende tudo, que não compreenderá nunca. Falo como à mulher que acreditei próxima de mim: ela me deixou como uma ilusão e, na fuga, escondeu sub-repticiamente mais do que a minha roupagem terrestre. Não se contentou de levar as alegrias e as esperanças que nos propõe o tempo de uma vida. Despossuiu-me dos sonhos e dos desejos de absoluto.

A senhora me ouve, é o seu papel, é o seu dever. Para me encorajar, dá a impressão de se abrir à minha voz. A senhora diz: "É para o seu bem que me calo; é para permitir que o pensamento corra pela paisagem trabalhada, conhecida e desconhecida da sua memória. É para curá-lo dos seus complexos." A senhora pensa no complexo de culpa que todo filho sente com relação ao pai, e cada ser com relação a quem lhe é mais velho ou seu herdeiro. Por isso, a senhora quer que eu fale livremente de mim mesmo, sem me censurar, não é isso? Mas não é tão fácil submeter-se ao seu método. É claro, eu posso, eventualmente, me sentir culpado, mas não responsável por um monte de bobagens, por equívocos e outras ações erradas, culpado de viver uma vida que não é normal, que nunca foi, mas como a senhora saberia se eu não o dissesse? E se eu morresse no meio das minhas confissões, no meio de uma frase que revelaria uma verdade capaz de fazê-la estremecer? Quem a terminaria por nós?

Está bem, eu lhe falei de Maya. Maya é o passado. O que não me impede de evocar, antes da sensualidade dos lábios, ou do timbre melodioso do iídiche falado por ela, a beleza tão intensa, tão verdadeira de seus olhos azuis, que mal se atenuava com as olheiras negras. E o sorriso, sim, também o sorriso. É bem simples: Maya é minha juventude passada. Gostava de estar com ela. Para me isolar melhor? Nada disso. O amor implica a recusa do isolamento. Quando se ama, ama-se todo o mundo. Quando penso na mulher amada, amo até esses muros que me separam do mundo e de mim mesmo. A senhora vai me interromper, sei disso, posso sentir. Não? Enganei-me? Bem. Nesse caso, talvez devesse começar contando como fiquei louco quando o *dibuk* me possuiu. Mas insisto, doutora, responda-me, a senhora que aprendeu a saber tudo. Como se percebe um demente? Onde isso começa? Como se reconhece? Pelas rupturas bruscas ou pela lógica interna? Pela necessidade de castidade ou de devassidão? O que ele deve fazer ou dizer para que se saiba que está minado por um mal que não consegue se definir? Se eu começar a rir, a fazê-la rir, contando, de maneira engraçada, histórias trágicas que deveriam fazê-la chorar, me acharia louco?

E se contasse histórias dilacerantes para diverti-la, para fazê-la soltar gargalhadas, pergunto: seria a mesma coisa?

Veja bem, doutora. Há meses nos vemos regularmente, aceitando as exigências de um rito que permanece parcialmente obscuro. Será que a conheço um pouco melhor? Não. E a senhora, a mim? Não. Qual seria, então, o objetivo dos nossos encontros, senão nos fazer admitir que estão irremediavelmente destinados ao fracasso? Se eu, pelo menos, falando ou contrapondo minha vontade à sua, pudesse me apaixonar pela senhora... Estaria substituindo Rina, Maya, Ayala — é verdade, houve também Ayala... Mas, afinal, por que não? Bastaria um gesto seu para que... Mas a consciência profissional a impediria de fazer esse gesto ou estou me equivocando? Certamente não o faria. Os mestres aos quais a senhora se remete nos vigiam: nunca se atreveria a contrariá-los. O mesmo se passa com relação aos meus, mas por razões diferentes, mais éticas do que profissionais.

Os meus, por onde andam?

Às vezes, penso no que aconteceu à minha irmã Dina e ao meu irmãozinho Jacob, mas não os vejo mais. Por que se furtam, de repente, ao meu olhar, doutora? Seria um outro sintoma da minha doença: não ver mais o invisível? Absorvidos em uma multidão densa, arisca e confusa, perderam a identidade. Procuram-me ainda, como eu os procuro? Procuram os nossos pais? Dentre aqueles velhotes com passadas incertas, qual deles é o meu pai? Dentre aquelas mulheres imóveis, qual me estreitou no seio? Ajude-me, doutora: de quem sou filho? O que fiz, que erro cometi para não conseguir mais me lembrar das minhas raízes? Seria esta a minha doença: escolher o esquecimento para justificar a vida? Seria a memória o instrumento utilizado por meu *dibuk*? Seria essa a razão pela qual o seu Freud desconfiava dele? A senhora, no entanto, várias vezes explicou que a gente pode sofrer mentalmente, não porque esqueceu tudo, mas por insistir em guardar tudo.

Não esqueço meus pais, doutora. Nunca os esqueci, pode acreditar. Cada vez que penso neles, tenho vontade de chorar, mas me controlo. Penso neles para deixar que as lágrimas corram, mas elas não vêm. Se me sufocarem, azar. Que resolvam o que querem. Estou pronto a deixá-las me carregar para os rios vizinhos e os picos distantes. Minha vida, então, se tornaria uma lágrima?

E daí? Que ela faça o oceano transbordar.

Você queria, Maya, que eu contasse uma história? Ouça:

No Oriente, em busca de solidão e de serenidade, liguei-me a um asceta fugitivo condenado à errância, penitente como eu. À noite, sob um céu com mil estrelas próximas e distantes, ouvíamos o barulho das árvores dobradas pelo vento, anunciando a chuva salutar.

Meu amigo, ainda jovem, mais moço do que eu, me falava de seu passado, por ele qualificado como criminoso, e eu pensei no meu, que não se podia garantir inteiramente inocente.

— Escute, irmão — disse-me. — Ouça-me bem, do início ao fim, tente não me interromper, mesmo que para reclamar alguma precisão ou esclarecimento. Ouça-me e depois vai me dizer qual de nós tem mais a se censurar. Espere, eu disse do início ao fim. Talvez tenha sido um erro? E se tiver vontade de começar pelo fim, ou pelo que precede o começo? Além disso, irmão, dei a impressão de querer contar uma só história, um só pensamento, um só episódio? E se houver muitos em minha sacola, até mil, por que não? Quais apresentar primeiro? Espere, não paro de lhe fazer perguntas, interrogando a mim mesmo: disse "mil episódios", isto é, mil histórias, mil luares, mil momentos. Quem sabe é o destino, sempre o mesmo, querendo ser contado, mas com ritmos constantemente mudados e com uma estrutura eternamente renovada?

Lembro ter pensado, ao ouvi-lo: Eu poderia me apropriar da sua fala, dizer a mesma coisa, com o mesmo tom. Eu também evoluo sob o signo da interrogação, também tenho "mil histórias" que fervilham em meu cérebro e pedem para sair para reviver no sol, na recompensa da partilha, ou para se dissipar na bruma do sofrimento antecipado. Eu poderia... Mas não farei isso. Se um dia começar a falar, os lábios vão contar o rosto melancólico do meu pai, o sorriso nobre de minha mãe, o dia em que os deixei, ou melhor: o dia em que eles me deixaram. Eu os vejo e, assim, sinto-me incapaz de pronunciar qualquer palavra para evocá-los. Seria por isso que me sinto tão pouco à vontade e tão errado? Seria tarde demais para tentar? Deveria ter me aberto com o amigo asceta, mas não tive forças. Estava esvaziado.

Lá, no Oriente, ambos miseráveis, cada um à sua maneira, errando longe de nossas raízes e dos nossos lares, melancólicos mas não desesperados, próximos um do outro, tiramos do nosso encontro uma sensação de plenitude que só a amizade pode proporcionar.

— No começo — disse o amigo, com um tom impregnado de nostalgia —, havia a felicidade...

Achei que poderia dizer o mesmo: no começo, sem dúvida, houve a felicidade. Nem sempre me lembro dela. Quando não sou eu mesmo, não encontro o menor traço no meu corpo e nem em minhas lembranças. No entanto, com cada fibra do meu ser, mesmo sem poder realmente apreendê-la, sei que deve ter existido, em um tempo e em um lugar determinados. Quando eu estava com os meus, todos eles, antes que estourasse nosso pequeno núcleo familiar. E mais tarde, quando meus pais de novo se reuniram. Mas, depois? Eis a tragédia do homem: há sempre um depois.

— Eu me lembro — disse meu amigo. — Um homem de 40 anos, a esposa ainda deslumbrante, e um menino, estranhamente bem-comportado. Estão sentados à mesa, iluminados por uma luz amarela, cansada. Em algum lugar, longe dali, em outra cidade, ou talvez em outro bairro da mesma cidade, a guerra é feroz. Com canhão e com facas. Irmãos e vizinhos, movidos por uma necessidade de vingança ou de conquista, definem o que os une pelo sangue e pela violência. É a morte que os une. O pai, então, após breve meditação, inclina a cabeça como para rezar. "Somos pobres, mas não lamentemos mais nada. Pois somos mais felizes do que os ricos. Temos pão à nossa frente e água fresca. E não temos ódio no coração. Isso basta. O restante não conta. O restante virá no devido tempo." Após um silêncio, retomou: "Que Deus me perdoe. Exprimi-me mal. Disse que o restante não conta. Ele conta e deve contar, pois, nem tão longe de nós e de pessoas como nós, seres humanos matam e morrem. Para eles, o restante não virá mais. Nossa felicidade, nossa serenidade, entretanto, não estão inteiras? Não deveríamos nos sentir diminuídos, errados ou, pelo menos, preocupados?" Eu, então — acrescentou meu amigo asceta —, comigo mesmo, pensei: meu pai não é culpado, mas louco; e se não for, eu é que sou.

— Tudo bem — observei —, seu pai era louco. Mas quem era culpado?

— Eu — respondeu o amigo.

— Você, culpado? De quê? O menino era você, não é?

— Era eu. E eu era inocente, mais ainda do que meu pai. Mas me tornei culpado mais tarde, quando escolhi o mau caminho. Revoltei-me contra a pobreza e a miséria. A idéia era romântica, mas os meios, menos. Com cúmplices, assaltei um banqueiro. Não sabíamos que ele era cardíaco. Morreu alguns dias depois.

— Mas, por que fez isso? Passou a gostar de dinheiro?

— Pelo contrário: detestava. Mas, para detestar, precisava possuir.

Devia contar a ele sobre Samek e o presente que me foi dado? O que pensaria de mim?

Tentei responder com um sorriso que, como budista experiente, ele teria compreendido, mas desisti. O grito mais profundo e mais poderoso, disse um rabi hassídico, é o que mantemos encerrado no peito.

Como o remorso. E o desejo.

Capítulo 3

í onde estão, próximos de tudo que é eterno, vocês conhecem meu passado. Quem sabe, até mesmo meu futuro talvez vocês já conheçam. Como lhes explicar por que comecei essa terapia? Qual a verdadeira finalidade? Saber mais sobre vocês e sobre mim? Isso me aproximará mais de vocês ou, pelo contrário, vai erigir entre nós uma parede inamovível? Estaria minha doença encorajando-os a responder, ou seria a minha hipotética cura?

O que quer que aconteça, já que lhes devo tudo, vou contar-lhes tudo. Isso mesmo, tudo.

TRECHO DAS ANOTAÇÕES DA
DRA. THÉRÈSE GOLDSCHMIDT
... Início de abril de 1998

Doriel Waldman me procurou, recomendado por um colega não-judeu, Dr. John Gallagher, que acreditou, dadas as minhas origens, a minha formação profissional e a minha experiência em terapia dita judaica, que o caso me interessaria. Na verdade, de início eu quis recusar. Não gosto de catalogar a ciência médica por critérios étnicos ou religiosos. Não existe terapia especificamente judia. Um bom terapeuta protestante ou agnóstico pode perfeitamente cuidar de um paciente muçulmano, assim como um especialista judeu deve poder tratar um esquizofrênico católico ou um neurótico ateu. Freud e Jung, separados por tantas coisas, se dirigiam ao ser humano e a seus males, quaisquer que fossem suas raízes e afinidades. Mas o eminente colega insistiu: "Receba-o e verá. Confio em sua opinião. Lembra-se dos nossos três pacientes, há cinco anos? Ajudaram-nos a compreender melhor certas pulsões sombrias e perigosas no homem. — Está querendo dizer que os casos se assemelham? — Não, este é diferente. — E acha que posso lhe ser útil? — Receba-o e decida em seguida." Bom, não sejamos demasiado rígidos.

Gallagher merecia minha confiança. Os três casos extraordinários de que cuidáramos juntos tinham me ensinado muito. Saberia Gallagher que apresentavam semelhanças apaixonantes, mas perturbadoras, com as experiências que tinham assombrado o sono e as raras alegrias de meus pais? Eles viveram no tempo dos horrores... Então, recebi seu protegido, pensando, não sei por quê: é estranho, afinal, que ele não o tenha guardado para si.

A entrevista foi marcada com o novo paciente após um mês e três dias. Para uma quinta-feira, à tarde. Involuntariamente o fiz esperar: precisei acalmar uma jovem atriz de cinema tomada por violenta depressão nervosa. Era impossível mandá-la embora no estado em que se encontrava. Atraso de 15 minutos. Gastei mais alguns, dando uma olhada no dossiê enviado pelo Dr. Gallagher. Elementos biográficos: cerca de 60 anos, celibatário, estudos judaicos aprofundados, atividades múltiplas, mas sem emprego fixo, militante de várias associações de ajuda a desfavorecidos, viagens de estudo a Israel, à África e à Ásia. Insone, solitário. Queixa-se de freqüentes crises de angústia, de males diversos que o impedem de trabalhar. E de ser feliz. Mais grave: perturbam a própria existência. Resumindo, está doente.

Sentada à escrivaninha, estendi-lhe a mão e convidei-o a sentar. Doriel Waldman mal dissimulava o descontentamento. Como sempre, fui correta, cortês e até amável, mas sem exageros. Perguntei o que parecia estar lhe incomodando. Suas primeiras palavras foram pronunciadas como um assobio: "Detesto esperar." Impressão imediata: está irritado; o mundo inteiro lhe quer mal, e eu também, pois não o recebi imediatamente. Bom, não desperdicei meu tempo na faculdade: foi lá que aprendi a não responder às provocações; faz parte da profissão. Disse-lhe:

— Parece que precisa dos meus préstimos.

Respondeu, balançando os ombros:

— Quem lhe disse? O Dr. Gallagher? Ele se nega a cuidar de mim.

— Ele acha, sem dúvida erradamente, que estou mais bem qualificada que ele.

— É possível, mas esse não é o verdadeiro motivo.

— Não? E qual é, então?

— Ele é anti-semita, eis a razão da recusa. Não quer ajudar o judeu que eu sou.

Não pude deixar de rir.

— Acontece que o Dr. Gallagher é um amigo. Foi meu professor favorito. Devo-lhe um pouco a minha carreira. É uma pessoa de bem, honrada. Rejeita qualquer forma de racismo, qualquer forma de feiúra.

— Pode-se perfeitamente ser anti-racista *e* anti-semita.

Muito rapidamente, algo nele me intrigou. Inteligência nervosa, susceptibilidade doentia, arrebatamento contra os próprios fantasmas. Era evidente ter sofrido muito. Talvez demais? Isso não quer dizer nada. Cada um tem a sua medida. Cada um, a sua concepção do que é demasiado e pesado demais para carregar. Hegel falou de excesso de conhecimento. Existiria um excesso de memória?

Uma observação que, para um, é apenas maldosa, é tão insuportável quanto uma marretada, para outro. O que fazer? Observando o visitante, tomando mentalmente notas sobre aquele primeiro encontro — talvez devesse dizer: primeiro enfrentamento? —, eu me perguntava, como se fazia na minha terra, "por que ele corre assim?". Ou, em outras palavras: O que motiva o seu comportamento? Que nome atribuir a esse mal? O que o incomoda nas relações sociais? O que derrapa, em sua cabeça, que lhe perturba a percepção do real? Quais aberrações atravessam o seu passado? O que lhe faz mal à noite e amedronta pela manhã? Sofreria, simplesmente, da nostalgia doentia de um paraíso perdido, escamoteado por desconhecidos?

Expliquei-lhe rapidamente o que previa — de uma a duas sessões (bem remuneradas) por semana, para começar, com duração de tratamento imprevisível —, esperando que dissesse que era caro demais, mas ele me interrompeu:

— Esqueça as questões de dinheiro. É muito gentil da sua parte me aceitar como paciente, mas também tenho algo a dizer sobre isso, está bem?

Surpresa, respondi, apressada:

— O senhor não pode pagar?

— Pagar? Pagarei o que me pedir. E até mais, se necessário.

— O dinheiro, então, não lhe causa problema...

— A senhora está zombando de mim, ou o quê? Posso pagar, sempre paguei tudo. E não me pergunte a origem de meus rendimentos. Isso não lhe interessa. Aliás, não era disso que queria falar. Teria a delicadeza de me ouvir?

— Certamente. Por favor, sou toda ouvidos.

— Já que vamos passar muito tempo juntos, é importante para mim saber quem é a senhora.

— Isso não é da sua conta — disse, secamente.

Uma Vontade Louca de Dançar ✤ 65

— Sinto contradizê-la, mas, se entendi bem, é a minha saúde mental, senão a minha vida, que está em jogo. Não tenho o direito de saber em que mãos estou me colocando?

Esforcei-me para manter a calma e expliquei, sumariamente, a concepção freudiana da psicopatologia, que tento adaptar às circunstâncias. A associação de idéias. A confiança indispensável dos dois lados.. A distância imperativa entre o terapeuta e o paciente: suprimi-la, poria o tratamento em perigo.

Ele protestou:

— Li muito sobre histeria, neurose, psicose e esquizofrenia. Estudei, inclusive, o delírio da dupla personalidade. Mas Freud morreu, que descanse em paz. Não será com ele, mas com a senhora que estarei — ou viverei — nos meses ou anos futuros. A senhora descobrirá tudo a meu respeito. As coisas mais secretas que conservo em mim, se entendi direito o sentido do seu trabalho, deverei revelar. E não terei nada da senhora? De onde vem? Quem são seus pais? Tem irmãos, primos? Amigos fiéis ou hipócritas? É casada? Ama seu marido? Já aconteceu de enganá-lo, pelo menos em pensamento? E sobretudo: Sente-se feliz sozinha? E para terminar: Vai, sim ou não, responder as minhas perguntas? Em caso negativo, eu a deixo, e que aquele cretino anti-semita do Gallagher vá para o inferno!

Franzindo o cenho, permaneci em silêncio um bom momento. O que responder? Que sou judia, filha única de sobreviventes que recusam lembrar o passado? Que gosto do que faço? Que sou casada, fiel e sem filhos? Que as pessoas felizes podem ter problemas, mas não histórias? Contentei-me em responder, com toda a sinceridade que creio poder ter:

— Está bem, senhor Waldman. Seu argumento não deixa de ter valor. Proponho uma negociação ou, se preferir, uma aposta: procedamos na base do princípio de trocas. Do meu lado, farei de tudo para descobri-lo melhor; e do seu, faça a mesma coisa. E vamos ver quem consegue primeiro.

Negócio feito — e me perguntava qual dos dois o lamentaria mais rapidamente. E por qual razão.

Perguntei-lhe do que vivia; respondeu com um movimento dos ombros. Será que tem, de fato, meios para me pagar? Mais uma vez um gesto, quase de desdém. Ele falava e se comportava como se aquela fosse a última coisa com que se preocupasse. Seria, então, realmente, tão rico? Seria esse o seu problema?

Início de maio

... Pronto, foi dada a partida. Assim começou o tratamento. Não foi fácil. A primeira sessão de 50 minutos não transcorreu muito bem. Primeiro, ele não quis se deitar no divã. Depois, não admitiu que eu ficasse atrás, com meu caderninho de anotações. Discussão desagradável — quase chegando à ruptura — que tomou todo o tempo que eu decidira lhe dar. Levantando-se, me disse: "Não sei se vou querer voltar." Respondi que estava livre: bastaria que telefonasse à secretária para cancelar a sessão seguinte. Tirou do bolso um envelope, que colocou sobre a escrivaninha: tinha um cheque cobrindo o mês inteiro de tratamento. Um dia desses, pensei, se continuarmos, terei que perguntar — discretamente — sobre seus recursos financeiros.

Não telefonou.

Para a segunda sessão, que começou mal, mas terminou de maneira engraçada, ele chegou de mau humor:

— Não creio que possa me ajudar — disse-me, ainda na porta. —Voltei porque a senhora me interessa. Tenho a impressão de que precisa de mim, mais do que eu da senhora.

Respondi que, se perdesse meus pacientes, meu marido ficaria bem chateado.

E, mais uma vez, se recusou a deitar. Azar. Já que perdeu a primeira batalha, pois voltou, por que não lhe permitir a vitória seguinte? Insistiu para que nos sentássemos frente a frente. Que fosse. Dispusemos duas cadeiras como queria. Não pareceu à vontade, e nem eu. O silêncio que se instaurou foi ficando pesado, hostil. Perguntei com um tom seco, frio, neutro:

— De que vamos falar?

— É a senhora o médico. É quem deve sugerir.

— Podemos começar pelo presente: o que fez ou sentiu, ao se levantar pela manhã? Lembra-se do que sonhou? Estava de bom humor?

— Gostaria de ouvir uma segunda sugestão.

— Podemos falar de seus pais.

— Por quê?

— Para conhecê-lo melhor.

— Não.

— Às vezes sonha com a sua mãe?

— Sim.

— Quando?

— Quando estou acordado.

— Nunca durante o sono?

— Durante o sono acontece de vê-la. Mas daí, não é mais sono.

— O senhor a vê fora dos sonhos?

— Às vezes.

— Como está vestida?

— Blusa branca, saia azul-clara.

— O que ela faz?

— Descansa.

— E seu pai?

— Descansa.

— E o senhor?

— Olho-os descansar.

— Eles se beijam?

— Eles me beijam.

— E quando estão sozinhos?

— Não estou gostando, doutora. Não tenho mais vontade de falar deles.

— Por quê?

— Porque não entendo em que podem interessá-la.

— Mas tudo que o senhor diz me interessa.

— Sobretudo minha mãe, não é? É o que a motiva. Gostaria de me ouvir dizer que era apaixonado por ela, vamos, conheço a ladainha. Não é a única a ter lido o tio Sigmund, como é chamado em alguns meios letrados. Um pouco mais de originalidade, doutora. E um pouco mais de audácia. Que tal começar jogando o seu questionário habitual no lixo?

De repente ele se trancou. Tentei em vão estimulá-lo. Abordei outros assuntos; tudo inútil. O silêncio se prolongou até a morbidez. Doriel se levantou cinco minutos antes do fim da sessão, dirigiu-se à porta e, sem se voltar, lançou, como se advertisse:

— Disse-lhe muita coisa esta tarde. Se nada ouviu, queixe-se de si mesma. Culpa sua, não minha. E digo mais: se não sabe ainda, apesar dos estudos e da experiência, que cada ser tem suas questões próprias e sua maneira particular de elucidá-las, deveria mudar de profissão. De qualquer maneira, o que tenho a declarar, agora, é simples: a sessão que acaba de transcorrer não merece ser paga.

Ele foi embora, sem dizer se voltaria.

Esperava que voltasse.

Meio de maio

— Então, para me ajudar na cura, precisa saber tudo de... minha doença, do meu mal. E da minha vida. Muito bem, prometo me esforçar nesse sentido.

— Estou ouvindo.

— Eu tenho medo. E quando não sinto medo, tenho medo de não ter medo. Medo de perder minha estabilidade, meu juízo. A loucura, doutora, em uma só palavra, mas é preciso pronunciá-la; é o que temo. Meu mal, quando surge, não vem dos outros, mas de mim mesmo. Seu poder de sedução, tanto quanto sua força destruidora e capacidade de tudo sacudir, tudo invadir, tudo envolver: é o que receio. Para escapar das suas garras, às vezes emprego as imagens bíblicas dos castigos e das maldições: pela manhã, aguardo a noite e, quando chega a noite, espero o dia. É um inimigo sempre à espreita, com um punhal em cada mão, pronto para ferir. Às vezes, tenho vontade de correr e me esconder do outro lado do planeta. Mas não me movo. Sei que, em minha vida, não há abrigo para o que se chama doença mental ou loucura, a senhora me compreende, doutora? Acredita, realmente, com toda sinceridade, estar apta a me dizer que esse abrigo existe, e me indicar onde?

Sexta sessão: tarde chuvosa de quinta-feira

Doriel foi pontual. Sombrio, taciturno, não me cumprimentou e se sentou no divã. No instante seguinte, levantou-se e sentou-se na mesma cadeira de sempre.

Não olhava para mim. Imóvel, fixava um ponto preciso no espaço. Como se eu não existisse? Ou, sobretudo, como se fosse a única a existir. Para poder se preparar melhor e me afrontar, desafiar, negar.

No pequeno relógio de pulso, de prata, que Martin me deu em nosso primeiro aniversário de casamento, os ponteiros avançavam com dificuldade, obstinados.

— Por que não me conta o seu dia de ontem?

Fingiu não ter ouvido. No mundo fechado em que se enclausurou, talvez lhe fosse impossível ouvir. Alguém surdo de nascença ouve ruídos durante o sono? Pensaria que todos os seus semelhantes são, como ele, surdos à música das palavras e dos sons?

— Doriel — disse-lhe —, já que está aqui, é porque me supõe capaz de ajudá-lo. Mas, insistindo no silêncio, me impede de continuar.

Era como se eu nada tivesse dito.

Ele tentava me irritar, estava claro. Desestabilizar-me, deixar-me vulnerável. Com que finalidade? Provar minha fragilidade diante da sua vontade de criar entre nós um espaço que a exploradora de almas, que a seu ver eu sou, não vai conseguir atravessar? Muito bem, não sairá vencedor. Posso ser forte, mais do que ele imagina. Com um tom calmo, muito calmo, imperturbável, falei:

— Aparentemente, Doriel, o silêncio lhe agrada. Isso acontece. Há pessoas assim. Desistiram da palavra. Sem esperanças na linguagem, escolheram o mutismo. Como finalidade ou como meio? Não é a mesma coisa. Como meio, o silêncio pode durar indefinidamente. Nesse caso, ele se explica e se traduz pela recusa da linguagem, que é uma outra forma sua. Mas como finalidade, o silêncio implica a palavra, se ele quiser se aprofundar e se justificar.

Doriel se calava, trancado em sua determinação de rejeitar qualquer tentativa minha de aproximação.

Imperceptivelmente, transcorremos a metade do tempo da sessão.

— Seria porque nada contei a meu respeito que se mantém calado? Cala-se para me punir? Para me forçar a me entregar ao desconhecido que o senhor ainda é para mim e para si mesmo? Para me infligir uma lição de modéstia, talvez? Vamos, pode me pôr à prova, faça perguntas, uma só, para começar, sobre minha vida profissional ou privada. Pergunte-me o que quiser. Em sua situação, o desafio será menos ofensivo e mais fecundo do que essa reclusão.

Uma Vontade Louca de Dançar 🪽 71

Inclinei-me em sua direção. Tocaria seu braço, seu ombro? Tive vontade. Não podia ficar esperando que se mexesse, despertasse do torpor. Mas controlei-me. Em minha profissão, qualquer contato físico com o paciente está proibido. Mas se ele permanecer como hipnotizado e afásico por mais 15 minutos? Como vou lhe fazer entender ter acabado a sessão? O tempo expirou e permanecemos ali, um e outro conscientes da nossa impotência, condenados a nos submetermos à eterna ausência de comunicação entre seres humanos que não vivem o mesmo momento, da mesma maneira, apesar de seguirem na mesma busca.

Levantei-me. Um instante depois, ele fez o mesmo. Encaminhou-se para a porta. Abriu-a e parou, sem dúvida hesitando me deixar sem uma palavra. Decidiu voltar. E, bruscamente, seu rosto mudou. Um sorriso apareceu e logo se apagou. Sinal de vitória, como para dizer: "Está vendo, doutora, eu ganhei"? Quis lhe fazer compreender, com gestos, não se tratar de um jogo o que fazíamos.

Mas ele não estava mais ali.

Angústia misturada com decepção. Ruptura definitiva?

À noite, à mesa, mal controlando o tique que o faz bater as pálpebras, Martin me olhou com a expressão perturbada:

— Dia ruim? Dificuldades no trabalho? Você não parece estar bem.

Meu marido me conhece: adivinha o que, às vezes, mas é raro, procuro esconder dele. Para que preocupá-lo? Tem os seus próprios problemas. Na Biblioteca, os ricos doadores de livros já lhe complicam bastante a existência. Nunca estão satisfeitos, exigindo dele coisas absurdas, se é que realizáveis. Cada um tem sua idéia particular para atrair maior público. Uns gostariam de ver estrelas de cinema fotografadas lendo o último romance do escritor da moda. Outros propuseram que estudantes vendessem, de porta em porta, livros antigos. Ou então que eles, acompanhados por jornalistas e fotógrafos, fossem fazer leitura para os velhos, em asilos. Em vão, Martin explicava que, como diretor-geral, a publicidade não era a sua área e nem o seu sonho, e que se quisessem ir atrás de devaneios publicitários, que contratassem um profissional — mas com qual orçamento? A instituição tinha necessidades bem mais prementes, do ponto de vista financeiro. Teimosos, os doadores voltavam incessantemente à carga.

— E então? — insistiu Martin. — Não diz nada? Foi ainda pior o seu dia?

Contei-lhe: insuportável, o meu oitavo paciente. Pedia ajuda, mas fazia tudo para não ser ajudado. Parecia pura sabotagem.

— Ah, isso passa — disse Martin. —Vai acabar se apaixonando por você, e os problemas estarão resolvidos. É quando começarão os meus.

Era o remédio miraculoso de Martin. Estava convencido de que os homens se dividem em duas categorias: os que já estão apaixonados por mim e os que estarão amanhã. Atribui-me poderes ocultos. Assim que protesto, ele responde: "Não utilizou o mesmo artifício para resolver os meus problemas?" Ao que respondo: "Você é incorrigível." Mas não esta noite. De repente me perguntei: "E se acontecesse isso? Se Doriel perder a cabeça?" Impossível? Pelo contrário, até provável. Em análise, é freqüente a transferência: o paciente se enamora do analista. E o que eu faria? Com um gesto da mão, afastei o pensamento antecipado, ou mesmo francamente indecente. Trocar uma palavra com o Dr. Gallagher? Pedir conselho? Afinal, foi ele quem me passou essa carga, logo a mim, sua ex-aluna.

—Tem razão — disse a meu marido. — Isso vai passar.

É claro, da próxima vez tudo há de correr melhor. Se houver uma próxima vez.

Quatro dias depois

Decisão: não voltar atrás. Não mencionar o incidente. Evitar armadilhas. A palavra silêncio: tabu.

Aliás, não precisava me preocupar. Doriel parecia de bom humor. Amável, dócil. Pronto para tudo. Mal se sentou, foi quem abriu a sessão:

— Vamos lá?

— Vamos sim.

— A senhora sabe que venho de um meio religioso. Mas a literatura e a filosofia não me são estranhas. E a senhora? Conhece Nietzsche? Não o filósofo, nem o poeta, mas o psicólogo. Em algum lugar, ele disse que o principal inimigo do homem é ele próprio: A senhora também pensa assim? Teme que esse inimigo vença as suas resistências e triunfe sobre as suas esperanças? Nunca teve medo, sim, medo, de se ver desarmada diante de adversários invisíveis, em um universo hostil, onde qualquer possibilidade de vitória está previamente descartada? Medo de não compreender mais, nem aceitar o que acontece, tanto de bom quanto de ruim? Alguma vez já se sentiu bruscamente desligada de tudo a seu redor, separada dos seus semelhantes, lançada no abismo pelas pessoas que a amavam ou que a senhora amava? Em outras palavras, doutora: alguma vez já teve medo de perder as suas referências, perder o juízo?

Anotei as perguntas em meu bloco. Senti que tinham um significado. Continham chaves que me seriam úteis. Sublinhei Nietzsche. Influência sua? Sentimento de desligamento. Após a crise de demência em Turim, em 1889, ele não escreveu mais uma linha sequer até morrer, em 1900. Se meu paciente queria me impressionar, conseguira plenamente.

— Estou esperando — disse Doriel.

Como não respondi, ocupada que estava em anotar tudo, inclusive a última observação, ele repetiu:

— Estou esperando.

— Ah, e o que está esperando?

— Suas respostas às perguntas. Sei que talvez sejam um tanto pessoais, até íntimas, mas se aceitar responder, doutora, nosso trabalho comum ganhará muito, a senhora verá. Prometo.

— Claro, como todo mundo, às vezes tenho medo. É humano. Medo da solidão. Do fracasso. Da separação. Medo das doenças. Da vergonha e da humilhação. Medo da morte. Quem não tem medo não é humano.

— Não mencionou a única palavra que importa: a loucura. Pergunto se alguma vez teve medo de ficar biruta, doida, aloprada ou, simplesmente, louca.

Não era bobo. Nada o desorientava. Se uma palavra o fisgava, não a largava mais.

— Como responder, Doriel? Quando era estudante, convivi com doentes mentais ou ao lado deles. Aliás, as aulas do seu querido Dr. Gallagher eram de psicopatologia. Uma vez por semana, assistíamos às suas conversas com os doentes. Satisfazendo a sua curiosidade, muitas vezes eles me inspiravam medo.

— Por quê? Por que medo, em vez de repulsa, confusão ou indiferença?

— Era medo o que eu sentia. Medo de ver alguém viver em uma realidade que, para sempre, permaneceria inacessível a mim.

— Mas não o medo de acordar, uma manhã qualquer, prisioneira daquela mesma realidade?

— Esse medo também, provavelmente.

— E o que fazia, então, e o que faria, agora, para superá-lo?

A pergunta me confundiu. Como evitá-la? Tocava uma zona secreta da minha pessoa. Pensei: o sujeito é esperto. De repente, virou

Uma Vontade Louca de Dançar 75

ele o terapeuta e eu a doente. E fui obrigada a inventar uma resposta, nem que fosse só para não dar o braço a torcer.

— Olhava para os doentes e procurava lembrar que não imaginavam o meu medo; quanto ao que sentiam, talvez o dissimulassem, integrando-o na vida sem raias, ou mesmo truncada, que têm. Para eles, tudo se encaixa, mesmo com o mundo em mil pedaços. Evoluem em plena demência organizada, estruturada, fixada em acrobacias mentais. Eu os ouvia e pensava: para eles, as respostas estão sempre prontas; para mim, elas retornam como interrogações. E dessa maneira, seguindo o movimento do pensamento, inconscientemente me desfazia do medo.

Doriel, com os olhos, não me abandonava. O sorriso, glacial desde o início, desapareceu. Havia algo grave e doloroso em seu olhar. Precisei de um esforço para não me comover.

— Obrigado — ele disse, em voz baixa, inclinando ligeiramente a cabeça. — Obrigado pela franqueza. Levou adiante o jogo, com uma honestidade que inspira confiança. Farei o mesmo, por minha vez. Ouça, ainda no Oriente, meu amigo asceta me disse: "Quando chegar aos 60 anos, vai estar em grande perigo, em algum lugar longe daqui; me chame e virei em socorro." Muito bem, estou no encontro que ele marcou. Chamei e ele não veio. O que devo fazer, doutora? Eu lhe escrevi, ele não respondeu. Ainda vive? Livre, ou novamente enclausurado?

Infelizmente, só dispúnhamos de mais três minutos pela frente. E o horário, proclamava tio Sigmund, é imutável, santificado, sagrado.

Na mesma noite, no jantar, não pude evitar de voltar ao assunto que me preocupava cada vez mais. Disse a Martin que, no comportamento do meu paciente, havia algo importante que me escapava. É verdade, a sessão da tarde tinha sido encorajadora, mas podia sentir alguma raiva, que ele me tratava com animosidade, enquanto, com as demais pessoas, devia ser bem mais dócil, generoso e até caloroso. Por um lado, ele é quem me paga; devia, então, confiar em mim. Por outro, ele se irrita se se deixa levar e não pára de me observar, me julgar, me recriminar... Por que tal atitude especial, singular, de sua parte?

— Quer a minha opinião? Como posso dá-la, se nunca vi o tal sujeitinho?

— Justamente. Por estar, como dizer, fora do jogo, poderia, talvez, ter uma visão mais objetiva da situação.

— É isso? Quer que eu adivinhe?

— Pode ir.

— Na minha opinião, ele é mais severo, mais duro com você, exatamente por ter medo.

— Medo? De quê? De quem?

— De você. Medo que você descubra a real natureza do seu mal, suas verdadeiras raízes.

Capítulo 4

lanando pelas ruas, sem qualquer pressa para chegar à sua casa, Doriel tentava enxergar mais claramente em si mesmo. A quem se confiar? O pensamento o conduziu ao Oriente, onde encontrou o antigo amigo. Com ele, podia conversar. Que sentimento era esse, ambíguo mas forte, que aquela mulher, Thérèse Goldschmidt, despertava? Conseguiria, afinal, falar com ela de coração aberto? O que havia de tão particular nela para que ele sucumbisse à vontade de contradizê-la em tudo? Será que, no subconsciente, a admirava ou cobiçava? Não era a mais bela e nem a mais brilhante mulher com que convivera ou conhecera. Além disso, era casada e visivelmente apaixonada pelo marido bibliotecário. Seria por lamentar a vida celibatária que, dentre tantos terapeutas figurando no anuário médico, acabara esbarrando numa mulher casada, à qual se pudesse apegar?

De longe, o amigo do Oriente, sempre presente, afetuoso mas delicado, respondeu, de olhos fechados:

— Irmão, você fez muitas coisas na vida. Algumas o tornaram mais sábio; outras, mais rebelde. Ora sonhava se alçar até o céu, ora estava pronto a se cercar de trevas. Você quis, às vezes, viver no futuro, e, outras vezes, no passado, na miséria do amor frustrado, como na alegria de um amor raro porque verdadeiro. O que você quer, irmão? Acabou que tudo confundiu você. E, assim, você esqueceu o essencial: para o homem que procura aliviar a sede na fonte, a inteligência e a paixão não são imposturas? Para que o homem se cumpra no êxtase ou na queda, ele precisa se agarrar ao presente. Apesar de fugaz, o instante conserva sua eternidade própria, assim como o amor e até mesmo o desejo concebem seu próprio absoluto. Se você aspira metamorfosear o ser e o tempo, e as relações que os unem, acabará tornando seu um pensamento platônico que, afinal, afasta o homem do seu destino, deixando-o no terreno vago, brumoso e entulhado, primeiro do descrédito, depois da demência. Nesse universo ambíguo, cheio de maquinações e fanfarronadas, a força reside no ato de forjar a própria lucidez, aprisionar a própria verdade. Quem ama, cria ou recria, nem que seja no tempo de duração de um piscar de olhos, já conquistou uma vitória sobre a absurda fatalidade.

Doriel imaginou o amigo tão sábio: ele se interrompeu, suspendeu a respiração e lhe lançou um olhar rápido e sorridente, como se o aconselhasse a fazer o mesmo.

— Você há de perguntar: e o futuro nisso tudo? Ele existe, irmão, é claro que existe, mas como ameaça. A doença é uma prisão, a velhice, uma humilhação, e a morte, uma derrota. Posso dizer que sei disso: tive pais felizes, falei-lhe deles; a felicidade deles era o assunto do vilarejo. O que não contei é que foram levados por uma epidemia que devastou a região. E meus colegas de escola, a maior parte deles morreu na guerra. Durante muitos anos, vivi revoltado; não parava de gritar contra as injustiças do céu e dos homens. Depois, guiado por um grande Mestre, compreendi que os lábios nos foram dados não só para gritar, mas também para cantar e beijar. Enfrentar os deuses dizendo: "Vocês querem me impedir de conhecer a felicidade; muito bem, vou agarrá-la com toda a força!", é essa, diante do sofrimento, a única resposta válida. Recusar a alegria sob o pretexto de que ela não tem o direito de existir, porque só pode ser imperfeita, seria se declarar vencido desde o início.

Doriel responderia que já começamos vencidos antes até daquele início, e que nascer é mais um exílio do que uma libertação. Mal chegamos com o projeto de nos impormos ao mundo indiferente, e já é tarde demais.

— Tarde demais para quem? Para o recém-nascido, talvez, mas não para os seus pais. Nem para os seus futuros filhos. De tanto querer conferir um sentido ao destino, você corre o risco de se confundir com ele ou, pior ainda, assumir as suas funções. É esse o erro! Você pode ser amigo de seu semelhante, ou até inimigo, mas não pode assumir o destino dele. O destino, ele o carrega em si.

Sábios dizeres, não isentos de sentido e de humanismo. Enquanto refletia, Doriel se sacudiu. Lembrou-se de que, no Oriente, havia escondido algo de seu amigo tão pobre. Não lhe havia falado de sua riqueza.

Capítulo 5

RECHO DAS ANOTAÇÕES DA DRA. THÉRÈSE GOLDSCHMIDT

6 de julho. Tarde

Hoje, pela primeira vez, Doriel Waldman se deitou no divã e ali ficou. Muito bem. Como agradecer aos deuses essas pequenas vitórias? Sem esperar minha primeira pergunta, voltou a insistir na doença:

— Em geral caprichosa, ela se infiltra suavemente, ou irrompe com violência no cotidiano banal, mais ainda do que no tempo privilegiado dos dramas. Um movimento da cabeça ou do braço, um afago contido ou inábil, uma palavra a mais bastam para que o mundo a meu redor ou dentro de mim vá a pique e me carregue junto. Aí, imagens e desenhos, recordações de prantos e de risos se embaralham, se embolam uns nos outros, até se separar em uma neutralidade esfumada, um estranho ambiente de não-gravidade, fora da duração do tempo. É verdade, em certos momentos, há entradas, lampejos em plena bruma, mas, instantes mais tarde, tudo recomeça. E não sei mais quem é quem e quem sou eu dentro desse marasmo.

Como eu anotava tudo em minha caderneta, sem abrir a boca, ele emendou:

— Foi isso mesmo, doutora, bastou um beijo fugaz e culpado, nada além disso, nem antes nem depois, para que a ordem das coisas ficasse para sempre perturbada. Não me pergunte se falo por experiência própria — talvez esteja falando da sua.

Ele falou de um beijo... Peço que desenvolva? Melhor não interrompê-lo. Está embalado, que continue.

— Conseqüentemente, cego diante do futuro, despossuído de qualquer esperança, o pobre apaixonado de ontem nada mais tem a esperar do outro e menos ainda de si. Ele havia, no entanto, acreditado com todas as suas forças, com toda a sua alma, e não acredita mais. Mais uma vez, não me pergunte se era eu o pobre sonhador; não lhe direi. O mesmo ocorre com relação à fé na humanidade do homem: antigamente, eu acreditava, apesar do próprio homem, do fundo da alma. Não acredito mais. Aqui estou, contando-lhe, talvez, a vida e a agonia de um homem que não conheço; sei apenas que é um ser humano como a senhora e eu, mas cujo destino foi manipulado, desfigurado, amputado. É essa a doença...

Para tomar minhas notas, sem nada omitir, continuei a ouvir sem olhá-lo, nem mesmo de viés. Concentrei-me em certas palavras, espantada com a secura do tom. Traço algum de sentimentalidade ou de autocomiseração. Como se fosse a leitura de um relatório de polícia. E, no entanto, a cada frase eu esperava que ele aludisse a uma depressão nervosa, a uma crise de neurastenia, a uma tentativa de suicídio frustrada que tivesse provocado ou evitado a sua doença.

Ele parou para respirar e aproveitei para lançar uma pequena pergunta, como por inadvertência:

— E o beijo?

— Do que está falando?

— Ainda há pouco, pronunciou a palavra.

— Cabe a mim falar; à senhora escutar.

— Mas...

— A última palavra que pronunciei, se não me engano, não foi beijo, mas doença.

— Bem, falemos disso. Essa doença, no senhor, data de quando?

— Realmente, doutora, a senhora me decepciona! Acha, de fato, que se possa precisar a origem de um desejo, ou o nascimento do receio de assistir à morte desse desejo? Se eu lhe afirmar que minha doença é mais velha do que eu, acreditaria? Ou melhor, compreenderia? Aliás, perguntando sobre o meu passado, a senhora me obriga a um esforço considerável e cansativo, me faz pensar em voz alta e isso me causa mal-estar. Tem consciência disso? Leva-me a me questionar, ou seja, a pensar meu pensamento, a abri-lo, dissecá-lo, reenviá-lo para trás, distante o mais distante possível, até a fronteira, até o seu nascimento, quer dizer, ao primeiro pensamento humano, que seria o do Criador; é o que a senhora quer? E se eu lhe dissesse que meu pensamento, esse que, através de mim, a senhora persegue, não avança nem recua em linha reta, mas por arranques, que ele é feito de lascas estilhaçadas, porque perfura caminhos em ziguezague, de uma imagem a outra, de um cérebro a outro, de uma existência a outra, posso quase dizer, de planeta em planeta, de galáxia em galáxia, de deus a Deus?

O ritmo se tornou mais rápido, quase ofegante:

— A diferença entre nós, doutora, talvez esteja em nossas atitudes com relação ao pensamento. Para a senhora, especialista habituada a acreditar na razão, na racionalidade, pensar é uma atividade nobre, pois ela a interroga enquanto se interroga: não é o homem "um caniço pensante", um animal que reflete a sua condição, uma criatura que se alça ou se rebaixa, se aprisiona ou se liberta pelo pensamento? Isso não se adapta a mim, doutora. Para mim, o louco que temo me tornar, que talvez eu já seja, pensar é uma empreitada nada razoável, complicada, dolorosa, que pode virar fumaça e se desmanchar na cinza. Para mim, o pensamento pode rapidamente se desfazer, se desatar, se dispersar, se desregular: a gente se perde, tentando conviver com isso. Ele me leva para além de mim mesmo. Como uma célula cancerosa perturbando o funcionamento de um órgão, o pensamento escolhe palavras simples mas canais imprevisíveis e trilhas tortuosas balizadas por setas envenenadas, para chegar à sua meta, em uma louca instabilidade, ou na goela de um monstro. Por isso, doutora, não sendo eu, a senhora nunca pode pensar como eu. As palavras que saem dos meus lábios não são as que os seus ouvidos captam. Às vezes, procuro palavras que recusam sair; ficam escondidas, emboscadas, em nó, na garganta. Pode ouvi-las? Não. Eis por que, doutora, por seu intermédio, vou dizer e repetir a quem queira ou não queira ouvir: não permito que, em minha presença, se glorifique a clareza da linguagem e a beleza da sua forma; não permito que se celebre o sono reparador, nem o pensamento redentor. Tanto um quanto outro são ilusões e traições; se a loucura permanecer em mim, ela tem o direito de repudiá-los. E de declarar que se pode querer enlouquecer por desgosto dos clichês, das frases feitas que dão vontade de quebrar, de castigar. Consegui me fazer compreender, pode me dizer?

Exausto, ele parou. Eu deveria observar que o que ele acabava de dizer e a maneira como o dissera serviam facilmente de prova de que não estava doente, em absoluto? Que a facilidade com que se exprimia revelava um espírito lúcido, uma força intelectual permitindo-lhe elaborar, com palavras simples, um conjunto de idéias espantosamente luminoso e notavelmente construído? Corria o risco de irritá-lo. Negar a doença do doente não significa subtrair-lhe aquilo que constitui a sua personalidade e, assim, a sua identidade?

Limitei-me a elogiar, com humor, suas qualidades intelectuais. Afinal, não havia citado, em seu monólogo, Pascal, o místico, e Nietzsche, o filósofo?

— Tenho a impressão — disse-lhe — de ser a dúvida filosófica o que mais o atormenta. Estou enganada?

— Ela me atrai e atormenta apenas quando é o filósofo, em mim, que tem o domínio. Aborrece-me quem prefere as soluções aos problemas. Veja Platão e a teoria dos reis filósofos. Sou a favor dos filósofos loucos, ou dos loucos filósofos: para mim, são os verdadeiros reis.

Perguntava-me se ele dizia a verdade. Estava convencida de que se lembrava de um incidente, um episódio, um despedaçamento que houvesse marcado, para ele, a fronteira entre o antes e o depois. Sempre há um momento de crise em que o juízo vacila. Era um estranho personagem, Doriel. Surpreendi-me pensando que o achava diferente de todos os meus demais pacientes. Curioso. Em minhas anotações, risquei "curioso" e coloquei "estranho" no lugar.

E o tal "beijo" que ele deixou escapar talvez sem querer...

Aconteceu, depois disso, de Martin me perguntar sobre os estados de espírito e de saúde daquele paciente bem especial. Em geral, ele respeitava minhas reticências em comentar o que se passava no consultório; sabia perfeitamente que o segredo médico se aplica também ao cônjuge: não se trai a confiança do doente. Se me calava, Martin também se calava. Mas, a partir de um certo momento, não controlava a vontade de me fazer falar. Parecia que, pela primeira vez, um dos meus "casos" o interessava. Eu resistia, evocando as regras da "reserva de caça", e disse que o consultório médico não era igual a uma biblioteca onde, por definição, tudo se oferece à curiosidade do visitante. Como, ainda assim, ele insistiu, naturalmente perguntei por quê. Resposta: tinha a impressão de que aquele paciente me preocupava e perturbava mais do que os outros. Sem explicar a razão, admiti. Dava-me conta, porém, de que isso não o satisfazia. E também de que, pela primeira vez, uma tensão se estabelecia em nossas relações.

Desculpe, o que acabo de dizer é inexato. Desde o casamento, há 10 anos, e mesmo antes, uma questão causou, por muito tempo, um mal-estar entre nós: não termos filhos. No entanto, os dois queríamos. "Tem medo por causa da sua carreira?", perguntava. "Acha mesmo que uma boa mãe de família não pode se ocupar de doentes?" Ele nada entendia daquela situação, ou pretendia nada entender. Eu me calava. Assunto tabu. Proibido se aproximar. De certa maneira, por omissão, mentia a meu marido. Era verdade, eu tinha medo. Medo de desagradá-lo. Medo de ficar sozinha, de que me abandonasse por não lhe dar um filho. Consultei os maiores especialistas. Minha mãe, em sua profunda fé, apesar das provações do passado, implorou a um ilustre rabi hassídico que intercedesse lá no Alto a meu favor. Mas o ginecologista não me deixara qualquer esperança.

No entanto, nos amávamos. Para ele e para mim, tinha sido o primeiro, ou quase, amor mais sério. Amor sereno, sem paixões nem obstáculos de ordem social ou religiosa. Ambos nascêramos em Nova York, em famílias judias abastadas. Seus pais eram originários da Polônia, os meus, da Hungria. Estudos universitários em Boston, para ele, e em Chicago, para mim. Encontro fortuito no aeroporto, paralisado por uma tempestade de neve, em plena tarde. Centenas de viajantes corriam em todas as direções, procurando um táxi para voltar para casa. Funcionários da companhia aérea aconselhavam que se telefonasse aos hotéis mais próximos. Todas as linhas estavam ocupadas, e quem quer que conseguisse uma comunicação ouvia a breve resposta: "Lamento, o hotel está lotado."

À noitinha, as salas de espera se transformaram em imensos dormitórios. Desconhecidos se esbarravam, trocavam lamentações e exclamações do tipo: "Ah, se eu soubesse!" Para a maioria, eram relações de uma noite apenas. A minha com Martin foi, como se diz, para a vida toda. Terminamos os estudos na mesma universidade, na Filadélfia. Ele, cursando a faculdade de Ciências Humanas, e eu, a de Psicoterapia e Psiquiatria. Quis me especializar, de início, na área dos criminosos reconhecidos mentalmente irresponsáveis. Tínhamos uma combinação perfeita. Ele me ajudava a encontrar obras específicas e eu lhe explicava o que encontrava nelas. Nossas primeiras conversas giravam em torno de minha vocação: por que me sentia fascinada pelos grandes criminosos da História? Era porque, sem dúvida influenciada por Dostoiévski, eu os considerava doentes. Martin: "Mas o que neles lhe interessa agora, e nos futuros clientes potenciais: o crime ou a doença?" Eu: "A relação entre um e outra é o que me intriga. Pois, a meu ver, há uma relação." Nenhum dos dois evocávamos o que permanecia guardado em nós, sobretudo o fato de que essa relação tocava de perto os nossos pais, tanto os dele quanto os meus: eram, todos, sobreviventes de *lá*. Não foi a razão pela qual Martin, talvez em seu subconsciente, escolheu se tornar arquivista? Para ter acesso a documentos esquecidos, cobrindo o período das trevas? Naquele tempo, eu ainda não sabia, mas descobriria mais tarde, os pais de Martin haviam sofrido os mesmos ferimentos mal cicatrizados que os meus. Mais uma vez, assunto tabu ainda hoje: falamos de tudo, até aa Segunda Guerra Mundial, mas não da tragédia que se abateu sob.c. os judeus europeus, chamada, à falta de melhor denominação, Holocausto. A palavra nunca foi pronunciada sob nosso teto. Se, por acaso, alguém a mencionasse na televisão, Martin franzia o cenho. Parecendo se sentir pessoalmente agredido, ele se erguia e desligava o aparelho. Após um longo momento de constrangimento, a conversa se reiniciava, calma e fecunda, cada um de nós conservando em seu interior uma zona secreta, frágil e vulnerável, habitada por nossos pais, que insistíamos em proteger sem realmente saber bem por que e nem até quando.

Afinal, abandonei minha especialização. Passei a me ocupar, em tempo integral, de terapia.

E, entre outros, de meu paciente, Doriel Waldman.

Nova sessão

Nesse dia, pedi-lhe que voltasse bastante atrás e evocasse, para mim, de improviso, uma lembrança de infância, qualquer uma, obscura ou luminosa, feliz ou dolorosa, mesmo que boba e insignificante. Sugeri que fechasse os olhos e deixasse o pensamento vagar livremente, comigo ou não.

— Uma lembrança verdadeira ou sonhada? — perguntou, de forma totalmente séria.

— Um verdadeiro sonho pode facilmente virar lembrança — disse.

— Um caco de lembrança, um fragmento de sonho bastariam?

— Vou me contentar até com um fragmento de fragmento.

De viés, podia observá-lo. Não tinha me obedecido: mantinha os olhos abertos. Falou em voz baixa, como um murmúrio, como se quisesse me obrigar a me inclinar em sua direção, sobre ele, mais perto. Controlei um sobressalto, pois, de repente, ele se pôs a falar em terceira pessoa:

— Está se vendo bem pequeno, criança, nos braços de uma mulher, sem dúvida a mãe. Ele queria dormir, mas não conseguia. Algo lhe doía em alguma parte, não sabia onde, talvez no estômago ou na cabeça. Gostaria que uma mão quente e leve lhe tirasse o peso que sentia no peito, pediu ao céu que a enviasse rápido, imediatamente, pois não agüentava mais. E o pedido foi satisfeito. Ali estava a mão de que precisava. Podia vê-la com rara clareza, deslumbrante. Chamou-a, mas ela flutuava no ar. Com a boca, procurou, tentou fisgá-la, estava bem próxima, muito próxima, mas, de repente, ela subiu pela parede e, em seguida, lá no alto, no teto. Maldito medo que tolhia a criança, separando-a da mão bendita: precisava se levantar para ir buscá-la. Já que era preciso, ele foi, deixou a cama, tinha medo de cair, caiu. Ia berrar, pedir socorro. "Vamos, corram, socorro, como não vêem que estou caindo, que a criança vai se espatifar no abismo escancarado e escuro?" — mas ele não é mais uma criança: ele cresceu, envelheceu, colheu mil oferendas e mil milagres, para oferecer aos vagabundos em delírio, perdidos na floresta dos sortilégios ameaçadores, e compôs mil cânticos para semeá-los na areia e nas cinzas. Embriagou-se com mil flores e com a magia de mil palavras bobas e gloriosas. Recebeu mil beijos como recompensa ou como aviso, mas a criança que sonhava, ele abandonou em algum lugar: ele a esqueceu, repudiou. Uma nova onda de angústia, então, mais densa que a precedente, o invadiu e oprimiu. Uma estranha mão se colocou sobre seus lábios, como para sufocar o grito. Era a mão de um velho, talvez a de seu pai: ele também procurava qualquer mão para salvá-lo. A da criança que envelheceu era fraca demais. Ela se envergonhava da sua fraqueza. E da sua perturbação.

Doriel se interrompeu, exausto. Tomada pelo ritmo da sua voz, eu havia parado há alguns minutos de tomar notas: de qualquer jeito, o discreto gravador continuava a girar. Fazer a pergunta que me atravessava o espírito? Seria para fugir da vergonha que se refugiava na doença? Seria realmente para escapar do medo da loucura que se escondia na loucura? Mas não disse nada. A pergunta implicaria que sua doença é real, e não estou persuadida disso. Sei que sofre, mas ignoro de quê.

Traços de esquizofrenia?

— Doriel — disse-lhe. — O que acabou de me contar, o que é? Um sonho? Uma alucinação? Tente lembrar, pode ser útil. Para mim e para você. Tente.

— Está bem, para lhe agradar, já que parece apreciar esse tipo de conto fantástico... Recomeço... Não, não posso mais. Bem sei: os loucos repetem, mas, pessoalmente, não gosto disso. Bergson não gostava da Bíblia, sabia? Reclamava da falta de imprevistos. Muito bem, no que digo, nada é previsível. Por exemplo, a criança e a mãe: não me lembro se a criança era eu; e nem se a mãe era a minha. Pode rir, mas sequer sei se não era eu a mãe.

Ia continuar, mas, bruscamente, parou.

— Continue, Doriel.

— A senhora, então, não compreendeu nada — respondeu, levantando-se do divã.

A voz mudara. Havia perdido a suavidade, a melancolia. Ficara rouca.

Sim, eu me exprimi na terceira pessoa. É normal (aí está uma palavra que raramente emprego). É mais fácil evocar a melancolia e a tristeza do outro. Mesmo quando se fala com um médico. Falar de si pode facilmente parecer exibicionismo. Somente com vocês posso zombar de toda máscara e de muitas inibições. Inclusive a da loucura? Isso também. Se não me apresento a vocês em minha plena verdade, como imaginar feliz o dibuk de Sísifo?

Capítulo 6

RECHO DAS ANOTAÇÕES DA DRA. THÉRÈSE GOLDSCHMIDT

Semana seguinte

Chegou com a feição transtornada, como se acabasse de ter um acesso de tosse ou uma crise febril:

— O poder — começou, quase sem fôlego, como se tivesse uma mensagem urgente a transmitir. — Quero lhe falar do poder, doutora. Contrariamente ao que pode pensar, o de seu paciente, eu, é maior, mais forte, mais dinâmico do que o seu. Mais destruidor, poderia perguntar? E eu responderia: mais variado, oscilante. O seu é confinado, rígido; o meu não. Ele se move. Isso mesmo, doutora, o poder de um homem como eu lhe permite ignorar o tempo e abolir as distâncias. A senhora vive no presente; eu, tanto no que ele deixou para trás quanto no que ele antecipa. A senhora vive apenas a sua vida, eu evoluo na dos outros. Assim como o romancista, o louco encarna vários personagens ao mesmo tempo. É César e Cícero, Sócrates e Platão, Moisés e Josué. Claro, devem-se reconhecer as parcelas da consciência e do imaginário. Não me fale disso, por favor. Possuo ambas. Mas entre as suas e as minhas, há um abismo. As minhas me aproximam do real, não as suas. A verdade, doutora, responda: seria capaz de ser o que a senhora não é? Eu próprio, sim. Posso ser a senhora, que nunca será eu. E Deus? Qual de nós poderia ser Deus? No Oriente, à beira de uma floresta mágica, fiz a pergunta a meu amigo asceta. Ele se contentou em sorrir. Em Jerusalém, um mendigo me olhou com um sorriso triste e começou a cantarolar; repeti a pergunta. Ele não respondeu que eu era idiota ou que blasfemava, mas que era louco, como o sábio Shimon Ben Zoma, que, tendo penetrado o Jardim dos Conhecimentos Proibidos, olhou para onde não devia e perdeu o juízo. E, à guisa de explicação, o mendigo perguntou: "Já que nasceu, está condenado a ser. Mas Deus, nosso Deus, o Deus de Israel, criador dos seres e dos mundos, Ele poderia não ser? Mas o que faríamos em um mundo em que Ele estivesse ausente? Sentir-nos-íamos miseráveis e infelizes. E Ele também."

Com isso, talvez para demonstrar seus conhecimentos leigos, Doriel se lançou em um longo discurso filosófico. Já bastava de Nietzsche? Passou então a citar Spinoza e sua excomunhão, Schopenhauer e sua luta encarniçada contra Hegel, Heidegger e seu nazismo. Interrompeu-se no meio de uma frase e foi embora, controlando um sorriso que não posso descrever senão como zombeteiro.

Sei que ele sofre, já disse, sei também que carrega consigo um segredo que, talvez, seja a causa de seu sofrimento,

À noite, à mesa, Martin observou:

— Já há algum tempo, está cada vez menos presente. Essa análise vai durar muito ainda?

Respondi que não tinha idéia:

— O que quer? Meu trabalho, às vezes, é um pouco mais complicado do que o seu.

— Eu sei.

É claro, ele sabia. Mas o que saberia das coisas das quais eu mesma ignoro o essencial?

Final de setembro. Monólogo

— Está me perguntando como e de que eu vivo? Com quem e entre quais paredes? Ou como faço para comprar o que como? É o que lhe interessa hoje? Às vezes acho que suas perguntas têm mais a ver com a senhora do que comigo. As coisas não estão bem na sua casa? Teriam problemas de dinheiro? Diga e posso dobrar seus honorários...

Não responde? Bom, farei o mesmo... Sabe, doutora, para não dizer nada, mesmo falando qualquer coisa, não é necessário ser psiquiatra, nem político...

Sabe o que faço para ganhar a vida? Observe, eu não disse "para viver minha vida", mas para ganhá-la. Estranha palavra, ganhar. Como se ganhássemos algo vivendo. Mas, no meu caso, é um pouco assim. Eu não joguei, mas ganhei. Em jogos de azar? Sem dúvida é o que está pensando. Em pôquer, em roleta. Teria o poder oculto, não de dirigir para os números desejados a bolinha mágica e adivinhar a trajetória, mas de prever em qual casa saltitaria, até parar tranqüila? Se lhe agrada pensar assim, nada contra. Sei tão bem quanto a senhora: gênios da matemática conseguem, com cálculos, obter o mesmo resultado. Mas, pessoalmente, não me agrada a matemática. Não entendo nada. Falei de dom oculto? Do demônio traquinas que, com voz quase inaudível, cochicha, no ouvido do jogador, instruções precisas: é o 18 ou o 24. Esse demônio nunca se engana. Se o grande Fiodor Dostoiévski tivesse tido a sorte de lhe agradar, teria enchido os bolsos, eternamente furados, e não teria tornado tão infelizes os seus...

Se, realmente, acha que sou um jogador, vai me perguntar por que os controles, vigilantes nos cassinos do mundo inteiro para afugentar os intrusos perigosos como eu, ainda não me pegaram pela gola. Eu a conheço, a pergunta deve estar lhe queimando a língua, não é?

Muito bem, é simples. Poderia responder que sei me controlar. Contento-me com pouco: pego somente o que preciso para os dois ou três meses seguintes. Nem um centavo a mais. Sistema infalível. Todo dia, os cassinos manipulam somas astronômicas. Meus modestos ganhos não chamam a atenção dos crupiês. Aliás, não freqüento demais as mesmas salas. É claro, poderia contar tudo isso, só que não é verdade. Não sou um jogador. O jogo não me interessa; aliás, não preciso disso. Entretanto, doutora, estou pronto a assumir riscos para tirá-la de algum embaraço. Diga uma só palavra e levo o maior cassino de Las Vegas à beira da falência... Mas paro aí com as fantasias: nunca pus os pés em uma sala de jogos.

— É pena. Ia justamente perguntar quando descobriu o seu dom... Com que idade? Em quais circunstâncias?

— É uma pergunta gratuita. E que ofende. Não sou um jogador, já afirmei. Podem me acusar de muita coisa, não disso.

— Nesse caso, outra pergunta: por que inventou essa mentira?

— Para lhe esconder a verdade, naturalmente.

— Por que quer tanto escondê-la?

— Porque prefiro conservá-la para mais tarde. Mas... vamos permanecer, ainda um pouco, na hipótese do jogo, que parece lhe agradar. Lembro-me bem de quando descobri meu dom. Era ainda jovem, estava em um trem; lembro que a região era montanhosa e havia adultos que jogavam baralho. Em certo momento, tentei adivinhar os números que o meu vizinho da direita recebia. E não me enganei. Comecei a sorrir. Minha vizinha, mulher gorducha e risonha, perguntou por que sorria. Contei-lhe ao pé do ouvido. Ela, então, quis saber se podia prever os números do jogador à sua frente, um sujeito magro e taciturno. E consegui. Aí está, poderia ser o início de uma carreira promissora.

Deixando de lado seus dons como jogador, propus que se concentrasse na mulher gorducha no trem. Quem era? Como estava vestida? Tinha visto seu rosto? Seu busto? O que havia sentido?

— A senhora me cansa, doutora. Eu era moço, um menino, já disse. E a senhora só tem sexualidade na cabeça. Como se, naquela idade, eu brincasse, não com números frios e sem vida, mas com fantasmas tórridos, eróticos.

— Ela lhe fez algum afago simples, da maneira mais natural do mundo, como uma mulher adulta às vezes afaga a mão, o rosto ou os cabelos de uma criança?

Respondeu, veemente:

— Não! Sequer encostou em mim... Eu... Ela...

Interrompeu-se. Como se tentasse, fabulando, entender aonde eu queria chegar.

— Por que se calou? A mulher gorducha...

— Está bem, posso vê-la. Uma hora depois, ela se deu conta de que algo não ia bem: meu vizinho da direita ganhava toda vez. E era a mim que ele devia isso. Ela, então, com uma risada, levantou-se e quis se pôr à esquerda. Mas como não havia espaço, colocou-me em seus joelhos. De repente, tive vontade de rir e de chorar ao mesmo tempo: estava em um outro mundo.

— E depois?

— Contei tudo.

— Tudo?

— Tudo sobre meus dotes de inventor de histórias abracadabrantes.

— E o restante?

— O restante, doutora, não tem nada a ver com o baralho.

— Por que não deixa que eu julgue?

— Por que não descemos do trem?

— Prefiro continuar um pouco mais.

— O trem foi embora...

Esperei a continuação, esperando saber mais.

— ... Comigo dentro.

Após uma pausa:

— Falemos de outra coisa, está bem? Sim, de outra coisa. Só que, para pessoas como eu, outra coisa permanece sendo a mesma coisa sempre, pois as cartas e os números nunca mudam. Mas vejo que nada mais tem a dizer, doutora. Seria porque pensa saber tudo? As coisas, para a senhora, se tornaram, de repente, claras, transparentes? A senhora pensa: meu paciente é mágico, e isso explica tudo. Em geral, os mágicos são meio estranhos. Manipulando a realidade, vêem e vão longe demais. Quanto a mim, doutora, lembre-se: não sou um mágico que adivinhe o que acontece com os números. Conheço apenas palavras. Tento dirigi-las, dizer a elas: venham rápidas ou, pelo contrário, retirem-se, deixando passar a próxima, pois preciso delas. Às vezes me ouvem e se submetem, mas mais freqüentemente se rebelam e fogem. Por quê? Nada sei. Pergunte ao dicionário, se quiser uma explicação, não a mim. Conto-lhe o que faço, não como. Se eu soubesse, se conhecesse o sentido da força desconhecida que tenho em mim e que abre todos os armários, uma força que poderia me tornar o homem mais erudito do mundo, e o mais lúcido, acha que o revelaria? Meus dotes particulares, de quem os recebi? Quaisquer que sejam, devo mais aos doadores do que à senhora, doutora; que, todavia, me deve muito.

— O que lhe devo?

— A verdade.

— Qual verdade?

— A que me empurra para fora do meu ser e, ao mesmo tempo, me entranha mais profundamente em mim próprio, me levando a me ultrapassar em direção ao medo, no medo.

— O senhor evoca muito freqüentemente o medo.

— Isso, medo de não me reconhecer mais, doutora...

— Não estaria sendo severo demais consigo mesmo?

— Digamos que não o bastante... É que desperdicei minha vida, doutora. Sim, a vida me deixou tantas vezes sozinho e eu traí minha solidão. Traí todo mundo.

Nova sessão...

Sugeri que Doriel falasse do amor. Perguntou, com um ar falsamente sério:

— O amor enquanto conceito filosófico? Quer que eu comente *O banquete* de Platão, cujo tema é precisamente o elogio de Eros, deus do Amor? O amor bem-comportado, ou o amor apaixonado? O amor de Petrarca por Laura ou o de Dante por Beatriz? E por que não o de Davi por Betsabá, ou o de Amon por Tamar? Os apaixonados falam raramente disso, e sempre mal, mais no passado do que no presente. Moral: os filósofos podem ser tudo, menos enamorados.

Esperei um momento para dizer que o meu campo era a medicina, a psiquiatria, e não a metafísica. Se pedi que falasse do amor, ou de seus amores, era em conseqüência da minha vocação: sou paga para ser curiosa, só isso. É verdade, prefiro os clássicos aos modernos, até que estes se tornem clássicos, por sua vez: Shakespeare e Musset, Thomas Mann e Franz Kafka; sei, então, que existe o amor romântico e redentor, como também o outro que, originado no romantismo, acaba necessariamente no desregramento e na decadência. Qual dos dois teve um papel dominante na existência dele?

Doriel assumiu um tom superficial para contar a fábula da mulher da qual ignorava tudo, exceto que a amava à sua maneira e não como ela desejava, o que explicava a separação:

— O amor, está bem, falarei do amor. Eu era jovem, nada rico, não ainda, e em plena puberdade. Está pensando em Maya, dos olhos azuis, Maya ou a oportunidade perdida? Não. Em Rina ou Lilith? Em Ayala? Também não. Estou falando de Nora, que tinha 24 anos e era divorciada. Mas... e se fosse Lilith, disfarçada em Nora? Com esse tipo de criatura, tudo é possível. Elas sabem o que fazer para seduzir e colocar armadilhas. Nora, ainda posso vê-la. E a mim, também. Dia bonito de verão em Manhattan. Saí da grande Biblioteca Municipal da Rua 42. Tinha passado horas consultando jornais e livros sobre as universidades menos caras, em que bons professores pudessem dirigir meu trabalho sobre as relações da política com a religião, entre os sábios judeus na Espanha, antes do édito de expulsão. Dirigi-me ao ponto de ônibus, pois preferia este ao metrô, devendo voltar para a casa do meu tio, no Brooklyn. Perguntava-me se me esperaria para jantar. Esperava que não. Gostava dele, mas era curioso demais. Sem dúvida, faria as sempiternas perguntas sobre meu futuro imediato. Teria encontrado, na biblioteca, as informações de que precisava? Teria procurado bem? Teria, de fato, resolvido me inscrever na universidade, em vez de estudar o Talmude e *Os deveres do coração*, do rabi Bahya Ibn Pakuda? Quem pagaria as taxas de inscrição? Quem cobriria os custos: compra de livros, moradia, roupas? E por que, realmente, por que, como ele, não me contentava com os estudos religiosos? E casamento? Meu bravo tio se dedicava demais a mim e a meu bem-estar[1] Revelar-lhe, confiantemente, é claro, que já não me sentia bem comigo mesmo, que a fé vacilava? Deixar-me-ia em paz? Ou será que, na verdade, preferia que eu fosse embora? Mas com quem, então, discutiria os acontecimentos do dia? E as lembranças antigas, do Velho Mundo, para quem evocaria? Chegou o ônibus e, perdido em meus pensamentos, deixei-o passar diante do meu nariz. Tudo bem, pegaria o próximo. Pronto. Corri e quase derrubei uma passageira que conseguira subir antes de mim. No fundo do ônibus, dois assentos nos aguardavam. Ao dar uma olhada em minha vizinha, esqueci de respirar. O pensamento abandonou meu tutor e passou a tentar decifrar a expressão estranha, iluminando o rosto daquela mulher transbordante de vida, que não dissimulava a necessidade de volúpia. Senti-me ruborizar. Por que estaria sorrindo para mim? O que eu devia fazer? Desviar o olhar e fingir que não a via, como se não existisse? Felizmente, tomou ela a iniciativa. Devia ter um dom! "Sabe", deixou escapar, em voz baixa, "que me machucou ainda há pouco?" "Como?", respondi, assustado, "machuquei-a, eu?" "Você mesmo. Correndo como um bandido no ônibus, pisou o meu pé esquerdo." Exclamei, pronto para morrer: "Ah, não sei como me desculpar." "Posso lhe mostrar", concluiu ela, tomando minha mão na sua. Eu não sabia o que sentia, mas era a primeira vez.

Quando o ônibus parou mais abaixo, na cidade, a moça se levantou e eu também. Descemos juntos, de mãos dadas. Caminhamos até o Village. A alguns passos dali, no meio da rua, ergueu-se um imponente imóvel. Minha guia apertou um botão e o portão de ferro fundido se abriu. O elevador nos levou ao quinto andar. Sem largar minha mão, ela tirou uma chave da bolsa e abriu a porta. Como em um sonho, entrou e eu a segui. Não compreendia o que estava acontecendo e nem o que tudo aquilo significava: O que estava eu procurando, naquele apartamento ensolarado e luxuosamente mobiliado, com aquela mulher tão segura de si, olhando-me como a um outro e que lhe pertencesse? Aliás, o que eu representava para ela? Afinal largou minha mão, para ir puxar as cortinas e descalçar os sapatos. "Está muito quente aqui", disse, ajudando-me a tirar o paletó. "Não acha?" De repente, fiquei envergonhado. Envergonhado de sentir calor, de estar vestindo uma camisa amassada, envergonhado da minha pobreza e inabilidade. Tinha vergonha de respirar, vergonha de me sentir tão bobo e perdido, vergonha de não poder libertar as palavras e suspiros que me sufocavam. Ela se sentou no sofá e disse: "Chegue mais perto, para que o veja." Entre as mãos suaves e frescas, minha cabeça poderia explodir de um momento para outro. Queimava com um fogo que se espalhava pelo corpo. Seus lábios abriram os meus e murmuraram algo como: "Não sei quem é você, não quero saber; não diga o seu nome e eu mentiria quanto ao meu. Digamos Nora. O que importa é o momento em que vai estar no paraíso; prometo uma abundância de desejo e de felicidade." Uma vez mais, ainda ali, descobria em mim sensações inconfessáveis.

Mas, no último minuto, resisti. Estava ainda marcado demais pelas proibições. Beijar, ainda podia; mas ir mais longe, não. Visivelmente frustrada, insatisfeita, Nora perguntou: "Em que está pensando?" "Em minha mãe", respondi, como um tolo. "Onde ela está?" "Morta." "E seu pai?" "Morto." "Seus irmãos e irmãs?" "Mortos." Temi que continuasse a perguntar, mas veio-lhe uma outra idéia à mente. Provocar o delírio dos meus sentidos. Todos os meus ossos, minhas artérias, todas as células do meu corpo desejavam responder com alegre energia, mas uma voz interna ordenava a castidade. "Não sei dizer por quê", retomou Nora, "mas, ao vê-lo no ônibus, adivinhei que era órfão". Uma imagem me fez sobressaltar: meu tio me esperando para jantar! "Posso telefonar?" Ela apontou para o aparelho, perto da cama: "Diga que vai passar a noite com um amigo." Ouvi a voz familiar: "Onde você está?" Ele parecia mais assustado do que zangado. Não consigo mentir direito, e balbuciei: "Encontrei... na biblioteca... encontrei um amigo... Muita coisa para conversar... me convidou a passar a noite em sua casa..." Meu tio esperou um momento para digerir o sentido daquilo que eu dizia: "Está bem, mas vai me contar tudo amanhã... quando vier. E não esqueça de colocar os tefilins... Estão com você? Senão,

pegue os do seu amigo, não esqueça." É claro, pensei, sorrindo iro-
nicamente: não vou esquecer. Não vou esquecer desse dia e nem
dessa noite.

Nora esperou que eu voltasse para perguntar: "Em que língua
estava falando?" "Em iídiche."

Lá fora, o crepúsculo avançava pesado, como uma sombra
muda. Permanecemos em silêncio, cada qual fechado em seu passado.
Senti ter ultrapassado uma etapa, uma fronteira; mesmo não
tendo ido longe, sabia ter cometido um pecado capital aos olhos de
Deus: dali em diante, nada seria igual. Mas Nora, qual seria a sua
angústia pessoal? Não ousava perguntar. Ela me puxou para si e
disse: "Você representa, para mim, uma série de descobertas.
Nunca conheci alguém tão moço, nem tão inocente. E nunca tinha
ouvido alguém falar iídiche." Perguntei: "Por que me escolheu?"
Ela pensou antes de responder: "Na verdade, não sei. Coisa do
instinto, da intuição. Poderia ter pego um outro ônibus, e você
também, poderia acompanhar alguém, em outro lugar. Mas...
vendo-o, surpreendi-me a pensar em minha existência: sou rica e
ainda jovem, tenho 24 anos, posso comprar tudo e tudo abandonar, sem que isso mude minha vida, ou minha concepção de vida,
só que... só que meu marido me deixou... Abandonou-me, rindo..."
Ela se calou bruscamente e, como já estava escuro, não podia saber
se chorava e se as lágrimas faziam um barulho que só ela era capaz
de ouvir. Depois, ainda bruscamente, parou de choramingar e
endireitou-se: "Tenho uma idéia... Vai parecer louca, mas ouça
assim mesmo, está bem?" Estava bem. O que ainda inventaria para
me surpreender? Com um ar sério, retomou, com um tom declama-
tório: "Você é jovem, mais do que eu. Na minha idade, a mulher
pode ser orgulhosa ou desesperada; sou as duas coisas. Mas já que
está aqui, acho que o orgulho deve ir embora. Então..." Esperei o
restante, retendo a respiração. "Minha idéia é esta", disse ela.

"É uma proposta. Fique comigo." Não compreendi: ficar com ela? O dia inteiro? A noite inteira? Ouvi-me gaguejar: "Para fazer o quê?" Ela deixou explodir uma risada: "Como você é ingênuo, eu o adoro... Para fazer o quê? está perguntando... Para viver... E ser feliz... Hoje e amanhã, e no mês que vem..." Pareceu se entristecer: "Como sou tola... Digo qualquer coisa... É porque estou sozinha... e triste..."

Explicar que a história da minha solidão era bem mais triste? Não. Aprendi, estudando o Livro de Jó: a tristeza de um não alivia a dos outros. Pelo contrário: só se acrescenta.

Ao amanhecer, ela me contemplou pela última vez.

Permaneceu na cama e eu estava vestido. Perguntou-me: "Não vai esquecer?" "Não, não esquecerei." "O que vai pensar de mim, quando se lembrar desta noite?" "Pensarei ter conhecido uma mulher generosa e só." "E eu, o que lhe ensinei?" "Não sei ainda. Mas você, você sabe? Se souber, me diga." "Ensinei que dois seres podem se encontrar sem se amar. Você vai embora e o que resta de você, para mim, é o remorso." A voz da moça se tornou melancólica: "É isso, meu amigo iídiche. Essa noite vai permanecer, para mim, um momento de grande tristeza, pois nada se fez." Um pensamento acendeu meu espírito: "Se for Lilith, ela não me venceu. No entanto, ela fala bem."

Nunca voltei a ver Nora.

— Para lhe dizer tudo, doutora, cheguei a lamentar, sobretudo nas primeiras semanas. Eu poderia mais facilmente me habituar à ternura simples e superficial que ela manifestara do que ao estilo de vida luxuoso. Sobretudo porque, tenho vergonha de confessar, meu tio começava a me pesar. Teria adivinhado o que eu havia feito, naquela noite frívola e promissora? Iria me censurar por ter dormido fora? Pela manhã, viu-me colocar os filactérios. Estava claro, eu não havia pedido os do "meu amigo". Teria percebido algum sinal, um traço de pecado em meu rosto, em meu comportamento? Interessando-se exageradamente por minhas atividades, exigente demais, religioso demais e, sobretudo, indiscreto, prevalecia-se dos múltiplos papéis de padrinho, guarda, tutor e vigilante: queria estar a par de tudo que eu fazia, a cada momento do dia e da noite. Não era mesquinho, mas a obsessão pela prática religiosa o levava a bisbilhotar incessantemente minha vida íntima, pela qual, não sei por quê, se sentia responsável, como por tudo mais: tinha recitado as orações da manhã e estudado o Talmude? Havia almoçado ou jantado direito, e com quem? Tinha me assegurado de que os alimentos eram *kasher*? Em minha enciclopédia pessoal, ele figurava como um pequeno inquisidor inofensivo, caridoso, mas exigente. O destino da minha alma o preocupava tanto quanto o da sua. Quando eu respondia que, para os cientistas, a noção de alma não representava papel algum, ele se enfurecia: "E isso prova o quê? Que as pessoas pretensamente inteligentes são estúpidas, pois fundam o conhecimento na ignorância."

Foi ele quem, à sua maneira, contribuiu para a minha excessiva e simultânea atração pela ironia e pelo irracional. Em uma noite de inverno, minha tia Gittel já dormia, mas os dois bebíamos chá, quentíssimo, para nos aquecermos. Meu tio adorava se sentir no conforto enquanto a cidade congelava. "Ah, como lamento os cientistas que glorificam o racional e os ateus que adoram a razão fria, gélida", suspirou. "A nós, o que atrai, o que nos alça a Deus, é o que acende o cérebro, pondo a alma em chamas." Perguntei se tanto calor não podia prejudicar essa alma com que tanto se preocupava. Respondeu, balançando a cabeça: "Sim, chamas em demasia podem destruir a alma." Exclamei, satisfeitíssimo: "Se assim é, viva a alma!" Ele assumiu uma expressão inquieta: "Está brincando com palavras cujo sentido lhe escapa, está zombando de algo sagrado, e está errado! Tome cuidado, caso contrário, é a loucura, está ouvindo, a loucura que o espera mais adiante... Ela ataca e morde voraz, vai acabar pondo-o de joelhos para lhe fustigar a alma desenfreada e indigna, sem sequer matá-lo, com a ajuda de mil demônios sedentos!" Sem dúvida, era um erro contradizê-lo, mas não pude me impedir a réplica: "Quer dizer que a própria alma pode ficar louca?" Lançou-me um olhar descontente e deixou a sala para ir se deitar.

Isso me leva, doutora, a lhe fazer a mesma pergunta: acredita na alma? E, se acredita, acha possível que, levada a extremos, possa afundar na loucura?

Capítulo 7

— Não ficou satisfeita, doutora, talvez decepcionada. Posso adivinhar pelos seus silêncios: eles surgem intermitentes. A senhora me escuta, é normal: não tem escolha, é a sua profissão. Acha, todavia, que não me entrego o bastante: escondo coisas de que precisa para me situar, me analisar e, quem sabe, me curar. Estou enganado, doutora?

— Não, Doriel. Está sendo perspicaz. Exprime-se bem, bem demais. Dirige com eficácia os pensamentos e as frases, dentro de uma lógica com aparência sólida, sem falhas; no entanto, são as falhas, as derrapagens que procuro discernir nas idéias, nas lembranças e nas palavras. Compreenda: será o que houver de obscuro em seus raciocínios que poderá me esclarecer. Será no seu labirinto próprio que eu me orientarei melhor. E o senhor impede isso. É muito eloqüente, mas, na maior parte do tempo, mesmo falando, evita o essencial.

Ela tinha razão. Muitas vezes sou apegado demais à lógica. Não me desagradaria ser cerebral. Meu sistema de controle pessoal, então, funciona perfeitamente. Deveria aceitar que se desregule? Além disso: até que ponto tenho real consciência do que me esforço para dissimular? Tentemos ganhar tempo.

— Acha que nada digo quanto ao essencial. Dê um exemplo, doutora.

— Seus pais.

— O que quer saber sobre meus pais? Eles morreram, eu lhe disse.

— É verdade. Mas nada mais acrescentou.

— Sem dúvida porque nada mais havia a dizer.

— Não é verdade.

Tive um ímpeto de cólera:

— Está me acusando de mentir? Ou de trapacear?

— Minha profissão me proíbe de acusar quem quer que seja.

— Mas a senhora acaba...

— ... acabo de fazê-lo observar que não me refiro à verdade. Acho, simplesmente, que está tentando escapar da realidade. Seria culpa sua? Por fraqueza, talvez? Diria que é este o problema, um problema que faz parte daquilo que o perturba o bastante para vir solicitar ajuda.

— Aprecio a sua franqueza, doutora — disse polidamente, mas com um tom mais duro.

Ela não respondeu. Esperou em vão que eu recuperasse a calma. Quando me lembro dos meus pais, sou tomado por uma angústia que me paralisa.

— Fica para uma outra vez — acrescentei. — Não temos pressa.

Sabia que sua paciência era sem limites. Não a minha. Por que lhe causar qualquer desgosto? Resolvi, então, falar um pouquinho dos meus pais; e, pronto! não conseguia mais parar:

— Meus pais morreram jovens... Não os conheci de verdade... Fui o segundo dos três filhos... Muito fiéis à tradição, mas abertos para o mundo. Dominavam várias línguas. Estavam sempre ocupados, sempre sorridentes... Nasci em 1935, em uma cidadezinha no fundo longínquo da Polônia, mas onde se misturavam romenos, húngaros e austríacos. Depois da Primeira Guerra Mundial, até então a mais mortífera para nós, tínhamos confiança no futuro. Morávamos em uma casa pequena, na parte comercial do vilarejo. Meu pai era secretário da comunidade, e minha mãe... minha mãe, não sei mais o que fazia, exatamente. Acho que, simplesmente, fazia tudo que se esperava dela. Só nos víamos no início da noite. Durante o dia, eu ia ao *eder*, pois havia um, clandestino, no gueto. Dina, a irmã mais velha, estava matriculada no liceu, mais adiantada. O pequeno Jacob, ou Yankele, alguém tomava conta dele. Todos "ajudávamos" mamãe na cozinha para preparar o Sabá e as festas. Apesar de ocupado em suas diversas obrigações, como o socorro aos necessitados e aos órfãos, visitas a doentes etc., meu pai jamais deixava o estudo. Nunca o vi sem uma obra erudita debaixo do braço. A paixão que tenho pela leitura, creio que herdei dele. Podem nos tirar tudo, ele muitas vezes dizia, menos o conhecimento. Nem a sede de saber. Amar a Torá é aprofundá-la.

Lembro-me do *Sabá* da minha infância. Mesmo mais tarde, já dominado por meu mal, procurando esquecer tudo que podia, o "sétimo dia" continuou a me enviar sinais piscantes, vindos do mais profundo da minha memória. A chegada do *Sabá*. A celebração de sua santidade tranqüila. O tempo erigido como Templo. A criança em mim se lembra com nostalgia: eu cantarolava, voltando da casa de orações com meu pai. E quando fiquei maior, cantávamos juntos *Shalom aléikhem, malakhéi hasharét*, "A paz esteja convosco, anjos servidores, anjos da paz", e meu coração de criança explodia de felicidade.

No dia seguinte, após a oração da manhã e a refeição, meu pai nos fazia cumprir deveres de caridade. Dina, a mais velha, organizava reuniões culturais. Minha mãe visitava hospitais. A mim, papai levava à beira do bosque, para visitar os doentes judeus do manicômio. Isso mesmo, doutora. Embora longe de ser rico, ganhando duramente a vida, ele cuidava dos loucos que, achava, eram mais necessitados do que os pobres. No início, me deixava do lado de fora, no pátio ou no jardim, enquanto levava a "seus" doentes gulo-seimas e frutas. Na festa de *Pessah*, ele lhes oferecia *matzah*.

Um dia, atacado pela pneumonia, levantou-se, mesmo com febre, e fomos para a visita. Acompanhei-o até a porta. "Se eu demorar e você ficar com medo por estar sozinho", me disse, "pode entrar, mas não dirija a palavra a nenhum deles." Foi meu primeiro contato direto com aquele mundo desregulado. Todos eram velhos, ou pelo menos pareciam, mesmo os que não tinham chegado à adolescência. Alguns fixavam o vazio, com o olhar ausente, outros se agitavam nervosos, como se tivessem sido pi-cados por insetos. Um ruivo, sentado no chão, perto da janela, com a cabeça entre as mãos, ria às gargalhadas. A dois passos, o vizinho da esquerda batia no peito, murmurando coisas incoerentes. Dois anões bigodudos dançavam czardas.* No outro extremo da sala com as janelas gradeadas, um gigante, com ombros de boxeador e cara de menino, fez sinal para que eu me aproximasse: com gestos bruscos, deu a entender que queria saber quem era eu. Apesar do que me dissera papai, não querendo ser indelicado, respondi. Ele me estendeu a mão; tomei-a, mas foi um erro: ele não a soltou mais. Aterrorizado, eu implorava: "Me solte, me solte, meu pai está espe-rando!" Ele ria: "Não se sai daqui. E seu pai, aqui, sou eu, está ouvindo, pequeno idiota, aqui, cada um de nós é seu pai, heim?" Senti o pânico me invadir e gritei: "Não, não!" Balançando a cabeça minúscula sobre a nuca bovina, ele ria cada vez mais forte, como se dissesse: tarde demais, tarde demais! E vários loucos aplaudiam. Naquele instante, doutora, talvez eu mesmo tenha beirado a loucura. Seria essa mesma que reapareceria, mais tarde, em minha vida? Felizmente meu pai veio me libertar.

Hoje, quem pode me libertar?

* * *

---

*Dança folclórica húngara. (N. da E.)

Uma Vontade Louca de Dançar ❧ 109

— Há também a religião, doutora. Não vamos esquecer o lugar que ela ocupou em minha vida. Opondo-se à razão, ela pode impedir que vivamos na realidade. A piedade, a compaixão, a generosidade apregoadas: palavras sublimes, tiradas das latas de lixo da História, como diriam Marx e Lenin, os mais famosos doutores em sociedade em evolução. A rigidez das leis, o encanto dos místicos: conheci isso, até apreciei. A beleza lírica das lamentações, estava impregnado disso. A senhora, doutora, que pertence a um outro mundo e a outro tempo, não pode compreender. A vida judaica dos pequenos burgos — e o Brooklyn é um — que, apesar da miséria, se tornavam centros espirituais vivos, ao menor tremor de pálpebras do Senhor. Consegue perceber a graça comovente de tal vida, que uma esperança absurda, pois intemporal, alimenta? Os anos infantis, em um abrigo secreto, e os da adolescência na *yeshiva*, todos aqueles dias, tantos crepúsculos passados a virar as páginas de obras empoeiradas, sob a luz vacilante das velas, longe do barulho e do néon do século XX; deveria contar tudo isso, para que possa vir me socorrer? Criado por meu tio, comecei sendo o mais religioso, o mais devoto dos meninos. Depois houve uma ruptura... E o episódio com Léa fez parte disso... Bem, não vamos tão rápido, doutora. Cada escorregadela em seu tempo. Mas tenho uma pergunta para a senhora que não pode esperar: para me curar, para me tornar mais leve o fardo das vertigens e dos excessos a que me levaram as crises, vai me seguir até então e até lá? Será capaz? Terá a força?

Dentro da minha tradição, o homem é levado a acreditar que Satã escolhe como alvo não o pecador, mas o justo. Satã é bem corajoso. E ambicioso. Esperto. Dos pequenos pecadores diários ele se ocupa, mais por hábito, entre duas espreguiçadas, quase sem prestar atenção. Prefere ir aonde não é esperado. Aonde o desafio significa luta. Aonde a vitória, sempre incerta, repercute até nas mais altas esferas. Entre parênteses, doutora, acredita nessa teoria?

Aliás, acredita no personagem celeste chamado Satã? Pois ele existe e eu o encontrei. No início, consegui desarmá-lo pelo temor. Temor do castigo, quer dizer, do próprio Satã? Não: temor de Deus. No entanto, não é Ele um pai caridoso e bom? Naquele tempo, eu ainda, ou já, sabia que a Deus, também, se deve temer.

Interrompi-me. Tinha certeza de que me perguntaria se, ainda hoje, temia Deus... E se temer a Deus é essencial na religião judaica, a ponto de se negligenciar o amor por Ele... Pelo menos para essa pergunta eu tinha uma resposta já pronta... Em Jerusalém, um romancista judeu, apaixonado por contos e dizeres hassídicos, me disse um dia: "Sabe por que Deus exige de cada um de nós que O amemos? Ele não precisa do nosso amor, mas nós precisamos." Vi somente uma vez esse romancista, e recebi dele apenas essa frase, mas ela permanece gravada em minha memória ferida. Contá-la à minha interlocutora? Era ela que me perguntava:

— Sua irmã, Dina, e Jacob, o irmão menor, o que lhes aconteceu?

— Não os vi muito. Mas poderia tê-los acompanhado aonde foram.

— Por outro lado, há pouco, evocou a infância. Então, viveu-a junto dos seus pais. Ainda os vê, enquanto fala disso?

— Vejo-os mesmo quando não falo deles.

— Conte-me.

— Não posso.

— Diga-me por que não pode.

— Eu os vejo e volto a ser criança. Desculpe: é sobretudo minha mãe que vejo.

Vejo-a exausta, pela manhã, após uma noite de insônia, e me sinto mal. Vejo meu pai preocupado, e uma dor familiar me traspassa. Mas posso, também, rever minha mãe, encontrando-a deslumbrante no *seder* de *Pessah*, e lhe sorrir. Ou ouvir meu pai descrevendo o êxodo do nosso povo, e isso me dá vontade de cantar. Capto uma troca de olhar entre eles, e eu, que não rezo há eternidades, sinto uma oração saltar do meu coração, bruscamente desejoso de alcançar o trono celeste, mas ela expira no vôo.

Revejo-os nos últimos anos das suas vidas, e a minha fica pesada de nostalgia.

Meu pai tinha conseguido um lugar seguro, em um vilarejo pequeno o bastante para que o exército alemão não viesse se exibir com seus tanques e policiais. Éramos os únicos judeus da região. Já que quer saber tudo, cresci na granja de um lenhador, Vladek. Ele e a mulher, uma brava camponesa, magra e desdentada, sabiam quem éramos; o resto da população ignorava. Lembro do filho deles, Edek, um patife de quem devíamos desconfiar: fuçava em todo lugar, ao redor. Filiada a um movimento sionista clandestino, minha irmã mais velha, Dina, se inscreveu em uma das suas seções de Varsóvia: tinham-lhe prometido um certificado para a Palestina. Jacob ou Yankele, um ano mais moço do que eu, aprendera a não chorar alto demais. Minha mãe não estava conosco. Contatada pela Resistência judaica, tornou-se agente de ligação. Loura e protegida por uma carteira de identidade ariana, falando perfeitamente o polonês, percorria o país, visitava os membros dispersos da sua rede e organizava os contatos com os seus pais e familiares, para os quais emissários anônimos levavam dinheiro e notícias.

Os dias se pareciam todos, e as noites, mais ainda. Duas vezes denunciados por um vizinho atraído pela recompensa de um quilo de açúcar por judeu preso, fomos obrigados a abandonar nosso refúgio e buscar abrigo em uma cabana, em plena floresta. Dormíamos no feno. Uma ou duas vezes por semana, Vladek trazia pão e legumes. Bebíamos água da fonte. Várias vezes,

Yankele adoeceu; papai cuidava dele com os remédios que minha mãe conseguia. Distraía-o contando histórias da sua própria infância e da juven-tude. Por exemplo, o seu *bar-mitsva*, ocorrido durante a festa de *Shavouot*, que celebra a revelação no Sinai. Bebeu-se vinho licoroso, dançou-se, cantou-se, e meu pai achou que todos os festejos eram para ele. Mais tarde, compreendeu que não estava totalmente errado. "Cada vez que uma criança judia proclama sua vontade de se inserir na continuidade do seu povo, é um motivo para que todos a aplaudamos com alegria, me explicou o avô de vocês. E acrescentou: ser judeu, sobretudo nos períodos sombrios, é algo grave, mas também exaltante. Ser judeu é se completar em mais de uma dimensão; é como se vivêssemos um dia de 48 horas, intensa e plenamente. É o que, meu pequeno Yankele, quando fizer 13 anos, eu vou lhe dizer, por minha vez. E, no lugar do presente, oferecerei a bênção que recebi de meu pai, que, por sua vez, recebeu do dele: viver o dia em que você acolherá o Messias..." Para que nenhum transeunte curioso ou mal-intencionado o ouvisse, ele falava muito baixo, com grande suavidade. E os olhos do meu irmãozinho, que já nem tinha mais idade, absorviam sua voz e sua imagem melancólicas, que nos acompanharam ao longo das nossas peregrinações. Através da minha própria voz, às vezes ouço a do nosso pai.

— Quando viu seus pais pela última vez?

— A senhora não compreende. Eu continuo a vê-los.

— Sei, compreendo. Mas falo de...

— ... Eu sei de que está falando, doutora. Meus pais, sim, a última vez que os vi em carne e osso, quer dizer, vivos, foi depois da guerra.

— E Dina?

— Já lhe disse. Morta.

— E Jacob?

— Morto.

— E...

— Pare, doutora. Não me pergunte mais nada sobre meus tios, tias e primos. Gostaria de tê-los encontrado e tê-los feito falar como a senhora faz comigo. Mas para cada um, eu lhe darei a mesma resposta.

Morto, morto, morto: essa palavra terrível, amarga como a erva amarga da *Haggada*. Após a guerra, estava em todas as bocas e em todos os ouvidos. Mas a morte de Dina foi tão absurda... Hoje, ainda, não consigo compreender: Deus ou o destino quis zombar dela e de nós, poupando-a durante quatro anos de ocupação e de perigo, para levá-la uma semana antes da chegada das tropas de libertação? Naquela manhã, o sol havia decidido abrir um caminho entre as nuvens. E Dina não pôde resistir: deixou a granja para aproveitar um pouco do calor. Um alcagüete a viu e gritou que não se movesse. Para afastá-lo do nosso abrigo, ela correu na direção da floresta. No instante seguinte, jazia no chão molhado, abatida por uma bala. Dez dias depois, o alcagüete foi fuzilado. Mas o castigo não atenuou nosso luto.

— E seu irmão menor?

— Meus pais o entregaram a uma família cristã.

— Morreu de doença?

— Não. Foi denunciado por um vizinho, e a família que o abrigava preferiu devolvê-lo a nós. Minha mãe e Dina o levaram, então, para Varsóvia. Para o gueto. O célebre pedagogo Jànos Korczak o admitiu em sua Casa. Posso imaginar o momento da separação. Eu daria muito para descobrir o que meu irmãozinho pensou e disse naquele momento. Não saberei nunca.

— E seus pais?

— Por que insiste tanto? Quer me ouvir, ainda, pronunciar a palavra, sempre a palavra? Não farei isso.

— Por quê?

— Porque são meus pais. Merecem uma palavra diferente. Especial. Uma palavra que lhes pertença, exclusivamente. Compreenda isto, doutora: eu não estava com eles. Não os vi morrer... Fiquei órfão sem saber: estava longe, do outro lado da montanha. E desde que soube...

Thérèse se calou por um bom momento; depois, tendo ligeiramente vacilado, sua voz voltou à monotonia:

— Para você, são lembranças atrozes. Compreendo perfeitamente que não queira insistir. Mas devemos seguir mais profundamente. Vou, então, perguntar isto: a recusa de empregar a "palavra", seria por se sentir culpado em relação a eles? Culpado por não ter estado com eles até o fim?

— A senhora se obstina, doutora. Mas cuidado: não vá longe demais.

— O que isso lhe faz?

— Me faz mal.

Para reprimir a cólera, inspirei longamente:

— A senhora esquece que eu era um menino perdido, desnorteado... O que fazia ou deixava de fazer, não era por prazer ou por teimosia... Como podia prever o acidente?

— Se tivesse sabido, tivesse podido...

— ... Deixe-me em paz, doutora. Não sei o que teria feito. Teria feito a estupidez de começar a correr para alcançá-los na morte?

Esperou que eu me acalmasse:

— Quando se lembra de seu pai, de sua mãe, em *que* pensa?

Não respondi de imediato. Respirar calmamente, refletir, era do que eu precisava. Devia dizer que penso na vida que conheci e que compartilhei com meus pais. Que eu deveria, sim, deveria me sentir menos infeliz, pois não morreram em um campo, mas em um país livre. Que eu tento, à noite, acompanhá-los até o carro, e imagino o restante... Vejo-os sozinhos. E, às vezes, tomado por alucinações, vejo-me com eles *lá* e sufoco.

— Doutora, ouça-me bem. Diga para si mesma isto: há coisas que a senhora não compreenderá nunca. Não viveu a vida deles, mas eu a tenho em mim como um traço de sangue. E a morte deles é como uma queimadura.

TRECHO DAS ANOTAÇÕES DA DRA. THÉRÈSE GOLDSCHMIDT

À noite, à mesa, tive dificuldade para engolir meu jantar. O espírito não estava presente. Dolorido, perturbado, onde e para qual saída meu pensamento me levaria? Meu marido, discreto e atencioso, falava do trabalho na Biblioteca: pedem-se mais livros sobre a guerra do que romances. Também comentou o noticiário. Campanha eleitoral na América. Incidentes sangrentos no Oriente Médio, fome na África, convulsões políticas quase em todo lugar. Guerras civis, religiosas, culturais, econômicas: não parava. Ah, que o século acabe, já não é sem tempo.

— Você sabia — disse ele — que a Guerra dos Cem Anos durou 115? As de hoje em dia são mais curtas, ou seria a mesma guerra, que se prolonga entrecortada por períodos de paz?

Eu escutava distraída e tentei eludir:

— Isso é assunto para historiadores: eles que se virem para responder.

— Mas a guerra preocupa também os psiquiatras. Você não disse que todas têm origem na alma dos que as provocam?

— Mas é a razão que lhes dá um fim? É o que acho, você não?

— É verdade, qualquer um pode provocar um incêndio, mas poucos sabem apagá-lo. Não foi Platão quem disse que só para os mortos a guerra acaba?

Perdida em minhas reflexões, não percebi direito o sentido da observação e me contentei em dizer:

— A guerra é sempre uma doença.

Martin colocou sobre a mesa a faca e o garfo e me olhou bem:

— ... E o seu paciente particular, para não dizer privilegiado, não é a única vítima. Se não tomar cuidado, nós também nos incluiremos.

Eu me endireitei:

— O que quer dizer?

— Está de novo ausente. Sei onde está, e com quem. Você mudou desde que começou a tratá-lo.

Contei, então, a última sessão com Doriel:

— Está indo mal. Não tenho a sensação de avançar; ando sem sair do lugar. Bem, superficialmente, há um certo progresso. Ele fala, fala sem se irritar demais. Uma explosão só, de vez em quando. Mas relendo minhas anotações, me dou conta de que não levam a lugar algum. Hoje, ele me disse que nunca o compreenderei ou, mais precisamente, que nunca compreenderei. E creio que tem razão nesse ponto. Pergunto-me se não devia aceitar a derrota e parar com tudo.

— Boa idéia — exclamou Martin, balançando a cabeça. — Ultimamente, tem estado irritada. Comigo, mas também consigo mesma. Você não gosta do que faz, critica-se. Irritada, fechada, parece se debater, tentando não se afogar.

Não o contradisse. Minha honestidade me impedia. Observador perspicaz e lúcido, Martin não se enganava. Medir-se com a loucura do outro apresenta riscos, eu me dava perfeitamente conta disso. Não sabia mais para onde estava indo. Pelo menos saberia onde estava? Sentia-me, ainda, ligada a meu marido por um amor inteligente e generoso? Seria, ainda, o amor fecundo e feliz de antigamente? Esforcei-me para esconder a agitação.

— O que está dizendo, Martin, sem dúvida é verdade. De repente, me senti fraca. Mas assim como prefiro lutar de pé, me esforço para sonhar com os olhos abertos. Abandonar, agora, seria trair e me trair. Você é responsável por obras de escritores. Eu, por seres humanos. Sinto-me responsável pelo direito que têm de pensar, agir e viver inteligentemente, sem causar mal e sem se fazer mal. Por isso, acredito que, se devemos, às vezes, responder ao riso com o riso, nem por isso devemos responder ao absurdo com o absurdo, à incompreensão com a renúncia.

— Em primeiro lugar, você subestima o meu trabalho. Eu também sou responsável por seres humanos: são os autores e os seus leitores. Em segundo lugar, sinto-me ainda responsável por você; e você, ainda se sente por mim?

Mecanicamente, alisei a minha testa, como faço sempre que me sinto desconcertada: como responder, sem feri-lo?

— Não é a mesma coisa, Martin... Tudo isso fica cada vez mais complicado... Mas uma coisa eu sei: se eu parar... se abandonar esse caso, precisarei parar com tudo. Em definitivo.

Martin mordeu os lábios, o que raramente fazia. Confuso e perplexo, perguntou:

— Abandonar *tudo*?

Como se colocasse nessa palavra toda a sua angústia, toda a sua vida.

E, de repente, o entendimento voltou entre nós. Em silêncio, vi-me pensando que, para cada ser, o outro não é apenas um caminho, mas também uma encruzilhada.

Capítulo 8

á meses e meses, tentamos nos conhecer melhor, doutora. Onde estamos? Não sei mais o que lhe confiei, mas sei o que dissimulei. Disse coisas originais sobre o destino dos homens? Sobre o amor? Fui capaz disso? O amor de uma mulher bem viva e real, emboscado entre a fonte e a procura da fonte, falei disso? E a vida, o que vem a ser a vida? Não sei. Mas como viver? Esta é a verdadeira questão. Avançar isolado, sem contato algum, mesmo esbarrando em cada esquina, em cada trauseunte, em cada parede, é pior do que viver em um espaço sem consistência, glutinoso, brumoso, onde tudo é esfumado e translúcido? Creio, doutora, ter bebido da vida até a última gota. Já não disse, suficientemente, que não sou feliz? Contei por que permaneci celibatário? Falei-lhe o bastante da fé? Vejo nela uma provação infinita, um enfrentamento. Eu luto, e não me lembro mais por quê. Muitas vezes penso não passar de um entrelaçamento de rachaduras abertas para o horror. Seria por isso que não quis ser pai? Nos textos talmúdicos há uma passagem em que se proíbe o homem de ter filhos em período de catástrofe. E há explicação: Se Deus decidiu aniquilar o mundo, quem somos nós para opor nossa vontade à Sua?

No entanto, posso lhe contar a experiência que vivi, pouco antes do *bar-mitsva*, na casa do meu primeiro Mestre? Ele se chamava *reb* Yohanan. Era apelidado de "o fazedor de milagres". Aconteceu no dia das obséquias de sua mulher.

Lembro-me dela: tímida e quase apagada em seu próprio lar, Rivka era muda, só se exprimindo por movimentos da cabeça e das mãos. Como nunca se lamentava, não encorajava a piedade, agradecendo a Deus por sua sina, rindo quando alguém trazia uma história engraçada, tirada das fontes bíblicas ou hassídicas, entristecendo-se quando a ocasião exigia. Seria realmente muda, ou temia misturar sua voz à dos homens?

O casal tinha dois filhos, um rapazote revoltado, Noah, que se tornou meu amigo, e uma menina doente. Noah não passava despercebido: agitado, insatisfeito, sentia haver em si algo inacabado. A irmã, Beyle, podia permanecer dias e noites dolente, na cama. Às vezes, raramente, entreabria a porta da sala de estudos para lançar um olhar desnorteado aos jovens alunos, fechando-a de imediato. Será que o pai via, em mim, um possível genro? Naquela casa modesta, tratavam-me com atenções, diria até que com ternura.

O raio nos atingiu no dia em que Rivka, sozinha em casa com Beyle, teve uma crise cardíaca. De volta do ofício da manhã, *reb* Yohanan e eu a achamos estendida, inerte na cozinha. A ambulância chegou rapidamente e levou-a para o hospital. Mas foi tarde demais. O médico disse, claramente: por alguns minutos, poderíamos tê-la salvo. "Foi culpa minha", respondeu *reb* Yohanan, "não devia tê-la deixado."

A família se reuniu na casa, durante a semana de luto, comendo ovos cozidos, símbolos da roda da vida, que não cessa de girar, e ouvindo as fórmulas usuais, "Que o Senhor o console entre aqueles que carregam o luto de Sião e de Jerusalém", sem esconder a tristeza. A casa ficava cheia de gente, da manhã à noite. Alguns vinham para o ofício em comum, outros trazendo os alimentos, pois o luto proíbe o trabalho.

Barbado, com os gestos lentos, olhos caídos, *reb* Yohanan parecia sair de um inferno inominável, deixando escapar algumas palavras, sempre as mesmas: "Foi culpa minha." E tais palavras ressoaram em mim, bem mais tarde, em situações completamente diferentes, como se tivessem sido fabricadas especialmente para mim: "Sim, foi culpa minha." E, por mais que eu me dissesse, então, "quem há de viver e de morrer, e de qual maneira, Deus apenas decide, lá no alto, durante as Grandes Festas"; apesar disso, eu me agarrava à idéia de que, de alguma maneira inexplicável, eu era culpado.

Os visitantes falavam, sobretudo, de Rivka. Estava doente? Havia reclamado de algum mal desconhecido? Retraída e silenciosa como era, como teria explicado aos médicos o mal que a minava? Não pertencendo à família, eu não precisava me submeter às leis referentes à *shiva*, leis de incomparável delicadeza e cheias de compaixão, todas centradas na pessoa enlutada que se deve, a todo preço, proteger do cansaço, tanto quanto da indiscrição. Oferecia uma poltrona para um, um copo d'água para outro. Tornei-me uma espécie de porta-voz da família, tentando responder, de uma maneira ou outra, às perguntas dos visitantes. Falar de Rivka, a senhora vê, doutora, me aliviava: eu participava dos eventos e dos rituais, integrando-os em um calendário e em um sistema de referência.

Alguns vinham por causa de *reb* Yohanan, outros tinham familiaridade com Rivka. Entre eles, muitos os conheciam de quando ainda moravam em Rovidok, antes da guerra.

Graças a eles, descobri esse vilarejo perdido em algum lugar nos Cárpatos e passei a amá-lo. Os cristãos o chamavam "A Igreja Branca", e os judeus, "A Igreja Negra". Povoado tradicional, a senhora talvez imagine a paisagem familiar, graças às suas leituras. Eu também. Ouvia com curiosidade as histórias dos anciãos, descrevendo a vida de antigamente, e conseguia reconstituir uma comunidade inteira, que eu não conhecia. Os ricos e os pobres, as escolas e as lojas, as angústias e as alegrias. O que eu não daria para participar de um casamento, de núpcias rabínicas, lá? A acolhida de uma Torá, recentemente escrita e trazida ao lugar de honra na Arca santa, acompanhada por uma multidão festiva, quanto não pagaria para assisti-la? Um *Sabá* com o célebre Maguid de Tolipin, um debate público e tempestuoso, envolvendo um homem suspeito de pertencer à seita sabática ou frankista: lembranças e comentários misturados, mesmo que delirantes, eu ouvia com toda a vontade. A vida ali transcorria no ritmo das festas judaicas e cristãs. O *Yom Kippur* tinha a mesma importância que o Natal.

Durante aquela semana de luto, soube também que meu Mestre e a mulher haviam estado em Auschwitz.

— *Reb* Yohanan — disse um dos visitantes —, o senhor se lembra? Teve uma idéia louca mas genial. Ia de um bloco a outro, suplicando aos judeus que não esquecessem em que dia estávamos. No sábado, nos desejava *"Gut shabess"*, como antes.

Um outro emendou:

— E nossas caminhadas no pós-guerra, *reb* Yohanan, lembra-se? De volta ao país, perambulávamos, os dois pelas ruas desertas e pelas ruínas em busca de algum parente ou amigo. A época era dura, quase tão rude quanto a própria guerra: as casas, esvaziadas de seus judeus, estavam ocupadas por rutenos, húngaros, ucranianos... Pediam-lhe milagres e o senhor respondia estar impossibilitado, privado dos seus poderes... Dizia que, em nossos livros sagrados, há referências a almas que voltam a errar na Terra, pois os céus não as querem ainda. Elas, então, são condenadas a freqüentar os vivos, que não as vêem, não sentem a sua presença, riem, cantam, trabalham

Uma Vontade Louca de Dançar 🪽 123

e privam-nas do direito de asilo entre eles. E o senhor dizia às vezes se perguntar se a sua alma não seria uma dessas; se perguntava se já não estava morto. E se aquela nossa sobrevida, aqui embaixo, não seria senão o sonho dos nossos mortos...

Descobri, assim, meu Mestre sob um novo ângulo. Nunca teria imaginado que pudesse influenciar tantas vidas.

Mas como, Senhor das guerras e dos mistérios, como ele fez para não sucumbir à melancolia e ao desvario? E se eu sucumbi, foi culpa minha, somente minha?

Rivka e o marido fizeram parte do último comboio de Auschwitz. Contaram-me, sim, contaram-me naquela semana de luto os milagres que o esposo precisou realizar para salvá-la. Eu não entendia como, muda, pudera sobreviver às aflições cotidianas e às seleções de Birkenau, sendo fisicamente incapaz de pronunciar uma só palavra para responder aos interrogatórios por que passavam todos os prisioneiros.

E, no entanto...

Uma mulher, toda miúda, usando uma peruca e sobriamente vestida, me explicou, com sua voz aguda, estridente:

— Ah, quer saber se conheci a saudosa Rivka? Sim, conheci... Estávamos juntas... O que quer saber? Foi ela que mencionou meu nome?... Ah, desculpe, esqueço que não podia falar, pobrezinha... Mas eu posso contar... Era única... Única como consoladora... Sofria mais do que nós, passava por piores situações e humilhações, e, no entanto, era quem nos ajudava a agüentar... Bastava que nos olhasse, sorrindo... Fazia-nos rir, evocando, com gestos, alguma palhaçada do *Purim*, como uma acrobata de circo... Eu podia, às vezes, perder a última fagulha de esperança; era ela que conseguia reacendê-la... Uma vez, tive medo, todas tememos por ela... Foi durante a terrível seleção de outubro de 44... Estávamos nuas em fila... A equipe dos nossos juízes e carrascos se mantinha junto à porta... Como todas, eu estava magra, fraca... Se pegassem o meu número, seria o fim... Mesma coisa para Rivka... Se lhe fizessem qualquer pergunta, não importava qual, sua idade, por exemplo, estaria perdida... Eu me afligia por ela, tanto quanto por mim... Pensei: *reb* Yohanan, se ainda estiver vivo, ou mesmo que não esteja mais, imploro, o senhor que realiza milagres, salve sua esposa... Rezei para que ficássemos ambas invisíveis... Eu passei... Não me pararam... A Rivka, sim. O médico da SS lhe disse algo... Todas prendemos a respiração... Rivka não abaixou a cabeça diante dele... Respondeu com um movimento dos ombros... O médico da SS disse-lhe outra coisa e eu estava no auge do medo: ele ia se dar conta do seu estado. De repente, porém, ela começou a mover os lábios. Precisei tapar minha boca para não gritar. Eu tinha visto direito? Ela havia falado?! Seu santo marido conseguira, então, salvá-la? O que importava é que havia passado pela seleção... Mais tarde, perguntei o que tinha pensado naquele momento... Em Deus? Nos pais? No perigo que a espreitava? Ela se pôs a rir, e eu a chorar...

Concorde, doutora, eram loucas, ambas... É verdade, doutora, há momentos em que é preciso ser anormal para querer viver normalmente no inferno dos homens... Mas voltemos a *reb* Yohanan e a seu luto. No último dia da *shiva*, ele recebeu a visita de um rabi hassídico. Grande, com sobrancelhas acentuadas, porte altivo e andar seguro, permaneceu um momento na porta, como para inspecionar o local. Escoltado por dois jovens secretários vestidos de negro e com olhos vigilantes, ele entrou e se dirigiu a meu Mestre, pronunciando a bênção usual. Sentou-se diante dele e, de acordo com o costume, esperou que *reb* Yohanan dissesse algumas palavras, para falar, por sua vez.

— Conheci bem o pai de Rivka — começou ele. — Viemos do mesmo vilarejo. Fomos amigos e sócios. Isso mesmo, sócios. Tínhamos acertado um negócio: ele se comprometia a subvencionar minhas necessidades, para que eu pudesse me dedicar ao estudo e ao ensino; em troca, receberia minha parte de paraíso. O documento foi assinado perante duas testemunhas. Éramos jovens, na época, quase adolescentes, mas o pai de Rivka não esqueceu o trato. Mesmo durante os *pogroms*, ele tentava me ajudar. Quando minhas forças diminuíam, ele me dava coragem. Quando sentia meu juízo vacilar, estou dizendo juízo e não fé, que, esta, permaneceu intacta, falava com toda a suavidade comigo e me ajudava a andar direito. Esfaqueado por um baderneiro nazista e sabendo que ia morrer, chamou-me à cabeceira. Estava pálido, exangue. Precisei me debruçar, aproximar meu rosto do seu, para ouvir suas palavras: "Daqui a pouco, vou atravessar o portal e entrar no mundo de verdade... É o momento, para mim, de livrá-lo do seu voto... Declaro nulo nosso acordo e sem efeito..." Protestei, mas fez-me calar e me murmurou ao ouvido: "Tenho um favor a pedir... Prometa cuidar de minha filha..." Prometi: "Ao menor perigo, bastará que ela se lembre do nosso acordo e de minha promessa, e será salva."

Mais tarde, doutora, recordei aquela visita. Teria ouvido direito? O ilustre rabi tinha vindo apenas para, previamente, responder à minha pergunta quanto à sobrevida de Rivka? Recordo, também, que ele esperou estar reunido um *minyan* de 10 homens para recitar a oração de *Minha*. Noah rezou o *Kaddish* e a família se sentou em banquinhos para ouvir, pela última vez, a fórmula ritual da consolação. A *shiva* chegava ao fim. O rabi parou na porta de entrada e nos contemplou, com um ar inspirado. *Reb* Yohanan se assoou, os demais visitantes se mantiveram imóveis e eu me perguntava, e lhe pergunto ainda, doutora: em um mundo invadido pela loucura, deve-se opor a ele a fé dos ancestrais ou a sua própria loucura?

Mas, na verdade, Rivka não era muda. O próprio *reb* Yohanan me contou, no último dia da *shiva*. Por que fingia? Também quanto a isso, era toda uma história. Muitos anos antes, recém-casada, havia deixado escapar de seus lábios palavras duras, de excessiva severidade, sobre uma vizinha cujo comportamento lhe desagradava. No dia seguinte, a vizinha caiu e quebrou uma perna. Para expiar, Rivka fez voto de silêncio, e o observou até o fim da vida.

Capítulo 9

Logo no início da sessão seguinte, a terapeuta me pediu, com um tom natural, quase indiferente, beirando o técnico:

— Para o senhor, tão preocupado com o sofrimento dos homens, não se trata do mesmo sofrimento? A fé dos antepassados e a sua doença não seriam duas faces da mesma experiência, do mesmo traumatismo e da mesma lembrança, sendo uma a sua luz e a outra, a sua sombra?

Decididamente, tinha o dom de me remeter às minhas interrogações, de se servir delas para me empurrar mais adiante, sempre mais adiante em minha busca, exigindo que eu a aprofundasse e insistindo mais em seus fracassos do que em seus prolongamentos. De repente, sem motivo, fez-me lembrar da mulher no ônibus e da sua solidão, de Léa e sua beleza indefinível, de Maya e seus olhos azuis rodeados de escuridão. Sabia tantas coisas, Maya. Onde estaria agora?

— Tem razão — eu disse. — Como sempre. Aparentemente, preciso da senhora para compreender melhor minhas próprias idéias.

De novo, meu pensamento foi encontrar Maya Por enquanto, ainda era Maya. Você está diferente, Maya. Não sei por quê, você sabe? Sei apenas que está. Diferente, alheia. Gosto de estar com você. Gosto que esteja aqui. Quando está aqui, gosto até dessas paredes que me separam da prisão que é o mundo dos homens.

Maya, como sempre, não concordou: azar, mas se recusava a falar. Uma voz, em mim, respondeu: "O mundo não é uma prisão e o outro não é o seu carcereiro. Lembre-se, Doriel: você prefere a metafísica, e não a psicologia. A magia do outro está em ele permitir que você se defina sem, nem por isso, se limitar nas escolhas. Na verdade, para você, o outro é a liberdade, mais do que a prisão."

A terapeuta não ouvia essa voz. Ela me fazia perguntas, enquanto eu continuava a falar com a mulher de olhos azuis:

— Sinto-a perto de mim, Maya. Gosto do seu iídiche melodioso e da idéia de o seu saber envolver o meu e me tranqüilizar. Está sorrindo? Você me conhece, sobretudo na loucura brumosa, mesmo quando duvido do seu poder e dos meios que me permitiriam resistir a ele. Mas sabe quem sou eu, quando não sou eu mesmo?

Maya respondeu que sabia, mas preferia me ouvir dizê-lo. Quanto às perguntas impossíveis, inaudíveis da terapeuta, o contador de histórias louco, em mim, respondeu:

— Eu sou o vigia, Doriel. Isso não tem qualquer relação com Maya e com ninguém mais, mas antigamente, na Judéia antiga, meu papel era o de esperar, no alto das montanhas, a aparição da lua nova. Quando a percebia, gritava, com uma voz que se podia ouvir de um extremo a outro da região: "*Barkaï, Barkaï!* O primeiro raio chegou, trouxe luz e calor!" Nos dias de hoje, tenho vontade de dizer coisa bem diferente, tenho vontade de ser menos confiante, urrando sem descerrar os lábios: "Vigia, onde está você? Diga, sentinela, como esta a noite?" Mas o vigia é cego. E muda, a sentinela. A experiência das suas provações, no entanto, não tem qualquer efeito sobre os seus julgamentos. Saberia, ao menos, a quantas anda essa noite entulhada de presságios e de advertências que trazemos em nós, essa noite que nos acolhe até o momento de nos esmagar com o fardo dos seus fantasmas? Seria eu um deles? E se eu fosse o meu próprio fantasma, e imortal ainda por cima? Bem, ser imortal não é não mais ser? Mas, então, qual de nós dois é louco, meu fantasma ou eu? E quem vai me ajudar a compreender quando estiver realmente doente: será quando *sei* que estou, ou quando não sei? Pelo menos, doutora, me diga se a senhora, graças a seus estudos, educação e experiência, seria capaz de discernir a linha divisória. Balançou a cabeça, já sei, posso senti-lo. Vai me dizer que, lamenta muito, mas o pensamento louco e o que não é, que galopa a toda velocidade e se perde em extensões sem horizonte, são tão próximos um do outro que muitas vezes se juntam, se superpõem e acabam se confundindo. Mas, então, onde vamos parar? O que vai ser de nós? Quem haverá de nos proteger? Quem haverá de ter a verdade, e qual será o seu lugar em nossa existência?

Sacudi-me, estava perdendo o pé. Falei à doutora e Maya me respondeu. E agora, escrevendo, falo de Maya e não é mais ela quem me ouve.

Dirijo-me a uma psicanalista e é uma mulher amada e desaparecida que se torna minha interlocutora. É a loucura? O apagar das fronteiras, a supressão de todos os laços? Mas, pelo amor do céu, onde estamos nós? Um pensamento terrificante me atravessou o espírito. Tentei afastá-lo e ele voltou, ininterrupto: Quem vai me ajudar a quebrar a casca que me estrangula! E a apagar o sol negro que me cega! Quem vai me dizer quem eu sou! Sei que não sou você e que você, você não é eu! Mas cuidado! Pelo amor dos céus, não venha me dizer, não tente me convencer de que o outro é meu adversário, meu inimigo, e que esse inimigo sou eu.

Capítulo 10

A psiquiatra tornada psicanalista se interessava muito, demasiadamente sem dúvida, por minha mãe e por nossa relação. É normal, encheu-se das obras de Freud e de literatura freudiana. Para ela, Freud é o Moisés de um povo imaginado e governado de acordo com suas concepções. Ou seja, estava persuadida de que meu "problema" residia em meus conflitos, conscientes ou não, com minha mãe, que viveu tempo demais afastada de mim e morreu cedo demais.

— Pegou o caminho errado, doutora, logo verá. Mas está bem, vou falar de minha mãe.

Dessa maneira o paciente começou a evocar sua infância; e percebeu que não lhe faltavam palavras.

Lembrou-se da mãe; lembrou-se dos seus lábios, da sua respiração. Do seu calor, da sua ternura, do seu riso. Da sua coragem também, naturalmente. Era uma heroína, a sua mãe. Lendas circulavam sobre seu desempenho durante a ocupação alemã.

— Não adivinhará nunca, doutora, como a chamavam na Resistência. A louca, é como figurava nos anais poloneses da época. Loura, bela e robusta, com o olho cinza perscrutador, munida de sua carteira de identidade ariana, suscitava a admiração dos colegas pela audácia. Voluntária para as missões mais perigosas, acabou se tornando, de certa maneira, a garantia do seu sucesso. Difundia mensagens e planos de ação clandestinos; e também fazia, às vezes, transporte de armas. Mais de uma vez, escapou das ratoeiras da Gestapo e dos olhos intrometidos dos delatores poloneses. Não temia a morte? Temia sobretudo a tortura.

Doriel lembrava-se de uma noite, em casa, após a Libertação, com os antigos companheiros de sua mãe reunidos, comemorando a condecoração que ela acabara de receber do exército polonês, representado ali por um coronel em uniforme de gala. Coberta com uma toalha branca, a mesa fazia jus aos convidados. Pratos variados, muitas garrafas: havia com que alimentar um batalhão inteiro. Todos bebiam muito, riam ruidosamente, e sua mãe não ficava atrás. Ergueu-se o copo para brindar aos combatentes, mortos e vivos. Nenhum foi esquecido ou deixado de lado. "Ah, quem se lembra do ataque contra o trem, lotado de soldados e de munições?" Esvaziou-se o copo em um só gole. "E da execução do traidor Franek, quem se lembra?" Esvaziou-se outro copo. Ao ver dois ou três convivas caírem no tapete, o jovem Doriel ficou admirado de sua mãe ser capaz de consumir tanta bebida sem sucumbir. O pai e ele participavam da festa apenas como convidados, e se o coronel não tivesse resolvido divertir o pessoal embebedando Doriel, ninguém teria percebido a sua presença. Falava-se apenas da mãe: uma viagem de trem, de Varsóvia a Cracóvia, do gueto de Bialistok ao de Lublin. Uma caminhada com um enviado do general Bor Komorowski, chefe da insurreição da capital, um encontro clandestino com o de Mordehai Anielewicz, comandante da revolta do gueto de Varsóvia. Mil e uma noites de fuga, de desafio, de combate. De repente, fez-se silêncio, solene, e o coronel se voltou para Doriel. "Sabe, menino, que sua mãe foi admirada e amada por todos esses patriotas, homens e mulheres, que combateram sob o meu comando? Sabe que um canalha colaborador, um dia, denunciou-a para a polícia alemã? Presa, encontraram com ela mensagens cifradas. Foi torturada, com uma crueldade que você não pode imaginar, para que dissesse nomes, endereços; mas ela não abriu a boca. Todos que você vê aqui, à mesa, tomaram parte em uma das nossas mais brilhantes operações: ajudamos na sua fuga. Beba, então, menino, beba à glória da sua mãe!" Doriel não se agüentava em suas próprias pernas e seu pai se levantou para protegê-lo: "Ele é pequeno demais, coronel! Um gole da nossa boa vodka e ele vai rolar pelo chão! Não vá torná-lo um beberrão!"

O menino desviou o olhar da sua mãe. A palavra "torturada" se tinha impresso nele. Para guardá-la, imaginou a mãe como guerreira feroz e vitoriosa, e se sentiu melhor.

Doriel sacudiu a cabeça. Pediu um copo d'água à doutora: a narrativa lhe custara mais do que havia pensado.

Após a pausa, Thérèse voltou à carga:

— Continue. O que aconteceu em seguida?

Hesitei, antes de retomar:

— O que aconteceu? Os primeiros sinais de uma onda anti-semita dissimulada começaram a se manifestar no país. O novo regime se pôs, bem sub-repticiamente, a desjudeizar a política e a história da Polônia. O mesmo coronel que havia glorificado minha mãe recebeu ordem de minimizar seu passado como resistente, "um tanto nebuloso", como ele passou a achar. Um documento alemão, recentemente descoberto nos arquivos, mencionava seu nome e expunha sua coragem, evidentemente qualificada como "criminosa", pelos comunistas... Tudo isso é estranho... Chegaram, inclusive, a insinuar que, se conseguira se evadir da prisão, muito provavelmente fora por ter entregue aos torturadores nomes de patriotas presos em uma operação posterior. Um enviado sionista

veio nos ver uma noite, aconselhando a tirarmos lição dos acontecimentos: "Não querem mais vocês aqui, é hora de partir para a
Palestina." Era totalmente ilegal, mas a Brikha, a mítica organização
judaica clandestina, se encarregava de tudo: tinha ramificações eficazes
na Europa Central, assim como na Alemanha e Áustria ocupadas.
Meu pai se mostrou reticente, mas minha mãe se entusiasmou.

É a ironia do destino, doutora. Se tivéssemos ficado na Polônia,
em vez de irmos para a França, talvez meus pais ainda estivessem
vivos. Sentia-me menos intrigado pela exaltação da minha mãe do
que pela hesitação de meu pai.

— E Jacob?

— Meu irmão menor? Acho que lhe disse. Já estava morto.

— Quando? Como?

— Quer que eu me repita? Um parente de meu pai conhecia
Jànos Korczak. Conseguiu que ele recebesse Jacob em sua Casa de
Crianças. Todo mundo sabe que Korczak e todos os seus pequenos
internos desapareceram em Treblinka.

— Seu irmão lhe faz falta?

— Que pergunta... indecente. É claro que sim.

— Fale-me dele.

— Não!

— Por quê?

— Porque isso não é da sua conta.

— Tudo é da minha conta. Tudo que lhe concerne, eu devo
saber.

— Meu irmão não lhe concerne.

— Mas o senhor, sim, e ele faz parte da sua vida, não?

— Está me irritando, doutora. Meu irmãozinho merece que o
deixemos em paz.

— Mas o senhor, às vezes, pensa nele...

Uma Vontade Louca de Dançar ⟡ 135

— Cale-se, doutora. Jacob está morto. Longe de nós, separado de mim, teve uma morte atroz. Se insistir, vou me levantar e deixá-la.

Um longo silêncio se fez.

— E Dina? — perguntou, afinal, a doutora. — O que houve com ela?

— Mais uma vez, já lhe disse. A Resistência. A clandestinidade. Presa, torturada. Colocada em um trem para o Leste. Fuga. Volta a nosso vilarejo. Assassinada por um cretino. Uma bala na cabeça. Uma semana antes da Libertação.

Thérèse virou a página da sua caderneta:

— O senhor nada disse, ainda, da sua mãe.

— Nada? De que mais precisa? Já lhe disse que não está mais neste mundo...

— Fale-me de suas relações *profundas* com ela.

Era um exagero. Após meu irmão, voltava a minha mãe a obcecá-la. Não meu tio, nem minhas tias e nem meu pai. A conversa se transformara em discussão, e a discussão em confronto. Precisava da lembrança de incidentes em minhas relações com minha mãe, exigia detalhes, mesmo pequenos, frívolos. Eu a teria, realmente, amado? Sempre? Por dever apenas? Chegava a brigar com ela? Se sim, por qual motivo? Achava-a bonita? Sedutora? Como se vestia? Maquiava-se? Vira-a, alguma vez, no meio da noite? Como ela me beijava: na testa ou nas bochechas? E eu sentia o quê? Vejo-a ainda em sonhos? Que efeito isso causa, quando acordo? Algum traço de sensualidade? Fiquei fora de mim: por quem me tomava? Acreditava-me presa de senilidade perversa? Quase não convivi com minha mãe. Estive separado dela durante mais de três quartos da minha infância: estava ocupada com outras coisas, como se diz, expulsando os alemães para fora do território polonês. Minha irritação não impressionou a terapeuta. Calma como sempre, observou que se eu me alterava tanto era porque havíamos tocado uma zona obscuramente viva e sensível de minha memória. Tive raiva dela e de seus mestres em Psicanálise, trazendo a sexualidade para todos os problemas, todos os enigmas, todos os males e para todos os segredos da natureza humana. Ela me explicou que devia seguir todas as pistas, inclusive aquelas pontuadas por feridas mal cicatrizadas. Respondi-lhe que fosse aos diabos.

— É justamente — respondeu — para lá que vou levá-lo.

E logo acrescentou:

— Percebi uma nota de mágoa, quando evocou as atividades de sua mãe na Resistência. Estou enganada? Engano-me deduzindo que preferiria que ela tivesse permanecido com o senhor e com o seu pai? Compartilhando as longas noites de inverno, os perigos e temores? Que passasse fome, como vocês. Passasse mal, como vocês. Seria tão inimaginável assim achar que uma criança quisesse, a qualquer preço, ter a mãe junto de seu berço e de sua cama?

— A senhora pode determinar, à vontade, o que uma criança quer ou não quer. Mas o que uma criança judia desejou ou temeu, na Polônia ocupada, não saberá nunca. Não tente, então, violentar o meu direito ao silêncio, doutora. Mesmo que seja por mim.

— O senhor parece cada vez mais zangado.

Senti o sangue me subir à cabeça:

— Estou, sim, como não estaria? Está se encaminhando por uma via que leva à desonra, mas não tente me carregar junto! Estou avisando: irá sem a minha companhia!

— Empregou uma palavra nova e forte: desonra. Não compreendo. De qual desonra estamos falando: da sua ou da sua mãe? Critica-a por ter abandonado o seu pai e o senhor? Ou por algo pior?

Senti a raiva transbordar:

— O que ainda está procurando? Não vejo a que faz alusão, nem a qual teoria se refere... Por que insiste tanto em nos culpar?

Teria a intenção de repetir as mentiras dos anti-semitas poloneses? Como se atreve?

— Na Resistência, sua mãe não vivia sozinha... Tinha companheiros, e não eram apenas mulheres... Pensou nisso mais tarde? Nunca imaginou, mesmo confusamente, no subconsciente, que ela poderia encontrar um homem excepcional, de quem admirasse a coragem e a força? E que talvez...

Tomado pela indignação, levantei-me para olhá-la de frente:

— Pare! É uma ordem! Meus pais se amavam! Eram magníficos juntos! Se ousar prosseguir nessa perspectiva, se acredita resolver meus problemas pessoais acusando minha mãe de qualquer coisa indecente e feia, deixo-a imediatamente, mas não sem lhe cuspir meu desprezo e minha raiva no rosto. É, realmente, aonde quer chegar?

Ela fechou a caderneta, sem dizer uma palavra.

E eu, sem sequer olhá-la, saí, com um gosto amargo na boca.

Não se zanguem se lhes revelo detalhes demais das minhas "conversas" com a terapeuta. Alguns lhes parecerão desagradáveis. Não quero mal a ela. Faz o trabalho dela e eu não faço o meu. Várias vezes declarou querer "estourar o abcesso". E eu tento impedir. Para ela, é como se fosse um furúnculo. Mas é de outra coisa que se trata. De um mal que médico algum poderia diagnosticar com precisão. Trata-se, então, de quê? Continuo sem saber. Mas sei que tem a ver com vocês, a quem amo como à própria vida. Um dia, vocês e eu, em um esforço comum, talvez descubramos. Algum dia.

Incomodado, perturbado, aterrorizado: é como me sentia desde a última visita à Dra. Thérèse Goldschmidt. Teria ela conseguido semear a dúvida em meu espírito? Tentei rever, reviver o tempo do nosso encontro, no verão de 1944. Ainda que de má vontade, evoquei-o para ela.

Estávamos felizes? Posso jurar que sim. Quer dizer, felizes como pais podiam estar com o filho após uma catástrofe ter tragado os seus mais próximos parentes e amigos, mortos sem sepultura. Meus pais se amavam? Também posso jurar que sim. Amavam-se como só se amam seres que esperaram, por tempo demasiado, com toda a força, o momento de afirmar a fé que tinham um no outro. Claro, havia entre os dois silêncios carregados de tristeza e também de tensão. Surgiam sobretudo à noite, à mesa, ou quando ouvíamos música, se um de nós mencionasse, por descuido, o nome de Jacob ou de Dina, ou se meu pai perguntasse algo à minha mãe sobre a vida na clandestinidade. Uma vez, ouvi-o cochichar, como se estivesse se justificando: "Se não houvesse o filho, eu a teria acompanhado sempre, em todo lugar, você sabe disso." Mais tarde, recordando, entendi que uma criança pode ser fonte não só de alegria, mas também acúmulo de obstáculos. Teria mamãe sido infiel durante a guerra? Acredito, de todo o coração, que a resposta só pode ser negativa. Ela me amava; amava-nos muito, respeitava-se demais e não poria tal amor em risco. Todavia, um incidente, absurdamente deixado de lado, voltou à tona em minhas lembranças. E quando penso nisso me sinto ruborizar... Foi em maio de 1946. Um belo dia de primavera. Estávamos em nossa casa de campo em Tomashov. Eu brincava no gramado, papai descansava sob uma acácia em flor e mamãe lia, estendida em uma espreguiçadeira, bem perto dele, quando a campainha da entrada os fez darem um salto. Quem poderia ser? "Vá abrir", me pediu papai. Um homem jovem e bem vestido, com um buquê de flores e um livro, um em cada mão, sorriu para mim:

— Você, eu sei quem é; é o filho de Léah.

— Como sabe? — perguntei, espantado.

— Ah, sei muitas coisas, é a minha profissão. Sou jornalista. Vá me anunciar a seus pais, está bem?

— Mas, então... como se chama?

— Romek. Diga-lhes que Romek gostaria de vê-los.

— Eles o conhecem?

— Sua mamãe me conhece.

E com isso, ele me seguiu até o jardim. Papai, ao vê-lo, fechou o jornal. Mamãe saltou da espreguiçadeira e se encaminhou a ele, estendendo a mão:

— O que faz por aqui, Romek?

Voltando-se para meu pai, disse com ênfase:

— Venha conhecer, um amigo da Resistência veio nos visitar. É jornalista. Já lhe falei dele.

Papai se levantou e apertou a mão do visitante, com uma cortesia que não deixava de ser calorosa:

— Todos os camaradas de minha mulher são bem-vindos nesta casa. — Após um silêncio, continuou. — Mas não sabia que conhecesse nosso endereço.

O visitante respondeu que os jornalistas poloneses tinham a reputação de serem bem informados. Mamãe balbuciou algumas palavras que não distingui, mas percebi que estava embaraçada. E também meu pai manifestou uma perturbação incomum nele. Eu não era maduro o bastante para saber que os adultos escondem mais coisas do que as crianças. Sentamo-nos ao redor da pequena mesa sob a acácia e mamãe foi buscar bebidas frias. Fazia muito calor. Começaram a conversar, de forma polida, quase banal.

— Li seus artigos e editoriais — disse meu pai. — Prefiro os que não tratam de política.

— Eu também — respondeu Romek, fingindo um tom sério. — Infelizmente, tudo hoje é político, até a meteorologia.

— Com a diferença, porém, de que a política muda mais rapidamente do que a meteorologia.

— Às vezes gostaria de saber qual das duas é mais previsível.

— Se tivesse que apostar, apostaria na meteorologia — disse meu pai.

— E eu, na política — replicou o jornalista.

— E os dois perderíamos — concluiu papai. — Pergunto-me, inclusive, se já não perdemos.

Romek ficou sombrio:

— A que faz alusão?

— Como jornalista, deveria estar mais a par quanto aos ventos ruins que sopram em nosso país, nesses últimos tempos. Posso falar francamente? Você parece estar próximo do poder. Próximo demais. Em seu lugar, tomaria cuidado...

Mamãe voltou com uma garrafa de limonada. Fez-se um breve silêncio, interrompido pelo piar de passarinhos preguiçosos demais para voar. Era uma boa hora para mudar de assunto.

— Se entendi direito — disse papai —, participou da Resistência com Léah. Em certo sentido, conhece da sua vida coisas que meu filho e eu ainda ignoramos.

— Nem tanto — protestou o visitante. — Combatemos lado a lado, apenas isso. Enfrentamos o mesmo inimigo, mas não com a mesma temeridade. Em matéria de audácia, ninguém se comparava a Léah. Perto dela, mesmo no final, tinha a impressão de ser um iniciante. Aliás, foi o que me trouxe hoje à casa de vocês.

Mamãe, que não tinha ainda aberto a boca, endireitou a cabeça, intrigada. Romek concentrou o olhar em meu pai:

— Tive a idéia de fazer, para o rádio e para o meu jornal, uma reportagem sobre a sua esposa. Ela merece isso, e também a nação.

— E o que quer contar? — perguntou meu pai.

— Sua vida. Seus combates. Seu idealismo patriótico...

— Por exemplo?

O jornalista, que não havia ainda tocado em sua bebida, tomou um gole. Por que estava com sede? Ou ganhando tempo para pensar? Começou a evocar, misturados, episódios dramáticos em que minha mãe tinha tido um papel preponderante. O oficial alemão que ela atraíra a uma armadilha. A farmácia militar assaltada em pleno dia: a Resistência carecia de medicamentos. O discurso pela unidade, que preparou a insurreição de Varsóvia...

— ... Ah, que discurso! Que inspiração! Quanta convicção! Você, menino, é pequeno demais, sem dúvida ignora, mas quando sua mãe fala, sabe impor obediência... Conseguia encontrar as palavras certas para inspirar os combatentes da noite antes da ação. Lembro-me de certas chamadas, lançadas com a voz calma e segura: "Sabem, como eu, quem são os inimigos, bárbaros sanguinários, determinados a ocupar nossas terras, demolir nossas moradas, assassinar nossas crianças... Já os viram em ação; agora, eles têm que ver do que somos capazes. Façam com que sintam nossa cólera e estarão certos. Neguem-lhes o direito à piedade e à vida, como eles negaram às suas vítimas. E se, para lavar a honra, precisarmos matar ou sermos mortos, vocês aceitam os termos do nosso juramento?..." E todos gritaram a plenos pulmões: "Sim, aceitamos! Sim, lutaremos! Sim, mataremos quem matou os nossos e nos humilhou; sim, salvaremos nossa honra!" É o que tenho vontade de contar, mas isso é só um exemplo entre tantos outros... Os combates de rua, durante a insurreição... Ela estava na primeira linha, sob o fogo da metralha e da artilharia pesada; intrépida, incansável, cuidando dos feridos que a bendiziam, como se ela lhes pudesse salvar a vida... Então, o que acham do projeto?

Meu pai lançou um olhar rápido para mamãe:

— O que acha?

Ela olhava para a frente e, subitamente, percebi que, afora as palavras de boas-vindas, nada mais havia dito. Tensa, perdida em seus pensamentos, parecia querer fugir do retrato que Romek acabava de traçar.

— Léah — chamou papai.

Ela se mexeu:

— A mim isso não diz nada — acabou declarando. — Heroína de guerra? Não, não é papel para mim.

O jornalista retrucou, abaixando a voz:

— Não acha que nosso dever é o de dar testemunho para a História?

— Cumpri meu dever lutando; que outros cumpram o seu testemunhando.

— Mas se nos calarmos, outros falarão em nosso lugar e vão dizer qualquer coisa... Vão falsear a verdade...

— Já começaram — interrompeu minha mãe.

— ... e irão mais longe na mentira — encadeou Romek. — Os anti-semitas nos tratarão de mentirosos, de covardes...

— Já fazem isso — interrompeu, de novo, minha mãe.

— ... Um motivo a mais para erguer a voz, gritar, intervir, retificar, agir...

— Para quê? — arrebatou-se mamãe. — Serão sempre mais numerosos do que nós, mais virulentos, mais poderosos!

O jornalista baixou mais ainda a voz e retomou, quase murmurando:

— Léah, não a estou reconhecendo mais... Você é judia, eu sou judeu. Você é o que é, eu sou jornalista... Você exprime em atos, e eu em palavras, o que vivemos de inominável ou de indizível... Fizemos tantas coisas juntos em nome da verdade, pela memória e honra do nosso povo... E agora está recusando o combate, enquanto eu faço o que posso... Amanhã, quem sabe se vou poder continuar... Estaria a tal ponto desesperada?

— Sim, estou — disse mamãe, bem baixo.

E, bruscamente, tive a impressão desagradável de que estavam sozinhos, o jornalista e ela, pois conversavam em uma língua que, diante de meu pai e de mim, se erguia como um muro.

Todos esses episódios, como não contá-los?

TRECHO DAS ANOTAÇÕES DA
DRA. THÉRÈSE GOLDSCHMIDT

Esta noite, não fechei os olhos. Pergunto-me se não peguei o bonde errado. No entanto, vi na explosão de cólera de Doriel um sinal animador. Sobretudo a cena do jardim. Na relação inconsciente com a mãe, o menino que ele foi permanece esfolado. Vai ser preciso escavar mais profundamente ainda. Afinal, é disso que se trata em análise: a realidade brota como o sangue.

Doriel, no jardim da família, deve ter percebido, naquele dia, algo grave, chocante sobretudo, cuja significação permaneceu enterrada ou mesmo oculta nele durante anos. Por que a mãe se manteve tão reservada e até mesmo embaraçada com o ex-companheiro de luta? Por que ficou em silêncio tanto tempo, em vez de entrar na conversa com o marido e o jornalista? Significaria que os dois ex-resistentes, durante a guerra, tivessem outra proximidade — mais íntima? — além daquela de simples membros do mesmo movimento clandestino? À primeira vista, tal hipótese era plausível. Duas pessoas jovens, vivendo freqüentemente juntas, participando dos mesmos acontecimentos dramáticos, autores das mesmas peripécias, enfrentando os mesmos perigos, na mesma expectativa da prisão, da tortura e da morte, podem facilmente abolir fronteiras que, em tempos normais, as separariam. Seria inimaginável, então, e inconcebível, a ponto de rejeitar maior exame, alguma ligação, mesmo que passageira? Se fosse esse o caso, a literatura envolvendo a guerra se veria bem empobrecida. Quando o ódio devasta o coração dos homens, e a morte se diverte a encher cemitérios, a própria fidelidade pode ter limites e falhas. Em tais circunstâncias, aos olhos dos combatentes, a eternidade se contabiliza por dias e por horas; que devem ser aproveitados.

Era, sem dúvida, o acontecimento codificado que o analista em mim procurava. Por volta das 4 horas da manhã, levantei-me e fui para o escritório consultar minhas anotações. Martin veio logo em seguida, trazendo duas xícaras de café quente.

— Não está conseguindo dormir? Ainda por causa do paciente privilegiado?

— ... Privilegiado mas difícil, o mais complexo e mais resistente de minha carreira. Assim que me dá uma chave, troca a fechadura.

— Isso deveria lhe agradar — observou Martin —, você detesta a facilidade!

— É verdade, mas entre o fácil demais e o difícil demais, a distância pode ser enorme. E, nesse caso preciso, é.

Ao mesmo tempo que falava, eu folheava com uma das mãos minhas anotações, enquanto com a outra mexia a colher na xícara de café:

— Por exemplo, essa sessão em que eu o maltratei um pouco, encurralando-o em suas defesas. Forcei-o a lembrar um episódio incômodo da infância: o encontro da mãe com um possível ou provável amante na presença do filho e do marido. É claro, eu esperava uma reação, mas não tão violenta...

Descrevi a Martin o comportamento de Doriel após ter se acalmado. Ao lhe perguntar o que achava, naquele momento, de Romek, ele sacudiu os ombros e disse: "Ah, nada, nada em particular." Como insisti, de novo ele explodiu de raiva. Sem dominar mais os movimentos nem a linguagem, se levantou com um salto e, tremendo todo, me olhou como se eu fosse uma inimiga mortal. Pôs-se a bater no peito, gaguejando palavras incoerentes: "É um canalha, um traidor, um escroque... Detestei-o de imediato, detestarei até o fim dos meus dias... Veio com as mãos cheias de espinhos e o coração vazio... Culpado de violação, ele não é humano... Não se rouba a mãe de uma criança escondida que mil policiais perseguem... Eu o renego como ser humano, como ele renegou meu pai... Desprezo-o pelo desprezo que manifestou por toda a minha família... Eu o amaldiçôo, mas a própria maldição não o assustava, a justiça menos ainda... Compreendo melhor, agora, certas coisas... Sua atitude comigo, mais tarde... Sua generosidade... Sua herança... Reabilitar-se, expiar, é o que esperava... Mas aviltava tudo que estivesse a seu alcance... Feriu minha mãe e humilhou meu pai... Quando penso nele, sinto-me também humilhado... Ele deveria ter tido vergonha... E a senhora também... Querendo que eu me sinta indigno... Querendo me ver de joelhos, de cabeça baixa... Eu nunca devia ter vindo!"

— Nunca o tinha visto em tal estado. Em vão, tentei acalmá-lo. Quanto mais afável eu me mostrava, mais ele urrava de raiva diante do mundo e do destino.

— Você acha — perguntou Martin — que ele olhou para onde não devia? Que imaginou o pior? Que, em seus fantasmas, viu a mãe e o amante abraçados, se beijando, se...

— Não sei. Tudo é possível. Afinal, tem boa imaginação...

— Você deve estar satisfeita, apesar de tudo — observou Martin. — Tocou no ponto que mais lhe dói. Basta continuar. Agora, pelo menos, sabe por onde ir.

— Não sei, de forma alguma! É esse o problema. A ignorância. É curioso, mas quanto mais avanço nesse caso, mais tenho a impressão de que meu saber e experiência falharam. A cada sessão, decifro-o com menos segurança e sucesso. Nem sei mais do que ele sofre. E em que o seu mal esconde algum ato ou projeto, que ele não capta, a ponto de lhe tornar a vida um inferno.

Martin se levantou:

— Vou voltar para a cama. Você não? Um conselho: não se deixe tragar pela loucura dele.

Confusa, retomei minhas anotações. O que Martin quis dizer? Será que, realmente, eu estava em perigo? Mas, qual perigo? O de permitir a meu paciente que transferisse para mim seu amor pela mãe? E o de perder, diante dele, meu juízo, minha inteligência, meu senso da realidade? Pior: estaria em perigo de cortar meus laços com o que me envolvia? De me afastar de meu marido?

Capítulo 11

urmo mal. Cada vez pior.

Teria o direito de perturbar o seu sono, vocês que tanto amo? Vocês que dormem desde sempre, para sempre?

Espero o amanhecer, que fará os demônios voltarem para dentro do poço.

E as imagens para o seu asilo.

Em primeiro lugar, a daquela manhã cinzenta dos funerais...

... Uma multidão, uma multidão imensa estava presente. Eu me lembro. Centenas, milhares de homens e mulheres tinham vindo das redondezas, inclusive de Paris, me acompanhar naquele cemitério perto de Marselha. Todos com raiva dos ingleses, vistos como responsáveis pela morte de meus pais. Era um absurdo, eu sabia, e todos sabiam também. Meus pais tinham sido vítimas de um acidente de automóvel na montanha. Papai dirigia e o veículo derrapou. O governo de Sua Majestade nada tinha a ver com isso. Mas, por causa da sua política, judeus como nós eram obrigados a atravessar as fronteiras clandestinamente e a subornar policiais e comandantes de velhas embarcações que mal eram capazes de navegar para chegar ilegalmente à Palestina. Por causa deles, em cada etapa, uma nova armadilha nos aguardava. Por isso a ira da multidão.

Mulheres choravam, homens gritavam, rabinos rezavam, oradores discursavam, não por meus pais mortos, mas pelo direito de nosso povo a ter um Estado, uma pátria, um refúgio. Eu não chorava. Caladas, as minhas lágrimas? Não, era outra coisa. A recusa da realidade. E talvez o primeiro sinal em mim de alguma quebra, da doença. Não acreditava que meus pais não estivessem mais comigo. Apesar de tudo que as pessoas diziam, e mesmo que meu tio Avrohom repetisse para mim o *Kaddish* tão difícil da inumação tentando me ensinar, algo em mim se recusava a admitir que eram os meus pais, meu pai e minha mãe, que estavam sendo enterrados diante dos meus olhos. "Chore", me disse tio Avrohom. "Esse dia cinzento e sombrio estará marcado em sua lembrança, como marcado está em uma pedra. Mais tarde, pensará nisto e a sua alegria não será mais inteira. Chore, menino. Tornou-se órfão e o será para toda a vida." Diante do túmulo aberto, tive dificuldade para recitar a oração pelos mortos. A multidão achou ser por causa das lágrimas que me sufocavam. Na verdade, lágrima alguma escorreu por minhas faces. Essa falta de tristeza, por muito tempo, me deixou culpado.

Conseqüência da tragédia: não parti para a Palestina.

Meu tio Avrohom tinha sido contrário desde o início. E não por razões políticas ou econômicas, mas puramente religiosas. Como certos rabinos anti-sionistas, declarava que a tradição proibia a precipitação dos acontecimentos: quando o Messias viesse, estabeleceria um Estado judeu, segundo a Lei e dentro do espírito da Torá. Não antes. Para ele, como para o seu grupo, quem quer que violasse a lei talmúdica se excluía, de fato, da comunidade dos judeus crentes. Tal atitude havia impedido que os discípulos dessa obediência, vivendo na Polônia, na Checoslováquia e na Hungria, se salvassem aceitando documentos que lhes teriam permitido se estabelecer na Terra Santa.

Houve discussões tempestuosas, públicas e privadas, entre Avrohom e os chefes da Brikha, a organização sionista diante da qual fronteiras e escritórios do funcionalismo internacional se abriam, como por um gesto mágico de ilusionista. Ouvi-os urrar, sem compreender os argumentos. "Mas os pais se preparavam para o *Aliyah bét* com o filho, com que direito quer se opor à sua vontade póstuma?", rugiam os sionistas. "Se ainda estivessem vivos", respondia Avrohom, "eu os convenceria." Isso durou horas, noites. Os sionistas apelaram aos seus próprios mestres religiosos, enquanto Avrohom recebia o apoio dos seus. O líder dos sionistas, um ruivo grande, achou estar na tribuna das Nações Unidas: "Após tudo que o nosso povo sofreu, como sobreviventes da pior das catástrofes sem saber mais aonde ir para encontrar um pouco de calma, algum descanso, pretende arrancar esta criança da sua grande família?" E Avrohom retorquiu: "E Deus, nisto tudo, o Deus de Israel, o senhor O esqueceu?" O ruivo: "Atreve-se a evocar Deus? Aqui? Agora? Onde estava Ele, quando precisamos da Sua bondade, da Sua justiça, do Seu poder?" Avrohom: "Estava conosco. Como nós, Ele sofreu! Como nós, Ele se cansou da humanidade leiga criminosa!" O ruivo: "O senhor está brincando! Um Deus prisioneiro dos assassinos de crianças! E ainda acredita nisso!" Avrohom, fora de si: "Ímpio, chefe de ímpios, blasfemador! E quer que lhe confie meu sobrinho! Jamais, está ouvindo? Jamais! Se quer um Estado judeu, volte à fé dos nossos ancestrais; peça-lhes perdão por tê-los desertado! Implore que intercedam por nós, lá no alto, e terá o seu chão nacional!" Falou-se disso nos jornais iídiches, cujos leitores, demasiadamente politizados, se entusiasmavam por um campo ou por outro. Agitações explodiram esparsas, entre manifestantes e contramanifestantes. Não veio à mente de ninguém a idéia de me perguntar aonde eu gostaria de ir. Não tinha a menor importância. No final das contas, eu existia apenas como suporte, como meio de propaganda. E se me tivessem feito a pergunta? Acho que teria optado pela Palestina, não tenho certeza, não tinha qualquer familiar lá e não conhecia o hebraico. Na verdade, não tinha vontade nem consciência. Confuso, flutuava no ar, sem amigos, sem vínculos, sem qualquer rede de segurança. Em certo sentido, estava ausente, como morto. Morto com meus pais. Afinal, as Autoridades precisaram intervir. Decidiram que Avrohom, sendo meu tio, tinha o direito a seu favor.

Levou-me para os Estados Unidos; e eu que tinha deixado a Polônia por Haifa e pelo Monte Carmelo.

Quanto a isso também, não sei por quê, me sentia culpado.

Com meu tio, aconteceu muitas vezes de conversarmos sobre a fé. Naturalmente, ele tentava me dar a mesma educação que ele próprio recebera, quando era jovem, na Polônia. Uma *yeshiva* do Brooklyn aceitou me proporcionar estudos, sem custos de inscrição. Mas eu não estava pronto. Avrohom insistiu, eu resisti. Ele, então, pediu à minha tia Gittel que falasse por ele. Sabia que eu gostava dela. Havia entre nós um entendimento cuja natureza me escapava. Discreta, tímida, tinha uma voz suave, mas um olhar que podia, ocasionalmente, se tornar inflexível. Gostava de observá-la acender as velas do Sabá. Mandou que me aproximasse e, pela primeira vez, me acariciou a cabeça:

— Seu tio o trata como se fosse nosso filho.

— Não sou filho de vocês — repliquei. — Eu tinha pais. Eles morreram, eu sei, mas continuo sendo filho deles.

Ela deu um sorriso tão frágil que me comoveu:

— Não disse que somos seus pais; disse que é "como" filho nosso.

Inclinei a cabeça em silêncio. Ela continuou, com o mesmo tom íntimo:

Uma Vontade Louca de Dançar   151

— Seus pais morreram e não sei por qual motivo. Talvez nos seja proibido procurar.

— Ficaria chateada se eu procurar saber, mesmo assim?

— Não, não ficaria. Mas seus professores mostrarão como e onde procurar. E, sobretudo, até quando, para que não se ultrapassem os limites.

— Acha que eles sabem?

— Sem dúvida conhecem a pergunta.

— Você a conhece?

— Conheço, sim.

— Diga-me.

— Por que seus pais foram mortos? Por que o Senhor, bendito seja o Seu Nome, os puniu? Por quais pecados?

— E a resposta?

— Já disse, não a conheço.

Após um silêncio:

— Acho que, aos olhos do Senhor, há uma resposta, deve haver. Mas...

— ... mas o quê?

— Há pior. Digamos que tenham sido castigados por terem pecado. Mas por que você também foi castigado? Isso, não compreenderei nunca.

Ela se calou e percebi uma lágrima tímida se perder em sua face cavada.

Foi por causa da minha tia, e para ela, mas a contragosto, que aceitei me matricular na *yeshiva*.

Não era loucura?

Dos meus anos de estudos judaicos, intensos no início e longos demais no final, mas nunca suficientemente fecundos, guardei uma mistura de curiosidade, lassidão e breves deslumbramentos.

Lembro-me dos colegas, mais do que dos professores. Estes últimos, na maioria, se interessavam demais por minha atitude diante da página escrita, mas não o bastante pela frustração que, dia após dia, se acumulava em mim. Para eles, somente o passado longínquo continha o sentido da vida. O presente, fugaz, era a sua carapaça ou casca: a se jogar fora. Mesma coisa com relação à política ou à moda. Iniciativas pueris, a serem consideradas com desdém. Felizmente, os colegas e eu tagarelávamos a respeito do que quer que fosse. Noticiário, esportes, férias. Moças? Por alusão, talvez. Como os profetas, outrora, eu vivia a aflição de existir em dois mundos. Posso imaginar as pessoas a balançarem a cabeça: sim, a terapeuta deve ter razão; esquizofrenia é a palavra que convém. Como o triste e corajoso Sr. Job, eu maldizia o dia do meu nascimento. Tinha raiva de quem me fizera vir a esta Terra onde tudo começa na dúvida e termina com a vitória da morte. Teria preferido nascer em outro lugar, em outra família? Digamos que teria preferido, simplesmente, não nascer. Mas, e a alma, diriam os grandes Mestres da tradição, o que fazer com ela? Ela não pode, afinal, permanecer vagabundeando nas altas esferas invisíveis até o encerramento dos tempos. Era problema dela, e não meu. Quanto a mim, eu me recusava a sofrer as conseqüências dos atos de meus longínquos ancestrais. Abraão não me perguntou se ele devia obedecer ao Senhor e Lhe oferecer o filho amado em sacrifício. O rei Ezequias não solicitou a minha opinião antes de decidir se devia entrar em guerra contra os babilônios. E Don Isaac Abrabanel não me consultou para confirmar se ele tinha ou não razão de se exilar em vez de se converter. Meu passado foi o tempo presente deles; eram eles os únicos responsáveis, que eu soubesse. Pois bem, eu queria ser responsável apenas pelo meu. Não sabia o que meus tios esperavam que eu me tornasse. (Não estou falando dos anos após o meu encontro com o irmão de Romek, Samek; refiro-me ao tempo anterior, quando ainda tinha preocupações com dinheiro.) Rabino comunitário como o filho mais velho deles, Shmuel? Revisor em uma editora de livros sagrados? Genro de um rico financista, como o filho mais moço, Yaakov? Tratavam-me como membro privilegiado da família. Eu me entendia bem com todos. Para as festas, vinham nos encontrar nos ofícios e nas refeições. A irmã deles, mais moça, me agradava: pequena, ágil, com o riso sonoro, ligeiramente provocante, Ruth tinha um senso de humor mordaz sem ser ofensivo. Em outras circunstâncias, se não fosse noiva de um brilhante talmudista de uma *yeshiva*, na Califórnia, poderia ter me interessado por ela. Tinha a impressão de que se parecia um pouco com minha mãe, de quem eu vira fotografias da juventude. Sentia-me mais próximo de minha prima do que de meu tio paterno. Quando Avrohom me observava, ele via outra pessoa ou, em todo caso, não me via sozinho. Seus olhos me diziam isso. Procuravam constantemente alguém à esquerda, à direita ou atrás de mim. Seriam meus pais mortos que lhe chamavam a atenção? Às vezes, eu tinha a impressão de que guardava um segredo a meu respeito. Uma noite, já tarde, estando os dois sozinhos à mesa, pareceu prestes a contá-lo. No último segundo, voltou atrás. Precisei esperar que morresse para saber mais.

Com meus companheiros de estudo, eu mantinha relações estranhas, sobretudo no primeiro ano. Às vezes, eu era aplicado demais; outras vezes, muito menos. Instável, já sujeito a desagradáveis variações de humor. Bem no início, sem dúvida para agradar a tia Gittel e a meu tio, dediquei os dias e as noites às orações, à meditação e ao estudo dos textos sagrados. "Precisa de um amigo", me dizia Avrohom. "Na *yeshiva*, não se estuda sozinho." Encontrei um: inábil, desajeitado, parecendo constantemente perdido, Jonathan tinha a minha idade. A diferença entre nós? Ele adorava o estudo das leis e de sua interpretação, enquanto eu preferia as lendas midráshicas, com seu estilo econômico, conciso, breve. À noite, depois do jantar, às vezes nos encontrávamos na casa de estudos. Eram horas inspiradas e sonhos compartilhados sob o signo da amizade.

— Você e suas histórias — dizia Jonathan, com o tom falsamente exasperado. — São excessivas, e você se prende a elas: já o aprisionaram. Vão acabar sendo a sua perdição. Histórias podem ser perigosas, e mesmo as mais belas estão carregadas de flechas; você não sabe, mas o alvo é você.

— Está exagerando. As histórias não me assustam minimamente. Vêm de algum lugar, pouco importa qual, ou de lugar algum, e eu as capto, só isso. Lembra-se de como era atraente a fala de rabi Nahman? Comparava o *Yétzer Hara*, o espírito do mal, a um homem vivendo com o punho fechado. Achavam que ele escondia um tesouro e todos se esforçavam para fazê-lo abrir a mão. Um longo combate aconteceu e, por conta própria, o sujeito acabou mostrando-a; estava vazia.

— Ainda essas suas parábolas — disse Jonathan. — Não pode, realmente, exprimir-se e viver como todo mundo? Por que quer ser diferente, sempre distante, em um mundo sem acesso aos demais, inclusive a mim? Basta que você toque em uma coisa para que ela se inflame. Um simples "boa-noite" seu se enche de não sei qual mistério. Então, não sou seu amigo? Temo por sua alma e também por seu equilíbrio.

De fato, doutora, Jonathan tinha razão de se preocupar com a salvação de minha alma. Mas se a coloquei em perigo, não foi por culpa das minhas histórias. Em determinado momento, não pude deixar de pensar que perdia meu tempo, sobretudo minha razão de ser, permanecendo sentado nos bancos da *yeshiva*. Pouco a pouco, me dei conta de que certas leis rabínicas, embora prenhes de significados para quem as ama, deixavam-me escandalosamente indiferente. Aprofundar os comentários sobre regras referentes a ritos

Uma Vontade Louca de Dançar 155

antiquados, fora de uso, em vigor apesar de o Templo estar em ruínas há séculos, seu altar demolido, os sacerdotes dispersos, os coristas desocupados e mudos: as questões e os casos de consciência que se colocavam não chegavam mais a desafiar meu cérebro. Com vários colegas, mas não Jonathan, comecei a ir ao cinema assistir a filmes, às vezes ousados, e a ler livros profanos que eram proibidos: romances, ensaios literários e filosóficos, diversas obras subversivas, próximas da crítica bíblica... Seria culpa dos professores? Principalmente minha. Ruptura inevitável da fé? Ferida mal cicatrizada desde a infância? Despertar do espírito para a prática da dúvida? Hábitos rigorosos demais começando a vacilar, velhos costumes desenraizados se tornando flutuantes: eu me afastava cada vez mais, como se diz, de certos aspectos da religião de nossos ancestrais. A senhora conhece os argumentos. Como acreditar que o universo tem menos de 6.000 anos de idade, se nele se encontram provas científicas demonstrando o contrário? Como continuar agradecendo a Deus Seus favores, enquanto Suas criaturas se destroem umas às outras em Seu nome e declarando amá-Lo? E por que minhas orações e glorificações teriam tanta importância para Ele? Que as recitasse ou esquecesse algumas, em que isso O afetaria a ponto de me infligir castigos e sofrimentos? Como amar um Deus que precisa de tanta bajulação? Eu estaria já fragilizado, vítima das interrogações e dúvidas?

Além disso, sejamos francos. Como sempre, em toda história, houve uma mulher. Isso mesmo, apesar do ambiente ultra-ortodoxo, sufocante, em que eu crescia, e talvez por isso mesmo, meu corpo de adolescente tinha dificuldades para resistir ao desejo. Eu ficava vermelho quando minha prima Ruth falava comigo. Um dia, ficamos sozinhos durante rápidos 15 minutos. Tinha vindo ver minha tia Gittel, que não voltara ainda do mercado. Desnorteado, movido por um sentimento desconhecido de perigo, senti meu coração bater como se fosse explodir. Ruth não percebeu. Perguntou o que eu fazia. Respondi que me preparava para sair.

— Para ir aonde?

— À casa de estudos — menti.

— É tão urgente assim?

— É — respondi, confuso. — Estão me esperando.

— E quem o espera com tanta urgência?

— Jonathan.

— Ele pode, certamente, ter alguma paciência.

— Não... Quer dizer...

— Fique um pouco comigo.

— Por quê? — balbuciei.

— Que pergunta! — respondeu, com um pequeno clarão de malícia nos olhos. — Só para me fazer companhia.

Foi a primeira vez que estive sozinho com uma mulher. Ficamos de pé no meio da sala, perto da mesa onde eu tentava, às vezes, preparar meus deveres. Ela me olhava de maneira normal, sorrindo. E eu não sabia onde me enfiar para esconder meu embaraço. Mais do que nunca, meu corpo afirmava seus direitos: o peito, os olhos, as pernas, as mãos, cada membro insistia em participar do que acontecia comigo. Ruth, por outro lado, estava à vontade, natural:

— Espero não estar incomodando — disse.

— Não, claro que não...

— Você está sempre sozinho nesta hora do dia?

Por que a pergunta?

— Estou. Muitas vezes... — disse. — Quando tia Gittel vai ao mercado...

— Todos os dias, então?

E essa pergunta, por quê? Não compreendia.

— É, acho que sim.

Devia lembrá-la de que tinha um noivo? A chegada de tia Gittel pôs fim à nossa conversa. Mas sei, hoje em dia, que minha ruptura com o ensino da tradição coincidiu com o nascimento da perturbação sentida com a presença de minha prima.

TRECHO DAS ANOTAÇÕES DA
DRA. THÉRÈSE GOLDSCHMIDT

As crises de Doriel Waldman e a sua linguagem... Jargão semântico? Fragmentação parafásica?

— Você gosta de comer?

— A casca, mais do que a árvore.

— Gosta de beber?

— A árvore tem sede e engulo a chuva.

— E depois? O que vem depois?

— O tempo persegue as palavras, as palavras caem de joelhos.

— Quem é o seu inimigo?

— O rosto do sem-rosto roubou o meu.

— O que odeia?

— Duas vezes três fazem o sorriso de um bebê.

— Gosta de ler?

— As nuvens vão embora e tenho vontade de segui-las.

— Gosta de música?

— Ah, o vagabundo que pisca o olho para mim, ele é doido.

— E a pintura o interessa?

— Com meu dedo, sigo as nuvens e me torno nuvem.

— E da chuva, gosta?

— O anjo que me caça é negro e deslumbrante.

— E o diabo se parece com o quê?

— Duas vezes sete fazem, finalmente, quatorze.

— Exato. Como chegou a isso?

— É tão simples, doutora. Três vezes domingo e quatro vezes terça-feira fazem quatorze.

Enviá-lo para exame, a algum colega neurologista? Uma dúvida surgiu: e se for apenas uma brincadeira sua? O paciente começou a rir; não se sentia esgotado, mas eu sim. Talvez porque eu não tivesse vontade de rir.

Capítulo 12

Em certos momentos, de maneira involuntária e imprevisível, tudo revirava, tudo se deslocava em minha cabeça. Por nada, e muitas vezes sem motivo, eu chorava sem derramar lágrimas e ria às gargalhadas. Sentia-me só, terrivelmente só, rodeado por uma multidão que me cercava. Via homens comerem quando tinham sede e beberem ao terem fome. Passeavam nus no inverno e agasalhados demais estando sufocante o calor. Velhos brincavam de carrinho como crianças e crianças rezavam como velhos. Em minha boca, as palavras não se entendiam mais; dissonantes, desfiguradas, sangrentas, recusavam se juntar. Tomadas isoladamente, cada uma tinha um sentido, mas juntas nada significavam. De repente, não estava mais estendido em seu divã de terapeuta, mas na asa de uma águia me levando em direção a árvores cujos cimos estavam mais altos do que as estrelas. Atrás de mim, um imenso corvo tentou nos alcançar: pegou minha cabeça com o bico. Eu quis gritar, mas som algum saiu de minha garganta apertada. Quis me calar e ouvi-me falar, mas na linguagem dos pássaros. Perguntei ao corvo por que me perseguia; respondeu-me, na linguagem dos homens, que eu me enganava, ele é que fugia, e não eu, que o caçava. Perguntei à águia para onde me levava e ela respondeu, em sua própria língua, que ao lugar onde todas as línguas se unem em uma chama bonita e salutar. Disse que não compreendia, e ela então sacudiu as asas, ameaçando se livrar de mim se continuasse a chateá-la com aquelas conversas infantis. Lancei um desafio: que se atrevesse a se separar de mim, que se atrevesse, pois sem mim ela morreria. Para me punir, sacudiu-se e, pronto!, começou a cair, enquanto eu continuei a voar como um rei por céus longínquos.

Com expressão absorta, sobrancelhas franzidas, Thérèse tomava notas em ritmo acelerado, para não perder nada do que ouvia. Após uma pausa, perguntou:

— Na sua visão, quem você é: o corvo ou a águia?

— Não vejo a diferença.

— Sejamos sérios. Não venha me dizer que os dois pássaros se parecem.

— Não, não diria. Digo apenas isto: quer eu me identifique com um ou com outro, para mim é a mesma coisa.

— Gosta de pássaros?

A pergunta me esbofeteou. Thérèse sabia como tocar em uma ferida escondida.

— Houve um tempo, doutora, em que eu adorava os pássaros. Na verdade, os invejava.

— Está vendo? Temos uma pista. Talvez nos leve a uma explicação de... de seu mal.

Como era irritante. Eu falava de pássaros e ela de doença. Se continuasse assim, eu lhe diria adeus. Para que perder meu tempo, deitado como um idiota?

— Feche os olhos — disse a sua voz, e não consegui decidir se era a voz da águia ou a do corvo.

— Está bem. Estão fechados.

— O que vê?

— Mas está zombando de mim, meu Deus? O que vai querer que eu veja com os olhos fechados?

— Onde está, neste momento?

— Em seu consultório, se não me engano?

— Pense nos pássaros e diga-me onde está. E por que já teve inveja deles.

Bom, conseguiu me levar para mil anos atrás, no vilarejo polonês em que vivi com meu pai. Vi-me na casa que nos servia de abrigo. Na maior parte do tempo, devíamos ficar no interior. A menor imprudência podia chamar a atenção de algum alcagüete. É claro, o verão era mais perigoso do que o inverno. As pessoas ficavam mais tempo ao ar livre, passeando por todo lugar. E também nosso protetor, Vladek, o camponês, primo de um ex-sócio do meu pai, proibia que nos puséssemos à janela: não se sabe quem poderia ver nosso reflexo ou sombra, dizia ele. Mas certa manhã tivemos, apesar de tudo, um visitante: um pássaro nos fez uma surpresa. Pousou no parapeito da janela e ficou nos observando, seriíssimo, como se nada mais tivesse a fazer na vida. Um pensamento estranho me atravessou o espírito: é um traidor, um delator querendo sua recompensa. Era o mundo em que vivíamos: os pássaros também podiam ser nossos inimigos. Apesar das advertências de Vladek, aproximei-me da janela e disse ao pássaro que ele estava incomodando e pedi que nos deixasse tranqüilos: não lhe fizemos nada, seja educado, passarinho, vai embora. Mas em vez de voar para ir se juntar aos seus, sorriu para mim. Eu então disse a meu pai que tinha inveja daquela criatura. Levantando a cabeça do livro em que estava mergulhado, ele olhou o pássaro que, imóvel, sustentou seu olhar. "Porque ele é livre?", perguntou meu pai. "Não. Tenho inveja porque ele não é humano", respondi.

Parei. A terapeuta não me chamou a atenção. Arrumou o bloquinho de anotações e disse que estava terminado por aquele dia:

— Na próxima vez, vamos tentar reencontrar seus pássaros.

A próxima vez? Os pássaros nunca me deixaram.

Seus olhares são as nossas orações.

É o olhar de vocês que amo. Ele me agrada. É para ele que escrevo. Tolamente, estou convencido de que minhas palavras nele se inscrevem. Um dia, eu as relerei em voz alta. Para vocês. Para vê-los sorrir. E lhes direi, não, já estou dizendo: não receiem demais o que vai nos acontecer. Conto-lhes o meu passado para que não tenham medo.

Os anos de isolamento, de angústia ou de exílio, como a senhora chamou aqueles que vivi na tal cidadezinha polonesa, foi o que me pediu para evocar, foi isso? De longe, chegavam até nós os ruídos do vilarejo: cantorias de beberrões, brigas de vizinhos, gemidos de mulheres e de crianças espancadas, rufar de tambores precedendo os anúncios oficiais. Às vezes, tudo isso me parece uma só noite, longa, entrecortada por breves aparições de minha mãe. Com papai, e como ele, eu lia muito. E, mais ainda, me calava, por ordem estrita do nosso hospedador. Também o barulho era nosso inimigo: para evitá-lo, eu me fazia de mudo por dias e noites, sobretudo quando Vladek recebia visitas, tanto que acabei temendo ter perdido o uso da palavra. Se me tivessem perguntado o que faria no dia da libertação, teria respondido: vou gritar, gritar com todas as minhas forças, dizer ao mundo que eu, eu sou eu, e que mesmo que ele, o mundo, fosse surdo, mudo eu não era.

Durante todo aquele tempo, meu pai cuidou de mim. Não sei como aprendeu a costurar os botões da minha camisa, a preparar as refeições frias, a tratar de algum resfriado pego com os primeiros ventos do inverno.

Ele se preocupava também com a minha educação. Murmurando com a sua voz calma, não desprovida de fervor, ensinava-me textos iídiches, poloneses, hebraicos. À noite, à luz de um lampião a querosene, lia para mim. Quando tínhamos medo demais para acendê-lo, no escuro mesmo ele me contava histórias em que a inocência das crianças e a loucura dos sábios ajudavam Deus a salvar a Criação.

Longas ou curtas demais, as estações agiam sobre o meu humor. Como viver em um tempo em que nada acontece? Entre o sono e o despertar, acontecimento algum vinha alimentar minha memória. No início, para me ocupar, eu contava minhas respirações e as batidas das pálpebras. Depois, comecei a sonhar de olhos abertos. Facilmente, facilmente demais, caía em depressão ou no furor. Os cantos do verão, as precipitações de neve do inverno. A pureza da primavera, a lama do outono. Os dias vinham e iam, repelindo ou abraçando os fugitivos da noite.

Lembro, não sem nostalgia, da solidão compartilhada com meu pai. E é então uma emoção poderosa mas delicada, que me envolve. Tinha somente a ele e ele só tinha a mim. Quando penso na sucessão de horas e de noites a passar, é no seu rosto que se mostram os sinais. A fome que espremia meu estômago era também a sua. Para mim, ele era o início, como também o fim. Meu sonho inconfesso? Voltar a ser criança para não passar pela vergonha de ser adulto.

Lembro de um dia de verão em que quase fomos presos. Estávamos no celeiro, pois nosso protetor esperava alguns familiares. Ele nos prevenira: "Cuidado, não se movam. Nada de conversas. Esperem as pessoas terem ido embora. Se, por acaso, alguma criança se aventurar onde não deve e os descobrir, batam nela até que perca os sentidos. Entenderam? Depois farei com que ela esqueça."

Infelizmente, o que ele temia acabou acontecendo. Enquanto os adultos festejavam, um diabinho veio fuçar no celeiro. Não sei o que procurava. Talvez desconfiasse de algo. Entrou, farejou de um lado e de outro, revirou a palha em frente da porta e saiu.

Escapamos por um triz.

— O que faríamos se tivesse nos descoberto? — perguntei a meu pai.

— Teríamos batido bastante nele.

— Para matar? — murmurei, com um suspiro.

— Não. Apenas para fazê-lo não se lembrar.

Ele acrescentou, em seguida:

— Eu nunca poderia matar. E menos ainda uma criança.

E eu, será que conseguiria?, pensei, com minha cabeça de pequeno imbecil.

— Eu sei, doutora, sei muito bem: falo muito de meu pai e pouco de minha mãe. Mas, sobretudo, não conclua disso que não a tenha amado. Não tente colocar tudo nas costas dela, nem nas minhas. Não busque em mim, que não estudei as teorias freudiana e lacaniana, complexos que só existem no seu cérebro de terapeuta. Saiba que amei minha mãe e continuo a amá-la. Mas o que quer, a guerra e o acidente me amputaram a vida: Seria culpa minha ter vivido pouco tempo demais perto de minha mãe? A senhora perguntou se a vi com freqüência durante a Ocupação. É verdade, não muito regularmente. E apenas por algumas horas. No máximo uma noite, nunca mais do que isso. A cada vez, ela chegava com o dia já terminado, tarde, exausta. Batia suavemente na porta o sinal combinado: três pancadas, depois duas, depois quatro. Parava na entrada para me ver, antes de se dirigir a meu pai. Verão ou inverno, usava o mesmo mantô, o mesmo vestido. A cada visita, ela parecia menor, mais frágil. Beijava-nos aos dois, a mim na face, a meu pai no pescoço. Só a vi chorar uma vez. Isolados em um canto, papai lhe fez perguntas sobre suas atividades e ela explicou não ter o direito

Uma Vontade Louca de Dançar 165

de revelar: se ele fosse preso, havia o risco de que falasse sob tortura. A Resistência sofreria as conseqüências, e era melhor evitar isso. Meu pai a censurou, sorrindo: "Se entendo bem, nos esconde coisas da sua vida, é isso?" Mamãe, então, começou a chorar: "Você acha que não sou fiel", disse, soluçando. Papai conseguiu acalmá-la, mas eu, por muito tempo, tive raiva dele por ter causado tanta mágoa a mamãe.

Sinto-a mais atenta, doutora. O que a está interessando? A dor de mamãe ou o tédio que eu compartilhava com papai? Não venha me dizer que pressente uma quebra em nossa vida familiar. E isso devido a uma possível falha de conduta de minha mãe? Proíbo-a! É verdade, pareço me exceder às vezes. Mas é porque a senhora me provoca. Ignoro aonde pretende chegar, qual erro tenta descobrir, e de quem. Mas ordeno que pare com esse jogo indecente; não participo mais. Quer saber a quem tento proteger, se a meu pai ou a minha mãe? Muito bem, respondo que ambos merecem minha proteção e, além do mais, isso não é da sua conta.

Apoiei-me nos cotovelos e dei uma olhada rápida na terapeuta: parecia contente consigo mesma.

Sorriu.

Mais tarde, eu descobriria muitas coisas sobre os meus pais. Dos dois, era mamãe quem impunha maior respeito. Sabia o que fazer e como. Um verdadeiro espírito de decisão! No mais das vezes, papai sequer tentava discutir. Sem dúvida porque ela é que havia participado da Resistência, e não ele. Mas, por que ela? Porque era loura e atraente. Podia facilmente se fazer passar por ariana, enquanto ele, com os cabelos castanhos e os olhos escuros e tristes, parecia mais judeu. Mas papai é que tinha conseguido o camponês Vladek que, por um preço exorbitante, aceitara nos dar abrigo.

Lembro-me do bom Vladek. Aliás, era assim, afável, apenas quando recebia seus *zlotys*. Tinha mulher e dois filhos, um menino e uma menina. A mulher, nunca vi direito; apenas a ouvia por trás da parede divisória. As crianças, via-as brincar no pátio. Eram elas que representavam, para nós, a ameaça mais real: poderiam, sem querer, descobrir nosso refúgio subterrâneo ou o celeiro que nos servia de esconderijo. Para mim, ainda pequeno, não era tão doloroso; para meu pai, sim. Agachado por horas, ficava quase impedido de mover a cabeça. O que me parecia mais intolerável era o silêncio. Com isso, terminada a guerra, papai continuou ligeiramente curvado, e eu, habitado pelo silêncio.

Só nos escondíamos no refúgio quando policiais, alemães, pessoas duvidosas ou também vizinhos curiosos circulavam pelas redondezas, sem dúvida atrás de judeus, como nós. Esqueci por quê, mas isso acontecia sobretudo na primavera.

Um dia, mais uma vez não lembro quando, assisti a um incidente que poderia ter se tornado um desastre. Vladek apareceu e começou a discutir com meu pai, querendo aumentar o preço da nossa hospedagem. "Deve compreender", dizia, "a presença de vocês em minha casa põe todos nós em perigo, inclusive a minha mulher e nossos filhos..." Papai respondeu que não era rico, que tinha dinheiro suficiente apenas para respeitar o compromisso inicial, não mais... O camponês não ficou satisfeito: "E se a guerra durar ainda anos, será suficientemente rico para pagar?" Meu pai respondeu que a guerra não duraria muito mais: os Aliados e os russos eram mais fortes do que a Alemanha. A discussão prosseguiu com um tom hostil, até o camponês exclamar: "Se não aceitar minhas condições, não lhes garanto o mês que vem." Estava claro: nos poria na rua ou simplesmente nos denunciaria.

Por acaso, mamãe veio nos ver duas ou três semanas mais tarde. Papai contou-lhe o acontecido. Apesar de preocupada, ela o tranqüilizou: "Deixe que nos ocupemos disso." Papai perguntou: "Nós, quem?" Como sempre, ela fez um gesto significando o que repetia sempre: "É melhor não saber." O importante é que o camponês desistiu das exigências e das ameaças. Mais tarde, soube o que ocorrera: um camarada da Resistência entrara em contato com ele, um domingo, ao sair da igreja, cochichando-lhe que nos deixasse tranqüilos: "Se continuar com isso ou se seus inquilinos caírem nas garras da Gestapo, poremos fogo na sua casa, com você e os seus dentro. E você sabe que não estamos brincando."

O camarada em questão? Era Romek.

— Alguns seres nascem velhos. Outros vivem e conhecem a angústia e a felicidade, antes de virem ao mundo. Em seguida esquecem tudo e passam a vida tentando se lembrar. Foi mais ou menos o meu caso, doutora. Ah, sei o que a senhora pensa: já está meu paciente delirando! Mas isso eu também sei, e soube bem antes da senhora. Não fosse assim, o que estaria fazendo aqui, estirado como um imbecil preguiçoso em seu divã tão pouco confortável? No entanto, a frase que acabei de citar não é minha, mas sim do Talmude. Ela me convém, exceto o final: eu tento, às vezes, esquecer, e a senhora faz tudo para derrubar os muros do esquecimento. Quem vai ganhar o combate? No que me concerne, tenho uma só certeza: serei eu o perdedor.

E isso desde o dia em que segui os caixões de meus pais até o pequeno cemitério campestre próximo de Marselha e de onde se podia ver o mar. Tinha 11 anos. Foi no período das Grandes Festas de 1947. Os dias ainda estavam bonitos. Avrohom me segurava a mão. O local inspirava calma. O vento soprava entre os pinheiros, anunciando às folhas douradas que logo voltaria o frio. Trêmulas, elas pareciam responder: deixe-nos um pouco em paz, vá embora, deixe-nos aproveitar o último raio de sol. Às vezes, o vento soprava também em meu rosto, mas eu não entendia o sentido de sua mensagem.

Uma semana depois dos funerais, ou seja, após a *shiva*, houve uma cerimônia no decorrer da qual meu nome foi mais citado do que os de meus pais. Nos discursos, os dirigentes sionistas, de novo, trataram os ingleses pelos piores nomes: "Por causa deles e de sua política antijudaica este inocente menino está órfão", gritava Giora, o chefe deles. Um amigo de Avrohom, de chapéu e cafetã negros, implorou ao Senhor que me tomasse sob a sua proteção, pois "não é Ele o protetor das viúvas e dos órfãos"? Uma vez mais, a manifestação foi encerrada comigo recitando o *Kaddish*.

O céu apresentava um azul suave e tranqüilo. Não havia vento naquele dia. A terra, satisfeita, tinha acolhido meus mortos sem feri-los; já tinham sido suficientemente feridos por ocasião do acidente, no automóvel destruído. Avrohom não me deixara um só segundo durante a semana de luto. O tempo se tornaria, a partir de então, algo a ser pesado, visto, interrogado. Algo que se tentaria aprisionar e amar.

— Transcorrida a semana de luto, levantei-me como um doente que precisa de muletas para se deslocar. Avrohom perguntou quais lembranças eu tinha. Queria saber tudo. Sobre meus pais, a quem nunca encontrara. Eram praticantes? Felizes? Quando riam às gargalhadas e quando pensavam em voz baixa? Descrevi um e outro com tanta clareza quanto pude, mas nada contei do incidente que fez a minha mãe chorar.

E lamento, doutora, tê-lo contado à senhora.

— Por quê, Doriel? Por que essa vontade feroz de cercar de segredo um incidente menor, insignificante... a não ser que, por trás, algo que o assusta ou envergonha se esconda?

Sufocando de raiva, permaneci em silêncio até o final da sessão.

Trecho das anotações da
Dra. Thérèse Goldschmidt

Dilacerações

— Foram quase três semanas sem vir me ver. Porque estava muito bem ou muito mal?

— Não tenho visto ninguém, eu não sou eu.

— Eu o estou vendo, isso o incomoda?

— Um velho que anda nas cordas do seu violino, é isso.

— E ele não escorrega?

— Uma criança sorri e a chuva responde.

— E ela não se molha?

— Uma mulher jovem fica velha e a terra gira ao redor do seu corpo despedaçado.

— E ela não chora?

— Um acrobata se ajoelha para rezar e o funeral continua.

— E o morto permite?

— Um mendigo despenca sob o peso dos seus desejos.

— E continua esperando?

— Os deuses se zangam e a alma entoa um cântico que faz crescer a relva.

— E o céu se cobre de nuvens?

— O sol se apaga e o louco se embriaga com seus raios mortais.

— E o que o senhor faz para recuperar a paz?

— Sinto meu destino se desagregar.

— E mais o quê?

— Alguém anda aos recuos e me sinto esvaziado.

— Mas o senhor veio, isso é bom.

— Vim de onde, quem pode dizer? Alguém que não estava comigo, onde está agora?

Capítulo 13

onathan era meu amigo. Podia lhe confiar minhas dúvidas e temores. Mas, em determinado momento, o entendimento entre nós desapareceu. O que nos separou? A senhora vai rir: não foi a ambição do sucesso e nem a transgressão voluntária dos mandamentos cotidianos, mas Deus: o próprio Deus que, de repente, se interpôs entre meu amigo e eu. E, mais uma vez, uma mulher teve um papel importante.

Certa manhã, contrariando seu hábito, Ruth irrompeu na sala de jantar, sem bater. Eu estava estudando um trecho obscuro de um texto antigo sem conseguir ir adiante, e isso me irritava. Tratava-se do sofrimento do Messias, que somente o homem, a cada geração, pode curar. Jonathan e eu havíamos falado disso na véspera, e eu achava que seria melhor que voltássemos a conversar a respeito, à tarde. Um artigo recente, sobre o lugar preponderante ocupado pelo misticismo no pensamento e no romance modernos, talvez nos ajudasse. Hipótese complicada e não necessariamente convincente: tendo constatado a falência da cultura ocidental como resposta ética, o homem contemporâneo de Auschwitz se voltou, inevitavelmente, para o outro lado, o lado do misticismo. Com o não-dito a interpelá-lo mais do que o que foi articulado. Com isso, ele adivinhou que o mistério do fim se condiciona ao do início. A sabedoria pura reside no antes, e não no depois. Querendo quebrar as próprias ferramentas da expressão literária, formulamos, em nosso nível, a concepção cabalística do espatifar dos vasos (*shvirat hakelim*) que acompanhou a Criação. É este o assustador poder do homem, segundo um místico da Alta Idade Média: poder utilizá-lo para compreender e cessar de compreender; apreender o ser no instante que o encerra e também libertá-lo, sem se dar conta de que, nessa dupla iniciativa, é dele mesmo que se trata. O homem pode dar um passo na direção do céu, mas não pode impedir que o céu recue... Interrompido pela chegada de Ruth, meu pensamento se tumultuou. No entanto, inconscientemente, eu a esperava. Nas últimas semanas, ela viera várias vezes à casa dos pais, e sempre quando eu estava sozinho. Normalmente, permanecia junto à porta, como querendo manter uma certa distância entre nós. Daquela vez, aproximou-se e, de pé, com o olhar fixo em mim, perguntou se atrapalhava meu estudo. Ia murmurar que não, de forma alguma, mas respondi "sim, muito", com um tom quase inaudível, e tão íntimo que um arrepio me percorreu a espinha. Ela se debruçou em minha direção e cochichou: "Vejamos, qual obra o absorve tanto?" Gaguejei algumas palavras incoerentes, com um punho de ferro a me esmagar o peito. Procurei retrucar adequadamente, sem qualquer sucesso. Senti-me ruborizar como se o meu Mestre houvesse adivinhado que minha alma beirava o precipício. Em um segundo, o bonito rosto de Ruth ia estar junto ao meu. Senti parar a respiração. O que ela faria ou diria? Fez uma pergunta, uma minúscula pergunta: "E o amor nisso tudo?" Queria saber o que eu pensava a respeito. Somente isso. Senti-me desajeitado e ignorante. Que resposta inventar? Claro, nos textos que estudava, falava-se de amor, mas de um só tipo. Deus nos ordena amá-Lo. Mas uma mulher? Uma mulher pode ser inocente e, todavia, enfeitiçante?

Como não respondi à pergunta, prosseguiu o interrogatório, com um tom cada vez mais impositivo: "Você já amou, quero dizer, amou uma mulher, uma mulher como eu?" Senti-me afundando, percebi, e que seria carregado pelos mil demônios que povoam o inferno. Felizmente, ouvi a porta da entrada. Em um piscar de olhos, Ruth se levantou, mudou de expressão para ir ao encontro da mãe: "Estava esperando você", ela disse. Enquanto isso, mergulhei em meu livro, esperando que o que acabara de viver não passasse de um sonho e se dissipasse rapidamente. Esperava, sobretudo, que os eventuais efeitos permanecessem invisíveis. As duas mulheres se recolheram à cozinha. No instante seguinte, saí para encontrar Jonathan. Será que adivinharia o que tinha acontecido? Resolvi nada lhe contar.

Durante a tarde, porém, interrompi o estudo e perguntei:

— O que pensa do pecado?

— Qual?

— Qualquer um, não importa. Em que momento um pensamento que se perde ou um desejo recalcado se torna pecaminoso?

— Por exemplo?

Para me afastar do terreno minado, respondi:

— A existência de Deus. Imagine alguém que comece a ter dúvidas, que tema perder a fé, mas que continue a praticar os *mitzvot*, é um pecador?

— Não sei como responder. Viver sem fé, para mim, é inconcebível. Deus é Deus, e Ele está em todo lugar, nos astros e na poeira. Como imaginar Sua inexistência?

— Mas se Deus está em todo lugar, também está em nossos atos e em nossos pensamentos, como explicar os instintos, as falhas?

— Um dia, vamos estudar Maimônides, o Maharal de Praga, os filósofos. Por agora, respondo que, na minha opinião, Deus conhece todas as respostas. Melhor ainda: Deus é a resposta universal a todas as perguntas.

Interiormente, observei: há pessoas que têm mil coisas a calar; eu tenho uma só. Ruth, então, voltou ao meu pensamento e decidi mudar de assunto.

No dia seguinte, retomei o estudo sozinho na sala de jantar. Mas me dei conta de que esperava Ruth. E foi a esperá-la que perdi minha inocência. É tão simples e idiota: de tanto esperar, esqueci Deus que, Ele também, supõe-se que nos espera.

Teria Ele também esquecido?

A essa altura, a porta se abriu e Ruth entrou, com uma cesta de cerejas na mão. Como era seu costume, permaneceu de pé, com um pálido sorriso nos lábios. Sentindo que ruborizava, baixei os olhos. Estava desamparado, estranho a mim mesmo. Cada membro do meu corpo me renegava. Ruth, no entanto, continuou a me observar, enquanto o sorriso se acentuava, tornando-se grave. Tinha vontade de dizer que a achava bonita, tão bonita quanto a Sara bíblica, ou a bem-amada de Jacó, Raquel, ou ainda a sulamita do rei Salomão, que eram minhas únicas referências em matéria de beleza, mas não ousei. Tinha vontade de dizer que me perturbava os sentidos, mas não sabia como. Pesado, o silêncio se tornou insuportável. Foi ela que o rompeu:

— Em que está pensando?

Confessar que pensava nela? Que desde a véspera era apenas nela que pensava?

— Estava estudando.

— E o que está estudando?

— O *Midrash*.

— O quê, no *Midrash*?

— O problema da Redenção.

— Eu sabia que é uma promessa, ignorava que fosse um problema.

Uma Vontade Louca de Dançar 175

— É as duas coisas.

— Não é uma coisa ou outra?

— Ah, seria muito demorado explicar.

— Temos tempo. Mamãe foi visitar uma amiga doente; só voltará à tarde.

Parou, emendando com um suspiro:

— Estamos sós.

De repente, o pânico me invadiu. Imperceptivelmente, o rosto de Ruth se aproximou do meu. Como um bobo, gaguejando, comecei a repetir como um maníaco o que havia aprendido com Jonathan nas últimas semanas: a meta do homem não é apenas se libertar do mal que o ameaça e espreita, é preciso, também, dar fim ao exílio do povo judeu e de todos os povos, precipitando a vinda do Messias. Como chegar a isso? Nada mais fácil: devolvendo à Criação, através de atos morais, seu equilíbrio primeiro, isto é, a pureza.

Ela me contemplou um bom tempo e começou a rir:

— E eu que estava convencida de que pensava em mim.

Após uma respiração:

— E se lhe disser que eu também preciso me libertar?

Eu é que estava perdendo o fôlego: era melhor me calar. E Ruth continuou:

— Você e seu amigo, papai e todos os Mestres de vocês acreditam que são os únicos querendo salvar o mundo? Há quem ache que estão no caminho errado. Falaram-me de um jovem judeu polonês, filho de um rico comerciante e que, antes da guerra, trabalhava com a mesma finalidade. Era comunista.

— Não entendo: judeu e comunista? Podem as duas coisas estarem juntas?

— Parece que, antigamente, sim. O jovem judeu, um dia, chegou à sua casa e simplesmente declarou que Deus não existe e que o mundo se libertaria quando todos os homens se dessem conta disso.

— Ridículo — eu disse. — Negar a existência de Deus só pode gerar, para toda a sociedade, maior opressão, brutalidade, crueldade...

— Penso como você. Só que...

— O quê?

— Se a existência de Deus implica a submissão às Suas leis e se tais leis me proíbem amar, o que devo fazer?

O que ela esperava de mim? Que eu me livrasse da disciplina que me unia a Moisés? Que a libertasse dos seus vínculos próprios? Do noivo, quem sabe? Comparado a ela, eu era mais ingênuo, mais fraco. Mergulhado nas coisas da alma, nada sabia dos mistérios do corpo, como Ruth parecia conhecer. Ela se debruçou em minha direção, sem que eu soubesse como me comportar. Não me coloquei de pé para fugir. Estava muito próxima e permaneci sentado. Inclinou-se, e meu cérebro explodiu. Estendeu-me a mão. Como não reagi, pegou a minha.

— Estamos sozinhos — murmurou ao meu ouvido. — Sozinhos na casa. Sozinhos em um mundo que nos diz para não termos medo.

Sem deixar de cochichar, seus lábios se juntaram aos meus.

— Somos loucos — disse — e isso é bom. Rendamos graças à grande loucura. Ela oferece aos nossos corpos o que eles precisam, nos tornando livres e triunfantes.

Um pensamento me traspassou como uma lâmina: "Se isso continuar, vou sofrer as agonias do inferno." Mas aquilo não continuou. Foi Ruth quem pôs fim à provação. Soltou-me e começou a rir.

— Está vendo? O paraíso não está lá no alto, está aqui, e eu posso construí-lo com o seu corpo e o meu.

Ainda a rir, deu-me algumas cerejas:

— Prove-as; também vêm do paraíso.

Em seguida se endireitou, passou a mão pelos cabelos e se dirigiu à porta. A sensação antiga de abandono me envolveu. Pensei nos pais de Ruth. Eu não sabia o que seria pior, ser amaldiçoado por eles ou por Deus. A única certeza, porém, era a de que estava amaldiçoado. Ultrapassara um limite, violara uma proibição e nada mais seria igual. Eu era, ao mesmo tempo, juiz e condenado. Perdera não só a inocência, mas também o respeito próprio.

Uma voz se ergueu em mim, a do louco emboscado, já tomado pelo pânico: "Fazei, Senhor, que minha culpa não O enlameie."

— Muito bem, doutora, reflita sobre esta pergunta: o homem pode enlouquecer por causa de Deus? Não responde? Então, outra: o homem pode escolher sua loucura?

— Loucura e escolha — disse a terapeuta — formam uma estranha combinação de termos. Pergunto-me por que a utilizou. E por quê, falando de Ruth.

— Não sei, veio-me assim sem pensar.

— Sem pensar?

— Isso. Sem pensar.

— Por acaso?

— Sim. Puro acaso.

— O cérebro não obedece ao acaso, acredite.

— O meu, sim.

— Porque é excepcional?

— De jeito algum pretendo ter o que seja de excepcional; não sou um narcisista.

— Mas acabou de atribuir ao acaso uma dimensão interessante.

— Interessante? Para quem?

— Para nós dois.

— Não para mim.

— Meu interesse o incomoda?

— Não. Mas preferiria, assim mesmo, mudar de assunto.

— Por se referir a Ruth?

— Não. Sim.

— Ruth faz parte do seu mal?

— É possível. Não desejo me prolongar.

— Ela lhe causou mal, não foi?

— Fazendo o quê?

— Zombando de você. Tentando de início seduzir, para em seguida rejeitar?

— Não foi como as coisas se passaram, não foi nada assim.

— Como, então?

— Eu lhe contei. Mudemos de assunto.

Ela me fez novas perguntas e repetiu outras, com sua voz profissional impassível, impessoal, igual à de quem preenche um formulário administrativo; nada que eu dissesse poderia fazê-la mudar o ritmo ou o tom; uma máquina humana, é o que ela era. Voltei a me fechar no mutismo sombrio. O que a levava a me impor tal interrogatório? Por quem ela se tomava? Eu conhecia aquele tipo de exercício. Não lhe respondi mais. Voltou ao tema nas sessões seguintes. Eu não compreendia tanta obstinação. Por que o episódio estúpido e humilhante da minha adolescência a interessava a tal ponto? Agarrou-se àquilo, impossível afastá-la. Quanto a mim, só queria uma coisa: esquecer. Para ela, era o contrário. Queria me fazer voltar atrás, reviver a cena da sedução, vasculhar zonas tenebrosas e sujas... Não seria, a encantadora terapeuta, meio pervertida, sendo paga e tendo prazer com o que o meu passado lhe fornecia?

* * *

Na quadragésima quarta sessão, alguns minutos antes do final, ela conseguiu me surpreender; pior ainda: me sacudir. Com calma, lançou no ar esta pergunta, como se estivesse falando do tempo que fazia:

— Há, em tudo isso, um detalhe que me escapa: tem certeza quanto à veracidade da sua história com Ruth?

— Não entendo o que está querendo dizer.

— Falo de sua memória. Certamente não é perfeita; memória alguma é perfeita. Acredita, de fato, que o que diz ter vivido corresponde à realidade?

— Continuo sem entender o que insinua — disse, esforçando-me para controlar a raiva.

— Isso pode acontecer, mesmo com pessoas saudáveis. Com os anos, o passado empalidece. A gente esquece acontecimentos reais e "lembra" episódios sonhados ou imaginários.

— E acha que... que menti!

— ... Acho que a memória, talvez, tenha mentido para você. Não seria útil e importante, tanto para você quanto para mim, pensar em todas as possibilidades?

Ela não desistia e eu finquei o pé em minha posição. Quanto mais insistisse, menos eu cederia. No entanto, bem no fundo de mim, a dúvida se infiltrou. Vítima de minhas certezas atuais, estaria enganado sobre meu passado? Teria confundido meus desejos com promessas compartilhadas? A terapeuta vira mais claramente em mim do que eu mesmo. No final de algumas semanas, me guiando por uma palavra ou por um silêncio, conseguiu me fazer redescobrir a verdade: nada se passara entre Ruth e eu. Nosso ultimíssimo encontro, semelhante aos anteriores, porém mais curto, transcorreu dentro de um silêncio desconfortável, que nada interrompeu. Não houve perguntas insolentes e nem respostas abstratas. Eu havia reconhecido, admirado e amado a beleza de Ruth, nada mais. Teria desejado seu corpo? Sequer tenho certeza. Acho que ela me apertou a mão ao chegar, mas baixando o olhar. Seria eu tímido ou covarde demais para tomar a iniciativa? Se a tivesse beijado, teria me afastado, lembrando-me de que estava noiva? Como saber? Mulheres, eu conheceria poucas, na vida. Mas me lembrarei sempre de Ruth e de nossa relação inocente.

Mas... se nada aconteceu entre nós, por que inventei, para mim, um papel de culpado?

Minha brilhante terapeuta irascível me deixou louco, como se eu já não o fosse. Sob o efeito de sua varinha mágica, meu saber se esvaziou, minha memória se obscureceu. Preso em um turbilhão onírico de dançarinas agressivas e de guerreiros tímidos, oscilando entre o riso e a agonia, o barulho do oceano e a quietude das alturas, eu novamente perdi toda noção de identidade. Eu falava a mim mesmo, sem conseguir decidir se eu era quem falava ou quem ouvia, aquele que acreditava em Deus ou o outro, que o negava. Perseguido por forças obscuras, demoníacas, eu corria sem avançar e sequer me mover: como se evoluísse fora do espaço e do tempo. Em determinado momento, sabia que o amanhecer se anunciava, mas logo eu corrigia: era meia-noite.

Pouco depois do incidente verdadeiro ou imaginário com Ruth, abandonei a família e aquele ambiente demasiado restrito. Para não continuar revendo Ruth? Mais para não mais me expor à tentação. Sabia que, havendo uma próxima vez, eu não conseguiria resistir. A meu tio Avrohom, dei uma explicação mais ou menos plausível: ia completar 20 anos de idade; nesse estágio dos meus estudos, sentia a necessidade de aprofundá-los em uma *yeshiva* de Bnei Brak ou de Jerusalém. Sentado à mesa, à sua frente, com as mãos sobre os joelhos, aparência perdida, respondi às perguntas. Ainda anti-sionista, queria ter certeza de que não partia à Terra Santa para ir lutar contra os árabes:

— Dizem que vai haver guerra — observou.

— Sem dúvida.

— Você quer morrer?

— Não.

— Viver?

— Também não.

— O que você quer?

— Não sei. Sei apenas que devo ir.

— É uma fuga?

— Possivelmente.

— Uma fuga *de* ou *para* alguma coisa?

— As duas, talvez.

— Não vai se meter com política, lá? Promete?

— Prometo.

— Nem com negócios?

— Prometo.

— Vai unicamente para estudar a Torá, combinado?

— Combinado, tio Avrohom.

— Nada mais?

— Nada mais.

— Parte sozinho?

— Sozinho.

— Por quanto tempo?

— O tempo de me completar no estudo.

— Isso pode levar toda a vida.

— Tenho consciência disso.

— Quando pensa partir?

— Dentro de algumas semanas ou meses. Não tenho a data fixada.

— E quem pagará a viagem? Eu não sou tão rico.

— Bem sei, tio Avrohom.

— Bom, temos tempo para pensar. Com a ajuda de Deus, acharemos uma solução.

— Sim. Com a ajuda de Deus.

Avrohom pensou um pouco, alisou a barba e declarou:

— Estou certo de que, lá no alto, seus pais estão orgulhosos de você.

E eu, lembrando a aventura frustrada com Ruth, pensei: Não tenho tanta certeza.

Acredite-se ou não, o desejo de meu tio, que era tão próximo do céu, foi satisfeito. Como posso me lembrar de tantas coisas? Pensava nelas com freqüência, porém.

Quanto às sessões com Thérèse Goldschmidt, elas prosseguiam, mas não se passavam tão bem.

Trecho das anotações da
Dra. Thérèse Goldschmidt
Com Martin, quinta-feira à noite

— Não agüento mais — disse eu. — Estou no limite.

Examinei as unhas, com um olhar despeitado, como sempre, quando estou descontente.

— Pode falar disso? — perguntou Martin.

— Não... Posso... Se quiser. Afinal, você não é um estranho.

— É ainda aquele fardo chamado Doriel?

— É. Realmente me dou conta de não poder ajudá-lo. Ele escapole.

— Recusa cooperar? Agarra-se à doença, é isso?

— É um homem infeliz que não busca mais a felicidade.

Uma Vontade Louca de Dançar   183

Interrompi-me. Medo de dizer coisas que seria melhor calar.

Voltávamos do cinema. Filme político: denúncia das guerras, das classes dominantes. Sobretudo da autoridade.

Normalmente, chegando à casa após algum espetáculo, gostamos de conversar na mesa da cozinha, saboreando uma infusão de verbena, que dizem ajudar o sono. Também evocamos primos e amigos que raramente vemos: um neurocirurgião estabelecido na Califórnia; um professor de história contemporânea que ensina no Arizona. Não aquela noite. Apenas Doriel nos preocupava. Foi quem me deixou tão lenta, pronta a duvidar de mim mesma, de meus julgamentos, de minhas deduções.

— O que aconteceu hoje? Um incidente novo? Particular?

— Não, nada de especial. Justamente, tudo acontece como sempre. Faço-lhe perguntas para atuar sobre a memória: ele aceita, responde, mas nunca vai até o fim. Tenho, o tempo todo, a impressão de que pára na entrada, como diante de um muro; como se temesse levantar vôo em direção ao céu ou se jogar em algum precipício. Tenho, então, vontade de gritar.

— Mas não é o pão cotidiano dos psicoterapeutas? Procuram a chave que abra a fortaleza em que se esconde o inimigo, isto é, o mal ou a doença da alma. Mas você mesma já não me repetiu, várias vezes, que a tal chave, por sua vez, se esconde em uma caixa muito bem trancada? E que é preciso, o tempo todo, descobrir uma chave, para conseguir a chave seguinte?

— O que fazer? Quebro a cabeça para encontrar uma resposta, mesmo que provisória.

— Já pensou em confiar o paciente recalcitrante a um colega?

— Não sei... Contei que ele me falou do sucessor do Besht, o fundador do movimento hassídico? O Grande Maguid de Mezeritch dizia que, estando perdido e impotente diante de uma porta fechada, da qual se perdeu a chave, resta apenas uma solução: arrombar a porta.

— Magnífico conselho!

— Você não estaria me sugerindo... usar a força! Foi o que aprendeu nos livros acumulados na biblioteca? Que a violência é uma opção, inclusive com relação às doenças mentais?

— Foi você que citou o Mestre hassídico...

— Eu, propriamente, não falo de violência. Quando se trata da alma, é preciso poder penetrar suavemente. Com uma palavra. Um gesto, um sinal, um olhar. Um aperto de mão. Um silêncio, por que não?

Martin me deixou refletir um bom momento.

— Se eu, pelo menos, pudesse fazê-lo admitir que o amor faz parte da vida e que se pode reivindicá-lo sem culpa... — eu disse, sorrindo.

— Ele não é muito velho para isso?

— Ele envelhece, é claro. Como todo mundo.

— Como nós?

— O que está querendo dizer! Que coisa... Somos mais moços do que Doriel. Está bem! Admito! Ele é velho. Um pouco.

— Não vai me dizer que tem medo de envelhecer.

— Não foi o que disse. Mas você, sempre tão calmo, no meio dos seus livros, tão seguro do que tem, teria medo?

— Às vezes. Às vezes acontece de ter medo. Medo de viver uma existência diminuída, como um objeto sem serventia. Sentir meu corpo prosseguir sozinho, sem a alma. E, inversamente: medo de me ver abandonado, desertado, traído pela razão. Ou seja, medo de morrer antes de morrer.

— É perfeitamente natural. Para uma inteligência como a sua, não poder mais governar o pensamento ou os desejos seria a provação mais atroz. Mas...

— Mas o quê?

— Não esqueça nosso pacto. Juramos cuidar, você de mim e eu de você, para que essa humilhação nos seja poupada. Mas se eu não estiver mais aqui, quem vai se ocupar de Doriel?

— Ele, de fato, não tem mais ninguém na vida?

— Ninguém. Exceto, talvez, uma das mulheres que, até prova contrária, pertence ao mundo das quimeras. Ele vive com ela. Fala como se ela existisse ainda. E quanto mais fala, mais estou convencida de que nunca existiu. Se acreditarmos no que diz, tem um sorriso de criança assustada.

— É simples, então: vamos encontrar essa dulcinéia; vai ensiná-lo a sorrir... Um anúncio nos jornais resolveria o problema.

— Não zombe dele.

— Não estou zombando de ninguém.

— Então, não zombe dela.

— Às vezes, querida, você não entra nas coisas: talvez ela é que esteja zombando dele. E de nós também.

— Doutora, antes de evocar minha experiência em Israel, precisaria, talvez, falar do abandono. Esse sentimento me acompanhou e oprimiu, inclusive em plena Jerusalém, onde mais intensamente vivi com minhas lembranças. Na verdade, pesou-me desde a infância, desde que fui separado dos meus pais. Separado, aliás, me parece uma palavra insuficiente. Trata-se mais de ser desarraigado. Não devia tê-los deixado. Devia ter me agarrado à mão de minha mãe, ao braço de meu pai. Não ter deixado que morressem sem mim. Sei que estou errado, que não foi minha culpa. Eu era pequeno demais, e eles, determinados demais. Sei que o Anjo da Morte sempre triunfa sobre os vivos, passados e futuros. Mas é onde a senhora está errada, doutora: o saber não ajuda o homem a encontrar a resposta essencial, nem a paz, livre de esforço. Existe um nível em que o amor de Deus e o conhecimento de si não servem para nada.

Capítulo 14

Em Israel, onde acabei chegando muito mais tarde, visitei mais de uma *yeshiva*, interroguei mais de um rabi e mergulhei em mais de um banho ritual, esperando um milagre. Em Bnei Brak, a piedosa, perto da leiga Tel-Aviv, assim como nos subúrbios de Jerusalém, assisti a cursos sempre estimulantes e freqüentemente eruditos, dados por mestres competentes. Logo me dei conta de que meu saber, adquirido nos estudos feitos no Brooklyn, era bem restrito. Tinha, então, muito o que aprender. Mas não era o meu objetivo. Necessidade de me sentir fora de casa, mais do que sede de descobertas? Carregando uma sensação próxima da culpa, procurei uma escola ou alguém capaz de me ensinar o arrependimento. A culpa já constituía uma das características da minha condição? Puritano dos pés à cabeça, continuava obcecado por Ruth. Não havia tocado nela e começara a me perguntar se por timidez, por medo do escândalo ou por temer transgredir as leis. Cada mulher que passava por mim, em um parque público ou um ônibus, era Ruth que me olhava. Era estupidez e era também insensato, confesso, mas cheguei a vê-la até em rostos de homens. Não sabia mais onde me enfiar: onde se esconder de si mesmo?

Em Safed, a cidade dos cabalistas, fui descansar sobre o túmulo de rabi Itzhak Louria. Pedi-lhe conselho. Na Cidade Antiga de Jerusalém, diante do Muro dos inúmeros interstícios, no qual enfiei uma quantidade de pedacinhos de papel com minha súplica, me recolhi, implorando ao rei Davi, que conheceu o gosto do pecado, que me apontasse a via do remorso, do perdão ou, pelo menos, do esquecimento. Certa noite, percebi um homem sozinho, perto do Muro. Em silêncio, contemplava o céu estrelado que, bem próximo, parecia proteger a cidade adormecida, envolvendo-a em sua paz. De repente, o homem começou a rir. Aproximei-me, curioso com o que podia tanto diverti-lo ao rezar diante do último vestígio de Segundo Templo. Dei-me conta de que era um velho; ele chorava e ria ao mesmo tempo. Então, olhando-o fixamente e me perguntando se seria pelos mesmos motivos que ele ria e chorava, comecei também a rir, às gargalhadas. Pensei: o mundo em que ele vive não é o meu; suas orações são diferentes das minhas, mas, quem sabe, juntas, nossas lágrimas acabarão se espalhando, até fazer transbordar a taça de ouro negro que o Senhor há de segurar na mão direita, enquanto seu povo estiver ainda no exílio. Eu ria porque o rosto do velho, apesar de retorcido, era, eternamente jovem, o de Ruth.

De repente, ele percebeu minha presença. Com os olhos ainda voltados para o céu, perguntou:

— De onde vem?

— De longe.

— O que faz aqui?

— Procuro.

— O que procura?

— Procuro o meio de vencer minha má tendência.

Ele meditou por um momento longo e continuou, ainda sem me olhar:

Uma Vontade Louca de Dançar ❧ 189

— É casado?

— Não, sou solteiro.

— Por quê?

— Não sei.

— É preciso encontrar uma mulher. Quer que eu me ocupe disso?

— Por que não? Sob uma condição...

— ... Qual?

— Quero que ela nunca me pergunte sobre minhas fontes de renda e nem, de maneira geral, sobre o meu passado.

— Senão?

— Senão, não me casarei.

Somente então ele me olhou:

— Está em grande perigo, meu jovem. Que o Senhor o proteja.

Com isso, explodiu a rir, colou o rosto contra o muro e tornou o riso uma oração na qual Ruth não tinha lugar.

E nem eu.

Um mês após minha chegada ao aeroporto de Lydda, hospedava-me alternadamente em residências das diversas escolas talmúdicas, nas quais garantia também minhas duas refeições diárias. Necessidades modestíssimas e, graças a Samek, irmão de Romek, bolsos sempre cheios. Poderia ter me dirigido ao melhor hotel do país, mas teria tido vergonha. Sabia que meu tio Avrohom não aprovaria: receava que a alimentação não fosse suficientemente *kosher*. Além disso, ele tinha o costume de declarar, evidenciar a riqueza é, mais até do que um pecado, um erro: para que suscitar a inveja e o ciúme? Não tive dificuldade para me matricular em uma *yeshiva* de Jerusalém, em que um dos tutores, originário de Satmar, na Transilvânia, era amigo de infância de meu tio Avrohom, mas ainda mais fanático do que ele. Pertencia à seita próxima de

Neturei Karta; anti-sionista virulento, ele continuava não reconhecendo a legalidade e sequer a existência do Estado de Israel. A língua oficial e corrente era o iídiche. A gente podia se imaginar em algum burgo desaparecido da longínqua Europa Central. Logo no primeiro Sabá, eu percebi: no ofício da manhã, o chantre não recitou a oração pela proteção de Israel e pela vitória dos seus defensores. Vivia-se, ali, no tempo anterior à guerra. Diante do meu espanto, Haim-Dovid, filho do rabi, repetiu para mim o argumento ritual: para nós, judeus acreditando em Deus, a existência do Estado judeu novo é contrária à tradição e à lei rabínica, ou seja, em nosso ponto de vista, ele é sacrílego, imoral e ilegal.

Em uma tarde de sábado, passeei com ele pelas ruelas estreitas e sombrias da Cidade Antiga, onde as próprias pedras contam a história do único povo da Antigüidade a ter sobrevivido à Antigüidade. Perguntei-lhe se seu grupo se sentia próximo dos árabes. E sim, absolutamente. Melhor valia um só Estado palestino do que dois Estados, vivendo lado a lado. E tudo isso em nome da Torá e em sua homenagem! Eu mal acreditava no que ouvia: então ele não sabia que quem se serve dos livros em rolo sagrados para matar se torna um assassino? Lembrei-me das discussões entre Avrohom e os sionistas, em Marselha. Mas, naquele tempo, não havia ainda um Estado judeu soberano; agora existia, e sua existência estava em constante perigo. E Haim-Dovid achava mais confiável um Estado árabe do que um Estado judeu? Sim, absolutamente. Dita com seu sotaque arrastado, era uma resposta já pronta e simples como dizer bom-dia. Vestido com um cafetã puído, quase em frangalhos, como se o tivesse sempre trajado, o jovem estudante Haim-Dovid não conseguia falar sem alisar o queixo, no entanto imberbe, e pontuar tudo que dizia com um peremptório "absolutamente". Será que vai chover amanhã? "Sim, absolutamente." Seu pai doente, tem estado melhor? "Com a graça de Deus, sim, absolutamente." Para

Haim-Dovid, os fatos mais anódinos remetiam ao absoluto. Deveria me juntar a ele e permanecer naquela *yeshiva*? "Se Deus permitir, absolutamente." Perguntei por quê; precisava que me convencesse. Ele não tentou escapulir:

— Em outro lugar, corre o risco de sair da trilha, absolutamente. Não imagina o poder de Satã. Usa muitas máscaras. Aqui, é a heresia dos sionistas. Tentarão certamente desviá-lo do caminho da retidão.

— Está louco? Satã, aqui? Na Terra Santa? Na cidade de Davi e de seus profetas?

— Onde mais quer que ele esteja? Satã não liga para os cabarés; as pessoas, ali, não precisam do seu empurrão. Absolutamente. É na *yeshiva*, no ambiente de orações e de estudo, que ele ronda para catar sua presa. Quer saber como ele faz? Vou contar: emprega o patriotismo fácil, a política e até a obsessão pela segurança para atingir suas metas. O que é a política desse país senão a ferramenta moderna de Satã?

Decididamente, as discussões entre Avrohom e os dirigentes sionistas se prolongavam em Jerusalém. E eu que pensava que os adversários de Israel só podiam travar seu combate fora de Israel. Falei disso com Haim-Dovid, que fez o possível para me esclarecer:

— Você estava errado, já se faz tempo que você tome consciência. Se quiser salvar sua alma, fique aqui conosco. Senão...

— Senão?

Hesitou, antes de continuar:

— Senão, vai acabar como meu irmão. Absolutamente.

Foi como soube que Haim-Dovid tinha um irmão mais velho, de quem preferia não falar. Contou-me apenas que ele havia mudado de nome. Com a curiosidade aguçada, quis saber o que acontecera ao irmão ausente. Haim-Dovid balançou a cabeça: não, não me diria mais nada. E mudou de assunto.

✳ ✳ ✳

Antes de tomar a decisão definitiva que poria fim a algumas semanas de hesitação, achei melhor consultar o chefe da escola, o *Rosh Yeshiva*. Sem pedir a qualquer secretário que marcasse a entrevista, fui bater à sua porta. Como ninguém respondeu, abri. Sentado à mesa sobre a qual se misturavam várias obras eruditas, algumas encadernadas em couro e outras prontas a se desmanchar em migalhas, o rabi parecia absorto a ponto de não se dar conta de que não estava mais sozinho na sala. Era a primeira vez que o via de tão perto. Surpreendeu-me não sua irradiação espiritual, mas sua força física. De longe, por uma curiosa ilusão de ótica, ele parecia mais magro e de estatura mediana. Mas ali no escritório, mesmo sentado, dei-me conta de que era grande e robusto. Os ombros largos sustentavam a cabeça pesada, enfiada entre as mãos vigorosas. Obscuramente, senti-me meio decepcionado. Esperava encontrar-me diante de um velho asceta, para quem o corpo é um inimigo que se deve manter faminto, ou, pelo menos, um obstáculo a se superar, pelo jejum e pela insônia. No entanto, o rabi parecia estar em boa forma, boa demais. Bem alimentado, bem descansado. Se tinha preocupações, elas não lhe deixavam na fronte traço algum.

Bruscamente, ergueu o olhar:

— Quem é você?

Respondi-lhe.

— O que faz em nossa casa?

—Vim estudar.

— E no círculo de seu tio Avrohom, não se pode mais estudar? Não há mais *yeshivot* no Brooklyn? É preciso, então, atravessar os oceanos e vir até aqui aprender os ensinamentos de Hillel e Shammai, e de Abaié e Rava?

— Achei que entre estas paredes se ensinaria a Torá de outra maneira...

— Muito bem, meu jovem, tem toda a razão de pensar assim. Em geral, exceto em alguns lugares protegidos, é *de outra maneira* que se estuda neste país abençoado mas corrompido pela descrença, quero dizer: é a *sitra abra*, o lado impuro que envolve estudantes e seus Mestres, equivocando-os, levando-os ao engodo e os afastando da Torá de verdade, que é a nossa...

E ele continuou, com a voz monótona, uma vez lançado, condenando tudo que se chama felicidade, vida e o direito de viver de Israel: a sociedade leiga, os intelectuais, os eventos culturais e artísticos, os costumes, os políticos, o mundo das finanças, os militares, o culto da nudez e do prazer: eram só pecados e pecadores, ímpios irrecuperáveis. Mas, e os fiéis, que todo dia freqüentavam as sinagogas? Também eram culpados de mil transgressões. E os jovens estudantes que enchiam as escolas? Perdidos, aos olhos do Senhor. E as crianças pequenas? Punidas e infelizes pela culpa dos pais. Ele parou para se assoar e aproveitei para, timidamente, perguntar:

— Mas rabi, a seu ver, o fato de haver um Estado judeu, pronto a acolher os judeus perseguidos, não conta nada?

— Tal Estado nunca deveria ter nascido. Sua criação constitui ofensa ao Senhor. Nossos Sábios o proibiram, está no Talmude. Devíamos esperar, para merecê-lo, os tempos messiânicos previstos pelo Senhor, bendito seja o Seu Nome. Qualquer precipitação é nefasta e condenada ao fracasso. Nada se aprendeu, aqui, do episódio com Bar Kochba, no tempo dos antigos romanos: sua revolta custou milhares e milhares de vidas humanas. Mas nossos atuais dirigentes políticos, os sionistas, estavam impacientes. Ardiam de vontade de parecerem estadistas. Quiseram um Estado próprio, para poder violar a santidade do Sabá, transformar crianças inocentes em pagãos, ridicularizar as lições de vida de Moisés, nosso Mestre... É a verdadeira meta deles... Impedir a redenção última, afastar o povo de Israel do Deus de Israel.

A raiva se estampava em seu rosto e a violência do que dizia acabou tirando-lhe o fôlego. Perguntei:

— O rabi preferiria que a comunidade judaica vivesse aqui sob o domínio árabe?

— Sim. No passado, o islã já se mostrou mais hospitaleiro conosco do que os cristãos.

Seria verdade? Hesitante, por não ter estudado suficientemente a história judaica medieval, me apressei em voltar ao presente:

— O rabi parece esquecer os milhões de judeus que querem viver em segurança, *atualmente*, no solo dos nossos ancestrais.

— Deveriam ter permanecido em diáspora. O "retorno a Sião" não foi apenas um erro, foi, igualmente, uma tragédia.

— O rabi ignora que há países onde os judeus vivem ainda em perigo? Se permanecerem, podem sofrer e ser mortos.

— Não lhes desejo isso — respondeu o rabi, soltando um longo suspiro de tristeza. — Rezo por eles diariamente.

— Mas, então, rabi, o que devem fazer? Esperar?

— Que rezem. Que permaneçam judeus. Prefiro um judeu morto a um judeu vivendo como renegado. Seu tio Avrohom, que sinto próximo de mim como um irmão, não pensa como eu?

— Espero que não, rabi.

— Mas não tem certeza.

— Com efeito, rabi. Não tenho certeza.

Ele assumiu uma aparência grave, envolvendo-me com seu olhar feroz. E talvez também para medir o peso da minha ignorância. Lentamente, uma tristeza desconhecida o inundou:

— Não fique conosco. Não é o seu lugar. Não tem o que buscar aqui. Avrohom se enganou ao enviá-lo. Meu filho não deve se juntar a você no estudo. Um dia, vão me dizer que seguiu o caminho do irmão de Haim-Dovid. Até a beira do abismo. E não ficarei surpreso.

Ele se debruçou novamente sobre o grande livro que consultava antes da minha chegada. Sinal de que eu devia ir embora. Era uma pena. Gostaria de ter continuado a conversa. Dizer-lhe que, diante dele e mediante os seus argumentos, eu me sentia estranhamente culpado de não me sentir culpado o bastante? Quem sabe interrogá-lo sobre o irmão do meu colega? Era tarde demais para isso. Azar. Uma próxima vez?

Deixei-o, recuando.

Alguns dias depois, na caída da noite, Haim-Dovid e eu fomos ao Muro, simplesmente para conversar de uma coisa ou outra. O pai não o havia proibido me ver? Aparentemente não. Ou seria concebível que tivesse escolhido desobedecer o rabi? Por que não? Afinal, éramos amigos. Eu o conhecia melhor do que a maioria dos estudantes. Era com ele que eu passeava, às vezes, no fim da tarde, admirando o pôr-do-sol sobre as colinas e as cúpulas da Cidade Antiga. Eu gostava, e ainda gosto, daquelas horas passadas ali. Jovens talmudistas indo na direção dos grupos de homens que rezavam. Mendigos nos abençoaram; esvaziei meus bolsos, enchendo os deles. As sombras de ontem se destacavam das paredes e invadiam a memória dos transeuntes e as assombrações dos fantasmas. Às vezes, ouvindo o almuadem chamando os fiéis para a oração, na mesquita al-Aqsa, Haim-Dovid tapava as orelhas, eu não. Pessoalmente, gostava, e gosto ainda, de absorver o menor ruído do vento sacudindo as árvores, o murmúrio dos desesperados, o cântico langoroso dos deserdados e dos errantes. Mesmo não estando mais em Jerusalém, era louco o bastante para continuar a viver em suas lembranças, e nelas integrando as minhas.

Em Jerusalém, naquele tempo, eu gostava de estar só, realmente sozinho. Não estava, ainda, afetado pela loucura, como a senhora acharia, ou pela maldição, como diria meu amigo Haim-Dovid, mas, não sei dizer por quê, sonhava me manter afastado das pessoas, quaisquer que fossem.

Não tinha, ainda, tomado decisão quanto ao meu futuro próximo e continuava morando na *yeshiva*. Haim-Dovid quis saber por que eu visitara o rabi e como tinha se passado minha conversa com ele. Ele então ignorava o que o pai pensava da nossa amizade. Franzi o cenho:

— Como sabe que fui vê-lo? Não falei a ninguém.

— Ah, em um ambiente como o nosso, tudo se sabe. E rápido. Absolutamente rápido e absolutamente tudo.

— Você diz que se sabe; mas seja mais preciso, o que se sabe ao certo?

— Sabe-se que conversaram longamente.

— Absolutamente?

— Hummmm... longamente.

— E o que mais?

— O Rosh Yeshiva, possa o Senhor lhe conceder longa vida, não está contente com você.

— E você sabe por que ele, sem dúvida absolutamente, está descontente?

— Não, não se sabe.

— Tem certeza?

— Absolutamente. — (E após uma hesitação:) — O Rosh Yeshiva, possa o Senhor lhe conceder longa vida, não tem contas a prestar a ninguém.

— E ninguém recebe, em confidência, suas palavras?

— Não eu, em todo caso.

Contar-lhe o que o rabi me dissera sobre seu irmão? Para que lhe causar esse mal?

— Diga, Haim-Dovid, como se chama seu irmão?

Ele estremeceu:

— Por que quer saber?

— Não sei... Assim... Sem mais nem menos... Você me falou dele outro dia...

Ele pareceu contrariado:

— Não devia tê-lo feito. Esqueça o que eu disse.

Não conseguia mais resistir à curiosidade: por que tal rejeição do irmão? Que pecado podia ter cometido para ser tão desaprovado pelo rabi e repudiado pelo próprio irmão? Optei pela franqueza:

— Preciso lhe dizer a verdade, Haim-Dovid. O rabi também o mencionou.

— O que ele disse?

— Preveniu-me que não fizesse como ele, não lhe seguisse o exemplo, senão...

— Senão?

— Senão, chegaria, eu também, ao fundo do abismo.

— Venha comigo — disse Haim-Dovid, com um tom repentinamente decidido.

Cortando a multidão, aproximamo-nos do Muro. Ali, meu amigo tirou do bolso uma folha de papel, rasgou-a pela metade, escreveu algumas palavras e enfiou-as em um dos interstícios do Muro, enquanto seus lábios murmuravam um salmo. Depois, explicou:

— O primeiro foi para salvar meu irmão, e o outro, para proteger você.

E uma vez mais, após uma hesitação que o fez suspirar, como se uma dor súbita o afetasse, acrescentou:

— Meu irmão foi amaldiçoado. Tente não imitá-lo; seria loucura da sua parte...

E me contou a trilha semeada de armadilhas e de desafios percorrida por Beinish, seu irmão, o irmão mais velho, que Haim-Dovid admirava e amava.

Ele enlouqueceu, como me aconteceria mais tarde. Um louco raivoso. Insurgido contra a autoridade estabelecida e a disciplina da fé, rebelde contra os rigores das leis herdadas dos ancestrais. Na verdade, um revoltado contra o pai e o símbolo flamejante por ele encarnado.

No entanto, durante a adolescência e ao longo dos estudos, Beinish tinha enchido de vaidade os pais e os seus próximos. Grande, esbelto, generoso, aprendia rápido, guardava tudo, se orientava com facilidade nas fontes *halakhicas* mais nebulosas e, durante os ofícios, manifestava uma devoção e um fervor que suscitavam a satisfação e o orgulho dos tutores. Não se via nele nenhuma fraqueza, nenhum defeito. Perfeito em tudo, com uma espiritualidade rigorosa, eloqüente em sua fala, discutia de igual para igual com sábios reputados das escolas das redondezas, sem a menor presunção. Naturalmente, no dia seguinte a seu *bar mitzvah*, os pais haviam recebido propostas das mais ilustres famílias com filhas casadouras.

Tudo ia bem. Com a idade de 16 anos, Beinish se viu noivo. A mocinha, Reisele, vinha de uma grande família rica de Szerencsevaros, e o pai era conhecido por suas ações caritativas, tanto quanto pela devoção à Torá. Tudo se passou como antigamente na Europa Central. As duas famílias prepararam as núpcias, que marcariam época, tanto pelo fausto da festa, quanto pelo fervor da cerimônia. Três orquestras fizeram estremecer de alegria os convidados, e também de melancolia, com suas melodias judeo-ciganas. Sete trovadores competiram pela honra de divertir a platéia com o humor que têm, ao mesmo tempo ácido e meigo, mordaz mas nunca agressivo. Mais ou menos cinqüenta rabinos se deram ao trabalho de

Uma Vontade Louca de Dançar   199

comparecer. O mais ilustre deles, o venerável rabi de Rovidok, descendente do célebre Maguid da Cracóvia, com voz e rosto de profeta bíblico, dançou com Reisele, a jovem noiva, a dança ritual, cada um deles segurando a ponta de um lenço. De um extremo a outro do país, vieram mendigos para o banquete dos miseráveis. Refeições suntuosas foram distribuídas, todos os dias da semana dos festejos. Os presentes oferecidos ao casal teriam agradado a reis e a rainhas, antigos e modernos. A comunidade de uma cidade vizinha ofereceu ao jovem noivo um posto rabínico, com biblioteca, casa de estudo e salário invejável. O pai da noiva, por sua vez, insistiu em acolher o casal em seu palácio, por três anos. Mas Beinish preferiu permanecer na casa dos pais. O sogro não ficou chateado: "Ah, meu genro, que Deus o guarde, não aprecia o luxo; a seu ver, o saber é o supremo valor." E todo mundo nadou na felicidade, antes do naufrágio.

Apenas dois anos após o casamento, a maldição atingiu o pequeno mundo da família de Beinish. Foi na manhã de uma segunda-feira. Reisele, em prantos, irrompeu na casa da sogra com uma carta na mão. Tendo-a lido, em um piscar de olhos, a sogra se precipitou até o rabi para lhe mostrar: "Deus nos puniu", exclamou, com a voz rouca. "Leia isto. Que mal fizemos, para que Ele nos puna assim?" Pouco habituado a esse tipo de crise em sua esposa, o rabi manteve a calma. Leu a carta uma vez, duas vezes, e depois balançou a cabeça: "O quê? O que está dizendo? Não compreendo, não compreendo." Na verdade, ninguém compreendia o que fosse. O jovem marido havia simplesmente desaparecido. Sim, desaparecido, sem deixar outra pista além daquela carta, pela qual rompia os laços do casamento. Como um ladrão, ele fugira durante a noite, levando consigo seu *talith* e tefilins, assim como algumas mudas de roupa. Como? Beinish se separava da família? Beinish se divorciava? Beinish fora embora? Beinish tinha abandonado a casa e repudiado os seus? Mas, por quê? O que havia acontecido? Beinish capaz de uma extravagância? Alguns *hassidins*, alimentados por superstições, declararam: "Foi um *dibuk*, algum mau espírito que o habitava." O rabi, propriamente, não acreditava tanto. Mas, então, onde procurar a explicação? E onde se encontrava Beinish? Seqüestrado por malfeitores? Estaria ainda vivo? Devia-se alertar a polícia? Nesse ponto, a resposta foi imediata: "Isto, nunca; nada de polícia em nossa casa." Em ambientes como aquele, tudo se resolve sem se pedir ajuda às autoridades ímpias e hostis. Mas o que, então, se devia fazer?

Primeiramente, manter o segredo: aquele "caso" daria alegria demais aos "inimigos" sionistas. Mas como impedir que vazasse? Beinish era muito conhecido e solicitado. Até o presente, era visto diariamente. Mesmo que, nos últimos tempos, na verdade desde o casamento, parecesse mais taciturno, entediado, fechado em si, evitando, tanto quanto possível, conversas e reuniões públicas. Mas daí a fugir...

Na época, Haim-Dovid ainda era jovem, mas maduro bastante para compreender que a família atravessava uma grave provação, dolorosa e constrangedora. Lembrava-se ainda, com uma acuidade que jamais se dissipara completamente. Os fiéis em quem se podia confiar, que entravam e saíam com ar lúgubre, os conciliábulos improvisados, a portas fechadas, as lágrimas de Reisele, os suspiros da *Rebetsin*. E os silêncios do rabi. Densos, pesados, opacos, prolongavam-se, às vezes, por horas, por dias. Como esquecer isso? E os acessos de ternura do pai, com o filho caçula, pegando-o no colo e lhe acariciando a cabeça, como para se consolar de uma perda irreparável?

— Ainda hoje em dia, não saberia explicar por que Beinish, o irmão que eu, ao mesmo tempo, admirava e invejava, abandonou o lar e a família — disse Haim-Dovid fechando os olhos, como se

Uma Vontade Louca de Dançar 201

isso o pudesse ajudar a encontrar palavras. — Para mim, para todos nós, permanece um mistério doloroso, proibido. Absolutamente.

Como havia feito uma pausa, não pude me impedir de perguntar:

— Seria infeliz com a mulher? Não queria que ela lhe desse filhos para perpetuar seu nome? Não a amava? Ou, quem sabe, a havia amado demais?

— Pode ser que meu pai conheça a resposta, eu não.

— E Reisele? Onde está agora? O que lhe aconteceu?

— Após o divórcio, tornou-se reclusa.

— Assim, invisível, de um momento para outro?

— Bruscamente cessou de existir.

— E os médicos, o que disseram?

— Declararam que era... psíquico. Palavra que eu não compreendia, mas que parecia tudo explicar.

— E isso durou quanto tempo?

— Ainda hoje, ela vive em sua prisão, separada do mundo das pessoas normais. Ela ouve e não responde. Ouve e não entende. Ouve e não chora.

— E Beinish?

Haim-Dovid ficou hirto. Tudo nele pareceu se retesar: o sofrimento estampado no rosto. E a angústia.

— Perdeu-se. Para nós, ele se perdeu.

Na realidade, pensei, era uma história simples e corriqueira de ruptura. Com a família, com os amigos íntimos, com os rigores da fé. Mas, também, abertura para uma outra vida e para os desafios por ela lançados à inteligência: eram as etapas da nova existência do jovem pródigo, extraviado por vinhedos estrangeiros.

— Você se dá conta? — acrescentou Haim-Dovid. — Em sua loucura, meu irmão chegou a se alistar no exército. Fez o serviço militar. E dizem que pertence, atualmente, à força de segurança ou ao Mossad, que Deus os castigue todos, cada um por seus pecados.

Para Haim-Dovid, o irmão rebelde era um demente. Mas ele próprio seria normal? O fanatismo, que lhe freava o juízo e cegava, não era um dos aspectos da loucura, cuja ameaça pesa, não sobre este ou aquele indivíduo, mas sobre toda a comunidade?

Foi, sem dúvida, naquele momento que decidi não me demorar mais naquela *yeshiva*. No final das contas, pensei, o rabi e os seus iam longe demais na recusa de Israel. Não podia me aliar a eles. Nunca meu tio Avrohom teria amaldiçoado judeus; mesmo que lhes combatesse as opiniões e engajamentos, nunca lhes desejaria sofrimento, humilhação e morte. Afinal, eram soldados que defendiam o único país do mundo onde qualquer judeu se sentia em casa. Podia-se deplorar sua negligência, o desregramento no campo da prática religiosa, mas sem chegar a rezar pela derrota, que levaria ao fim de Israel. Ainda hoje, acredito ter feito a escolha certa. Até aceito ser diferente dos outros, mas não à maneira dos membros daquela seita. Até aceito sofrer, mas não causar o sofrimento.

— Haim-Dovid — perguntei, antes de deixá-lo —, qual é o novo nome do seu irmão?

— Por que quer saber? — respondeu contrariado.

— Gostaria de procurá-lo.

Revelou-me o nome — Tamir —, mas logo se arrependeu. Não imaginei que minha curiosidade pudesse encolerizá-lo:

— E se Beinish quiser, simplesmente, estar sozinho? — disse, brutalmente.

Percebi, então, que, igual à sua família, Haim-Dovid via o irmão como um doente. Mas se Beinish tivesse, de fato, decidido viver só, talvez fosse um erro querer encontrá-lo. O que poderia me proporcionar? O meio para compreender a sua solidão? A solidão é uma mulher espancada que não tem mais força e nem vontade de amar. A solidão é uma criança faminta, sonhando com um pedaço de pão dormido. A solidão é o mendigo que não fechou os olhos há dias e noites e, quem sabe, desde que foi arrancado da barriga da mãe.

Como a loucura, a solidão é o medo.

Um homem só é um homem com medo. Um homem vivendo no medo é um homem só. Quando a solidão entra em mim, ela se torna eu. A solidão surge de improviso, quando apenas o corpo me pertence, e também quando apenas eu lhe pertenço. A solidão transforma a consciência em prisão, um calabouço de onde tenho medo de sair.

Medo de nada compreender, medo de tudo compreender. Medo de amar e de não mais amar. Medo de tudo esquecer e medo de nada esquecer: os corpos dilacerados jogados no campo de batalha, a agonia lenta e implacável dos sobreviventes. Medo de passar fome, medo de não ter mais sede de nada. Medo de morrer e de viver. Medo de ter medo. Medo de estar sozinho quando ninguém mais está ali. Medo de estar sozinho quando o ser amado está ali.

Há um medo que não é a morte, ainda, mas que não é mais a vida.

— Para o senhor, o que chama de "loucura" seria uma forma de se entrar na solidão?

— Não sou psiquiatra; não sei como definir a loucura.

— Está aqui, comigo, há bastante tempo, não?

— Sim. Em análise, como se diz.

— Sente-se sozinho quando está comigo?

— Falo com a senhora, que me ouve. Isso deveria me tornar menos só?

— Menos louco?

— Ou, pelo contrário, mais?

— É justamente o que eu gostaria de saber.

— Posso responder com uma pergunta?

— Prossiga.

— Na verdade, Deus está mais só do que a mais solitária das Suas criaturas, pois Ele não pode não ser. Seria louco Ele também?

— Se pensa me chocar, Doriel, não está funcionando. Não tenho fé. E o senhor?

— Não sei mais. Antigamente, tinha. Como diria Haim-Dovid: "absolutamente". Presentemente, as coisas mudaram. Às vezes penso que sou louco porque ainda tenho fé, outras vezes, porque não tenho mais. Nietzsche acreditava em Deus, antes de mergulhar na loucura? Sua última obra se chamou *Ecce homo*, "Eis o homem": de qual homem falava? Do homem procurando Deus ou de outro, fugindo? Daquele que se tomava por Deus, quem sabe? Em que se acredita, quando não se acredita em mais nada? A senhora, que explorou as múltiplas faces da loucura, o que pensa da minha? Estaria ligada a uma necessidade ou a um temor dos véus que a solidão estendeu sobre meus olhos e meu coração?

Fala-se freqüentemente da disposição dos lugares, mas, para mim, o problema gira em torno das minhas lembranças. Não sei mais como organizar meus pensamentos e, ainda mais simplesmente, para onde dirigir meu olhar; tudo persiste em perder seu lugar. De tal forma, que me perco cada vez mais em minha própria vida. Fusão pouco saudável e mal-intencionada de noções, de termos, de quadros: qual sentido tirar de uma frase que, forçosamente, não tem sentido? Mas, por outro lado, a ausência de sentido forneceria um outro sentido? E a disposição das palavras, que incessantemente se modifica? Acontece de uma vírgula se deslocar: ela corre, corre entre as palavras, e é impossível fazê-la parar. Seria também louca essa vírgula?

* * *

Em geral, Thérèse Goldschmidt não gostava da palavra loucura. Esforçava-se constantemente para evitá-la. Preferia "doença", "cansaço mental", "carência ou instabilidade psíquica", "neurose", "depressão" e um número incalculável de termos técnicos.

— Apesar do tempo passado juntos, ainda é cedo demais, em nossos trabalhos em comum — ela disse —, para que eu possa verdadeiramente lhe dizer que está curado. Resta-nos ainda muito a fazer.

— O que para a senhora é cedo demais talvez para mim seja demasiado tarde.

— Demasiado tarde? Enquanto o coração bater, nunca é demasiado tarde.

— A senhora não é cardiologista, que eu saiba.

— O coração tem seus próprios males, e alguns são de ordem psíquica.

— A que se refere?

— Males ligados à vida do corpo humano. Isso mesmo, pode-se considerar que o corpo tem sua vida própria, com direitos, necessidades e mistérios seus. Tomemos o fenômeno denominado desejo, está bem? Não aparece com freqüência em nossas conversas; por quê?

— Não sei.

— Serei franca e direta: Já lhe aconteceu de desejar uma mulher?

— Não lhe falei de Ruth?

— Realmente desejou-a? Quero dizer: desejou-a a ponto de querer conhecê-la, no sentido bíblico do termo?

— O que está imaginando? Sim... Não... Nunca...

— A verdade, Doriel, diga-me a verdade: o senhor não é mais tão jovem, mas já viveu com alguma mulher, mesmo que uma noite apenas, uma hora, para sentir o desabrochar do desejo e a descoberta espantosa da felicidade?

— Recuso-me a responder.

— Mas... é a regra...

— Estou pouco ligando para as suas regras.

— Concluo que a resposta é negativa.

— Não sabe de nada.

— Mas preciso saber.

— Escute... Na tradição a que me filio, há coisas que, decentemente, não se dizem em voz alta. E o que concerne ao erotismo é uma delas. Ficaria surpresa se eu lhe dissesse que, de acordo com os Sábios, nem mesmo Deus olha o que se passa em um quarto de dormir?

— Deixemos Deus onde Ele está. Vamos voltar a Beinish?

TRECHO DAS ANOTAÇÕES DA
DRA. THÉRÈSE GOLDSCHMIDT

Na mesma noite, como de hábito, Martin e eu trocamos nossas impressões sobre o dia que terminava. Na Biblioteca, um pesquisador descobriu, em uma obra antiga, páginas manuscritas de Paritus, aquele filósofo estranho que freqüentou Benedictus ou Baruch Spinoza e encontrou, duas vezes, Don Itzhak Abrabanel, foragido da península Ibérica.

— E de que se trata?

— Do mistério da luz primeira — respondeu Martin —, aquela que permitiu à Criação tomar forma. Paritus se interrogou quanto à sua origem: foi preciso que estivesse escondida em algum lugar, fora do universo. Mas onde?

Naturalmente, interessava-me pelas atividades de meu marido. Pedi-lhe explicações, precisões, interpretações e o recompensei com um belo sorriso generoso e promissor. Tanto para ele como para mim, Paritus era um personagem familiar. Eu lera sobre ele histórias abracadabrantes em diferentes narrativas. Não se sabe grande coisa da sua vida, exceto que a quis secreta. Viajante intrépido, percorreu inúmeros países da Europa e da Ásia, visitando sábios judeus e tentando interessá-los por seus trabalhos. Em uma certa época, pensei em escrever um estudo sobre ele, do ponto de vista psiquiátrico, é claro. Minha curiosidade não desaparecera. Virei-me para Martin:

— Haveria nessas páginas elementos novos que pudessem esclarecer melhor esse personagem lendário?

— É bem possível. Ele recordou nelas o destino trágico e perturbador de uma mulher abandonada pelo marido, uma *agunah*, referiu-se a seus direitos, a suas provações...

— Verdade? Que coincidência! Hoje mesmo Doriel mencionou um caso quase similar...

— Talvez o mesmo?

— Nada disso, o caso citado por Doriel se deu há anos e não há séculos.

— Bem, você sabe, com Paritus nada é impossível.

— Pare! Na história que ouvi hoje, tratava-se do irmão de um amigo antigo do meu paciente.

— E ele não se chamava Paritus por acaso? — insistiu Martin, sorrindo.

Em seguida, retomando a seriedade:

— E para você, como foi o dia? A sessão com Doriel?

Balancei a cabeça, perguntando a mim mesma se podia entrar em detalhes sem trair a confiança de meu analisando.

— O paciente infeliz, como está? Continua recalcitrante? Inconveniente, talvez?

— Hoje em dia, menos. Aliás, em certo momento, não faz tanto tempo, perguntei-lhe se era seu temperamento, se sempre foi tão arrogante e desagradável.

— O que ele respondeu?

— Que é assim apenas comigo. Com todo mundo é cortês, gentil...

— E é um cumprimento, para você, esse tratamento especial?

— Não sei bem. Mas...

— Mas o quê?

— Descobri algo que poderia explicar muitas coisas — disse, com a voz hesitante. — Imagine que meu paciente, vítima talvez de inibições religiosas ou outras, nunca se deitou com uma mulher.

Martin controlou um novo sorriso:

— Na sua idade?

— Isso, na sua idade. É como se as mulheres lhe causassem medo.

— Lembram-lhe a mãe?

— É possível. Enfim, é uma pista a seguir.

Martin aprovou e acrescentou, rindo abertamente:

— Pergunto-me se a sua descoberta não se aplicaria igualmente a nosso querido Paritus.

Capítulo 15

Naquele mesmo dia, por uma razão qualquer, ou talvez sem razão aparente, eles falaram sobretudo de felicidade. Doriel parecia mais relaxado, e Thérèse preocupada. Ele contava a visita feita a um escritor comunista que se tornou budista, e ela não conseguia se concentrar. Doriel percebeu e mudou de assunto, certo de que ela o interromperia. Como permaneceu em silêncio, ele parou, deixou que o silêncio pesasse, ergueu-se para poder olhá-la e perguntou:

— Onde a senhora está?

Nunca a tinha visto tão ausente.

Ela estremeceu:

— Estava distraída, me desculpe.

— Não me parece à vontade hoje. O que a preocupa?

Ela sacudiu os ombros, esboçou um sorriso e suspirou:

— Ah, não é nada. Vai passar. Já passou. Onde estávamos? Sim, o amigo escritor.

Doriel não pestanejou. Quase a corrigiu, lembrando que o escritor em questão não era de fato escritor e nem, certamente, amigo, mas não teve mais vontade de falar. Uma outra vez, não naquele momento. O que o interessou foi a mudança de humor daquela mulher que, pela primeira vez desde que se viam, não o tinha escutado.

— O que não está bem, diga? De repente, percebi no seu rosto uma nuvem que me é familiar: um alheamento quase angustiado. A senhora, que sabe tanto a meu respeito, não tem o direito de esconder o que a perturba.

Thérèse esperou um momento, como se pesasse os prós e os contras, e acabou cedendo:

— Bem, tem relação com a minha vida privada. Não tenho filhos. É isso. Enquanto o senhor falava da atração que o budismo exerce sobre certos espíritos, bruscamente um pensamento que nada tem a ver se impôs: ele tem um amigo e eu não tenho filho.

— Em primeiro lugar, não é um amigo; em segundo, pode vir a ter filhos, ainda.

Ela tentou sorrir, mas só conseguiu uma careta, para disfarçar o mal-estar:

— Se falássemos de Israel?

Ela me dá pena. Quem imaginaria?, perguntou-se Doriel.

Beinish marcara encontro em um café de Tel-Aviv, à beira-mar. Sentado em um canto da varanda, foi ele fazer sinal para que eu me aproximasse. Perguntei como havia me reconhecido; ele respondeu com um gesto da mão, balançando os ombros. Como se dissesse: "Não é à toa que faço o trabalho que faço."

Uns 40 anos, bem-vestido, terno cinza, camisa branca e gravata azul-escura. Mais parecia um diplomata, um industrial ou um alto funcionário. Tentei imaginá-lo adolescente, com um chapéu preto e cachos, um livro de orações na mão, ou o pesado volume de comentários sob o braço. Tentei também imaginar o noivo, condu-zido pelo pai, na cerimônia de casamento, para retirar o véu e voltar a cobrir a mulher que lhe fora destinada. No entanto, não restava nele qualquer traço da religiosidade ou da existência antigas.

— Chamo-me Tamir — disse, sem tirar os olhos de mim. — Você pediu para me encontrar — acrescentou desconfiado, naturalmente em hebraico.

— De fato — respondi em iídiche. — Nem foi tanto a sua aventura, mas a história dessa história que me fez querer conhecê-lo.

Ele me ouvia, achei, com uma curiosidade profissional.

— Continue — disse. — Compreendo o iídiche.

Continuar? Não era fácil. Na verdade, não tinha plano algum, finalidade alguma, ao pedir o encontro. Perguntar sobre a ruptura brusca com tudo que havia constituído sua juventude? Sobre os motivos que o levaram a rejeitar a tradição dos ancestrais? Sobre o fosso que havia escavado entre ele e os seus? Sobre a impressão que se podia ter de que eles não o interessavam mais? O que lhe acontecera para agir de uma maneira que ele próprio, antes, acreditava impensável? Teria se tornado um renegado, ou louco, de um dia para o outro? Indiferente, talvez? Responderia ser problema seu, e não meu. Ou seja, que sua vida privada não era da minha conta.

— Sente-se feliz, pelo menos?

As palavras pareciam ter escapado dos meus lábios por vontade própria: impossível trazê-las de volta. Tive a impressão de que o tinham esbofeteado, tão rubro ficou seu rosto, como a chama de um braseiro adormecido que se reaviva na floresta, no meio da noite.

— Em que minha felicidade pessoal poderia lhe interessar? — lançou-me, sombrio.

Poderia responder que tudo me interessava, ou então que era a procura da felicidade na vida de um herege que me interessava em particular, mas não tinha vontade de provocá-lo mais.

— Interessa — repliquei —, porque sua felicidade, caso exista, se constrói sobre a infelicidade dos outros.

— O que sabe disso? Quem lhe contou? E com que direito se mete em algo que não lhe diz respeito?

— Peço desculpas — eu disse, com a cabeça baixa, embaraçado. — Sou amigo do seu irmão...

— Haim-Dovid? Você o conhece? É um tagarela horrível... Sempre foi... mesmo quando criança... Um fanático cego e surdo, que acredita viver na Idade Média...

Após um breve silêncio:

— Como ele vai? Imagino que esteja noivo de alguma prendada moça judia de boa família? Com esperanças de fundar uma família numerosa e, sobretudo, praticante da fé. E... meus pais?

Mantive silêncio. Temia que perguntasse se eram felizes. Dizer-lhe que o pai não mencionava mais seu nome? Que o havia deserdado?

Ele pareceu fazer um esforço para se afastar daquela época, que preferia esquecer.

— Mas ainda não disse por que quis tanto me encontrar.

Em vez de desconfiado, o tom passou a impaciente, desagradável. Estava lhe roubando tempo demais.

— A ruptura — respondi.

— A... o quê? — perguntou, pasmo.

— Fiquei curioso... A ruptura com os seus, com o passado que também é seu... Surpreendeu-me pela brutalidade... Por qual finalidade, também... O que a provocou? O que a tornou irrevogável?

De repente, haviam aparecido outras perguntas a lhe fazer; elas se atropelavam em meu espírito febril, formando um núcleo infernal, que me cortava o fôlego.

Observei-o de viés. Ele também parecia prestes a deixar escapar algo profundamente guardado em si: seria tristeza, quem sabe remorso? Dizer-lhe que lamentava tê-lo ferido? Preferi me afastar do assunto. Era melhor. Correria menos riscos falando de mim:

— Como você naquele tempo, tenho a impressão de atravessar uma crise. Foi por isso...

Ele não esperou o final das minhas explicações, para dar vazão à irritação.

— Você tem dúvidas e espera que eu as dissipe? Heim, é isso? Questões graves o preocupam e gostaria que eu as respondesse em seu lugar? Talvez ache que, quando se rompe com a fé, tudo se torna claro e transparente? Que o caminho, abrindo-se adiante, leva a uma meta luminosa cujo calor nos aquece o coração? Por isso achou razoável vir me incomodar? Sendo assim, não passa de um pobre imbecil, e fico furioso de ter perdido meu tempo com você...

Levantou-se para ir embora, enquanto eu permaneci sentado, imóvel. Teria percebido minhas lágrimas? Voltou a se sentar, fixando-me longamente com o olhar. Clientes e transeuntes nos olhavam, espantados. Ouvi uma mulher morena, com os cabelos em desordem, dizer a seu companheiro: "Acho que são dois irmãos que discutem; o mais velho está..." Não consegui entender o restante da frase. O que queria Tamir? Ele consultou rapidamente o relógio, balançou a cabeça e perguntou em hebraico:

— Não fala nada da língua dita sagrada?

— Um pouco, sim.

— Pode fazer um esforço?

Eu podia.

— Está tarde... Vou telefonar para cancelar um encontro. Não se mexa. Levo um minuto.

Uma onda de aflição me percorreu. E se não voltasse? Mas voltou.

E trouxe consigo a imagem de um passado tão deslocado quanto o meu.

✷ ✷ ✷

— Eu estava sufocado — disse Tamir, bebericando seu terceiro café puro. — É a palavra certa para o que eu sentia na casa dos meus pais. Os olhares mudos de minha mãe, as regras demasiado rígidas que meu pai impunha. A presença constante e obcecante de Deus em minha vida. A cada passo, esbarrava em Moisés e em Maimônides. Não agüentava mais. Faltavam-me ar e espaço. Atrapalhado com meu próprio corpo e meu ego, comecei a me detestar, a me enojar. Esperava o sono como refúgio e o vazio para nele me afogar.

Com a cabeça inclinada para a frente, acendendo um cigarro atrás do outro e o olho escrutando um ponto perdido no tempo ou no espaço, Tamir parecia se debater contra a tristeza ou o remorso, se não fossem os dois ao mesmo tempo, que sua memória havia acumulado. Em seguida, se voltou em minha direção e prosseguiu, com um balançar dos ombros:

— Ainda há pouco, você empregou uma palavra que me fez dar um salto. "Ruptura." É uma palavra dura, uma palavra forte mas justa. E machuca. É brutal. Joga sal sobre a ferida mal cicatrizada. No meu caso, além disso, é no plural que deveria empregá-la.

A história que começou a contar não me espantou em nada. Vagamente, era o que eu esperava. Outros, antes dele, tinham passado pelos mesmos períodos de dúvida, os mesmos dilaceramentos, as mesmas crises, desembocando na revolta. A literatura da Emancipação, ou *Haskalah*, está cheia disso. E a de outras culturas também. Um adolescente religioso, esmagado pelas obrigações, sentindo-se tolhido como em uma gaiola ou uma célula; em certo momento, não agüenta mais: ávido por surpresas, por descobertas e por evasão, corta os laços e se afasta dos rostos familiares, para começar, longe, uma outra existência, uma aventura nova.

Para Beinish, o acidente que provocou sua primeira ruptura ocorreu um mês após o casamento, pela manhã, saindo da casa de

Uma Vontade Louca de Dançar 215

estudos e de orações. Estava atravessando a rua e, perdido em seus pensamentos, foi atropelado por um carro do exército. Só voltou a si no hospital, onde sofreu várias cirurgias na cabeça e nas vértebras cervicais. Dentre os visitantes, naturalmente vieram seus familiares e colegas de estudo, mas também Peleg, o jovem oficial que dirigia o veículo:

— Não pode imaginar como fiquei chateado — disse ele, com uma voz rouca.

— Não foi culpa sua, mas minha — tranqüilizou-o o doente. — Deveria ter olhado antes de atravessar.

— O que posso fazer para que me perdoe?

— Nada. E nada teria podido fazer.

O oficial não escondia seu desconforto:

— Tem certeza? Nada posso, realmente, fazer por você?

— Nada... Mas deixe-me pensar.

Peleg voltou no dia posterior e no seguinte, ainda; voltou todos os dias, até a manhã em que o acidentado lhe anunciou que voltava para casa. O pai já havia assinado os papéis necessários para o seguro.

— Poderíamos nos encontrar em um café...

— Impossível. Nunca tomei nada fora de minha casa ou da *yeshiva*. Na verdade, nunca pus os pés em um bar.

— Posso ir à sua casa?

— Que pergunta, é claro que pode; será bem-vindo.

— Não corro o risco de o seu pai me expulsar? Afinal, olhe para mim: não sou nenhum talmudista. Nem sequer sou praticante.

Tinha razão, pensou Beinish. O oficial se barbeava e não usava quipá na cabeça. Chocaria a família, é claro. Talvez fosse melhor...

— Mas, por que continuar a me visitar?

Peleg sorriu:

— Afinal, me sinto um pouco responsável pelo seu estado...

Beinish protestou:

— Pare já de se culpar. Não teve culpa alguma. Eu já disse e sabe que tenho razão. Então...

Peleg olhava-o sem responder, mas parecia decepcionado, triste.

— Está bem — disse Beinish. — Vamos ter oportunidade de nos rever. Mas no parque e não em casa.

À noite, ele comentou com o pai, que o surpreendeu respondendo:

— Que ele venha aqui. Se não tem fé hoje, pode encontrá-la amanhã. Pode ser que ele precise de você. Ajude-o. Salvar uma alma é uma grande *mitzva*. Uma boa ação de verdade.

É claro, as coisas se passaram de forma diferente.

No início, por respeito aos pais do novo amigo, Peleg nunca entrava sem cobrir a cabeça com um quipá cáqui, que ele pedira a um soldado religioso da sua unidade. Conversavam, falavam de tudo um pouco. Peleg preferia a atualidade, e Beinish, os textos antigos.

— O acontecimento me interessa — observou Peleg, um dia — na medida em que posso intervir nele. Já você pode mudar as narrativas bíblicas?

— Para que tentar? — perguntava Beinish. — Nem mesmo Deus pode mudar o passado. Mas o passado permanece vivo e ativo no tempo. Estudando, posso compreender o que nos acontece.

— E isso lhe basta?

— E a você, insistir em querer modificar o presente, mesmo ignorando quanto tempo nos resta a viver, lhe basta?

— Filosoficamente, você tem razão. Definir o presente não é fácil: mas, para o ser vivo, para o doente que sofre, para o apaixonado, quando beija pela primeira vez a eleita do seu coração, o presente existe perfeitamente, e como existe!

— Ele se torna, quase imediatamente, uma lembrança — observou Beinish. — Quer dizer, praticamente, ele não existe mais.

— E na Bíblia, o que existe? — perguntou Peleg.

— A nostalgia — respondeu Beinish.

— A nostalgia de quê?

— Dos primórdios. Das origens. Daquilo que precedia o tempo. E o abrigava. Os primeiros momentos. As primeiras quebras. Os primeiros sinais de fracasso do Criador diante da queda de sua Criação. A tristeza, a aflição do Senhor dos mundos, indignos de Sua visão. Eis o que busco e o que encontro em nossos grandes textos antigos e sempre atuais.

— Atuais? — espantou-se Peleg. — Que relação você vê entre tudo isso e a angústia, o dilaceramento por que passa, hoje, cada família judia cujos filhos prestam o serviço militar? Não vai me dizer que a Bíblia fala de terrorismo!

— Fala de conquista.

— Mas não de vitória.

— Sim. Ela fala. Ou melhor, os comentários falam. A vitória sobre si mesmo. A única válida.

— E Sansão? — disse Peleg, demonstrando seus frágeis conhecimentos. — Não me fale de seus princípios espirituais e morais.

Beinish não quis falar de Sansão. Aventureiro demais, o guerreiro não era um herói para ele, apesar de ter corajosamente defendido a comunidade contra o inimigo filisteu. Para desviar o sentido da conversa, perguntou:

— O que é a Bíblia para você?

— Um tesouro de episódios, de contos possíveis e impossíveis. Belos e tristes, engraçados e menos engraçados. Um dia, quando estiver aposentado e este país viver na felicidade e em paz, quem sabe, os relerei. No momento, tenho outras preocupações.

Suas preocupações eram as de Israel. Com inimigos demais ameaçando, a segurança não estava garantida. Os países vizinhos se reforçavam militarmente, e faltavam meios a Israel para manter um estado de alerta permanente. Com o tempo, Beinish passou a compartilhar as convicções do amigo. Deixou o mundo do Talmude onde tudo está em aberto, pelo dos serviços em que tudo é secreto e nos quais Peleg tinha um papel importante.

Revi Tamir várias vezes. Ele fazia perguntas sobre meus hábitos, conhecimentos, gostos. No início, atribuí a curiosidade ao desejo de obter informações sobre a família. Erro: era puramente profissional. Só compreendi isso no final, quando, com aparência séria, ou até grave, ele disse que gostaria de me recrutar. Respondi que estava louco.

Antigamente, então, Tamir se chamava Beinish, e eu conhecia a sua história. Mas ignorava tudo a respeito da história de Tamir, e não se justificava que ele me falasse disso. Por que, então, tentava fazer de mim um agente secreto?

— É mais simples do que imagina — explicou, com sua voz que voltara a ser impassível. — Você é cidadão norte-americano, tem um passaporte norte-americano, não tem envolvimento com a vida política, não é sionista e nem pró-Israel, é jovem e inteligente, sendo normal que faça viagens pelo mundo. Ou seja: tem perfeita cobertura para não chamar a atenção das autoridades.

— Sinto-me lisonjeado — respondi. — Mas, seriamente, pode me imaginar agente do Mossad? Nunca li romance de espionagem...

— Um bom agente é, precisamente, alguém que não pode ser confundido com um espião... Tudo que peço é que pense nisso. A vida de um bom número de judeus, aqui e em certos países árabes, pode depender da sua decisão.

Alguns dias mais tarde, ele propôs que encontrasse um amigo, chamado Laurent, em um café de Tel-Aviv.

Não sei por quê, mas esperava me ver diante de outro louco.

Capítulo 16

aurent e seu olhar profundo: ele aquecia e apaziguava tudo que envolvia. O pássaro voando, a árvore no vento, a pedra sob o sol.

Grande, longilíneo, impecavelmente vestido, nada lhe faltava para viver feliz entre os vivos. Mas os mortos que rejeitavam o esquecimento e a piedade o impediam. Também eles são passíveis de loucura.

— Venha, vamos beber alguma coisa — disse.

— Não bebo há muito tempo.

— Um café?

— Pode ser. Um café.

Laurent me olhou de forma meiga e compreensiva:

— Por que Tamir quis que nos conhecêssemos?

— Deve perguntar a ele.

— Não, é a você que estou perguntando.

— Não sei. Não posso responder por ele.

— Não tente mentir.

— Não estou mentindo: realmente não sei o que Tamir responderia.

— Quais podem ser os motivos?

— Esperemos revê-lo. Ele vai responder.

— Por que esperar?

— Não o conheço o bastante.

Como se a gente pudesse conhecer, quero dizer realmente conhecer, quem quer que seja em poucos instantes ou mesmo em alguns anos. Mas, se esperasse um pouco mais, eu o conheceria melhor? Isso significaria que pode haver um conhecimento à primeira vista, como existe com relação ao amor? E se o outro viesse a se confundir comigo, sempre e em todo lugar, tão louco quanto eu era e ainda sou, eu o conheceria um pouco melhor, não obstante os raros momentos desse estado, que mais fazem mal do que bem?

— Pois eu o esperava — disse Laurent. — Talvez simplesmente para conversar à toa.

Como se isso bastasse. Como se algumas trocas sobre o tempo que está fazendo pudessem exprimir tudo que define o ser humano, suas carências e virtudes, seus instintos e a vontade de dominá-los, suas alegrias exuberantes e os pesadelos mudos: todas essas riquezas, esses sinais, esses segredos, como poderia um nome contê-los, afora o de Deus, ou seja, por definição, um nome selado e para sempre desconhecido, quer dizer, inutilizável, inefável?

Diante do meu silêncio, Laurent retomou:

— Você é Doriel; me disseram. Mas é o seu verdadeiro nome?

Com isso, dei-me conta de que nos tornávamos cúmplices. Normalmente, as pessoas deixam os nomes circularem em qualquer lugar, em um pedaço de papel ou nos lábios. Antes, durante a Ocupação, os nomes entravam em guerra. Uns tombavam, outros se erguiam. Mas todos estavam carregados de histórias. Como bom judeu, Laurent sabia que a Bíblia está repleta de nomes. Cada um é uma biografia, um fragmento de memória. Deus concedeu a Adão o poder de dar nomes, marcando com isso o início da aventura humana, com seus saltos imprevisíveis, improváveis mas reais.

Laurent tinha tudo para agradar às mulheres. A senhora teria gostado dele, doutora. Primeiro, porque era esbelto e dinâmico, bem-vestido e bonito como um ator de cinema. Além disso, era um intelectual: ampla cultura, curiosidade insatisfeita, altiva. Agradava também aos homens. Mas como, pergunto-lhe, como estar bem com todo mundo, com Tamir e comigo, com os ricos e os pobres, os eruditos e os imbecis? Tinha, da mesma forma, tudo para ser feliz. Também com relação a isso lhe pergunto como ser feliz em um mundo que, em uma bela manhã, vai mergulhar na violência e no ódio, quer dizer, no abismo escancarado ou no buraco negro da História? Pois bem, Laurent não dera esse mergulho. Quando o conheci, dirigia um laboratório farmacêutico. Admirado, amado e respeitado, inclusive nos meios políticos. Apenas a loucura lhe faltava? Vaidade das vaidades, tudo é vaidade, tudo é loucura, e as glórias, mais que tudo. Mas como viera parar nos serviços de informação israelenses?

Nascera de pais judeus poloneses, imigrados na França e trabalhando 12 horas por dia para lhe proporcionar uma boa educação. Estudos secundários no melhor liceu de Paris, interrompidos pela guerra. Pais deportados. Ele e o irmão menor, Maurice, entraram para a mesma rede comunista clandestina e escaparam milagrosamente do ataque policial ao Velódromo de Inverno.

E depois?

Dias febris, noites aflitivas. Companheiros desaparecidos na noite e na bruma. Presos, torturados, fuzilados.

E depois?

A Libertação. A felicidade recuperada? Laurent deixou passar inúmeros acontecimentos. Os pais? O irmão? Já estava no presente.

Já apaixonado por Jacqueline. Ambos orgulhosos dos filhos, Tili e Cécile, que justificavam tal sentimento. Dito de outra forma: percurso perfeito, sem estorvo nem zonas sombrias.

Contou tudo isso com um tom natural, sem se vangloriar. Aparentemente, era importante me convencer de que vivia feliz em um ambiente ensolarado. Mas o que havia encontrado naquele país onde os altos e os baixos se revezavam em um piscar de olhos? Algo em seu comportamento me incomodava. Seria a voz? Falando de sua vida, dava a impressão de evocar um outro homem, um outro destino.

— Laurent — disse-lhe, alguns dias depois. — Não me queira mal pela indiscrição, mas...

— ... mas o quê?

— Tamir quis que nos encontrássemos. Ignoramos por quê, mas agora nos conhecemos e vamos em breve nos separar. Se for embora sem que eu lhe faça uma pergunta que me incomoda, terei a sensação de tê-lo abandonado.

— Estou ouvindo.

Contei-lhe que mantinha uma relação especial com aquilo que se chama depressão e, mais precisamente, graças a meu sexto ou décimo sétimo sentido, com quem a teme ou a atrai. Ele esboçou um sorriso irônico, mas se manteve em silêncio. Disse-lhe que não estava zombando, e que quando alguém se sente infeliz e atraído por um demônio qualquer emite um sinal, que eu percebia como uma espécie de ultra-som. Usando uma metáfora mística, expliquei, era como se um turbilhão, atraindo sempre outro turbilhão, me interpelasse. E, naquele momento, era dele que vinha tal chamado.

Laurent me olhou sem piscar, como se eu acabasse de fugir de um asilo de alienados:

— Estou ouvindo.

— Eu também o estou ouvindo, Laurent. Ouço o que você escuta e o que o atrai para fazê-lo escorregar e tropeçar.

Naquela noite, estávamos sentados à mesma mesa, do mesmo café, observando clientes que vinham celebrar vitórias amargas mas inesperadas ou afogar em uísque as derrotas que poderiam ter sido mais pesadas e delírios que os afastavam daqueles que amavam.

Pensei que, na visão do destino, éramos todos *voyeurs* ou mendigos, pois não está em nosso poder escolher outros céus e povoá-los com outros espetáculos e outros deuses.

Laurent me encarava com um pálido sorriso nos lábios. Um pensamento louco, como uma relva louca afagando o pé de uma árvore, passou pelo meu espírito: e se nos sentíssemos próximos, não por causa de nossa tendência melancólica, mas porque, tanto ele quanto eu, cada qual à sua maneira, e talvez em graus diferentes, éramos, como diria a senhora, doutora, doentes da alma?

— Ele ainda é seu amigo? — perguntou a terapeuta.

— Não.

— Como definiria a relação?

— Ele foi um companheiro de estrada durante um momento breve mas importante.

— Um momento?

— Nós nos vimos quatro ou cinco vezes, depois perdi todo contato com ele.

— No entanto, ele permaneceu presente. Mais do que muitos outros que devem ter cruzado o seu caminho. Seria porque viu nele uma semelhança ou uma diferença que o perturbou?

— Se eu o invejava? Temia? Digamos que me intrigava. Desnorteava. Tinha vivido uma vida tão rica, ao contrário da minha. Conheceria a angústia do erro, da dúvida? Ao ouvi-lo, eu tinha a impressão de ter nascido tarde demais.

— Só isso?

— Não. Pensava também que ele tivera sorte de poder refazer a existência. Ter-lhe dado um sentido. Ter tornado felizes os que o amavam. Comparando-me a ele, sentia-me um inútil. Nada fiz, nada construí, nada obtive. Os grandes acontecimentos não me afetaram, os ideais sublimes não me atraíram. Comparada à sua história, a minha parecia insossa, pueril e bastante vã.

Fascinam-me diversos episódios da Segunda Guerra Mundial, a mais mortífera e mais demente da História. Os que me foram contados por Laurent, Tamir é quem tinha desejado que eu os conhecesse. Impressionaram-me porque me fizeram lembrar de minha mãe e de minha irmã.

Como elas, Laurent, meu novo amigo, travou combates clandestinos. Seria por essa razão que me pareceu tão próximo? Porque, como minha irmã e minha mãe, em um outro país, Laurent lutara contra a crueldade do ocupante alemão? Laurent era o seu nome de guerra. Idealista, arrojado, voluntário para as missões mais perigosas. Apesar da juventude, ou talvez por isso, ele não esperava receber ordens. Encarnando o espírito de iniciativa individual, agia à sua maneira. Por impulso. Quando a ocasião lhe parecia propícia, não a deixava passar. Mesmo felicitando-o por seus sucessos, os superiores lhe criticavam a impetuosidade: estaria ignorando que, em todo exército, mesmo secreto, existe uma hierarquia que se deve respeitar sob pena de pôr em perigo os camaradas? Ele não ignorava isso, mas a vontade de vencer o inimigo era mais forte.

Às vezes, eu o interrompia:

— Laurent, deveria escrever tudo isso...

— E por quê?

— Porque é apaixonante, por isso.

— E daí? Não vai me dizer que tudo que é interessante na vida deve ser escrito.

— Nem tudo, mas certas coisas.

— Quais?

Uma Vontade Louca de Dançar ✦ 225

— As que ajudam o homem a avançar, a descobrir, a cumprir seu destino.

— E como se reconhece isso?

O que podia responder? Romek quisera convencer minha mãe da mesma maneira, utilizando os mesmos argumentos. Em vão. Insistir? Laurent já partira para outra narrativa.

— E hoje, evocando-o, doutora, eu me pergunto: se tudo aquilo tivesse acontecido comigo, e não com ele; se eu fosse Laurent, teria me deixado levar por meus demônios secretos?

— E se você fosse ele, justamente? — perguntou a doutora.

O que a fizera sair, tão bruscamente, de seu mutismo?

— Por que me faz essa pergunta, doutora?

— Não sei. Veio-me à cabeça assim, de improviso. Pensei em nossa última conversa...

— Pois não senhora, nunca me imaginei Laurent. Está decepcionada?

— De jeito nenhum. Continue.

— Não, doutora. Quero primeiro saber por que tenta me subtrair a identidade. Tenho esse direito.

— Longe de mim a idéia de privá-lo de sua identidade. Muito pelo contrário, tento ajudar a discerni-la melhor para que a defenda contra o que a corrói. A doença de que sofre, diferente do amor, que protege e celebra a identidade, pode gerar sua deformação, perda, dissolução.

Responder-lhe que o amor... Mas a sessão já ia acabar. Graças a Deus. Conhecia minha terapeuta o bastante para antecipar o que viria: o erotismo, o amor em minha vida, o amor por minha mãe, por que eu falava disso tão pouco e tão mal, e por que não dizia nada das mulheres, se havia conhecido alguma no decorrer da vida e, se não, por quê... Estaria, então, para sempre, privado da alegria dos sentidos, que só um corpo de mulher pode inflamar e enriquecer? Não, não, doutora, já estou suando, basta por hoje. Aliás, a excitação não me cai bem, passo a não controlar mais as palavras. O pensamento permanece límpido, mas as frases, de repente, se embaralham, se atropelam, tropeçam, se aliam e se abraçam, passado e presente se confundem como se confundem os seres, Laurent e eu nos tornamos um só e mesmo eu para melhor nos odiarmos e me odiar, e nos repudiarmos e me condenar.

Laurent, meu *alter ego*? Repito: seu passado nada tem em comum com o meu. Na época, o próprio tempo manifestava sinais fortíssimos de verdadeira loucura.

Inverno. Céu cinzento. Borrascas de neve. Gelo. Um longo arrepio. Mudas, as moradias da longa avenida de Paris. Ameaçadoras, as patrulhas cujas passadas pesadas martelavam o chão com cuidado para não escorregar. Laurent me falava da cidade de Reims, uma noite de dezembro de 1942.

Como em um filme de guerra. Gosto de filmes de guerra, mesmo tendo horror à guerra. Gosto porque acabam com o triunfo do Bem contra o Mal. Gosto do ritmo desse tipo de filme. Cada imagem, cada palavra, cada sinal nos aproximam da morte, para uns, e da alegria, para outros. A vitória é paciente. Aguarda sua hora. Quanto à morte... Nesses filmes, a morte está em todo lugar.

— Naquela noite, a cidade inteira tremia de frio — disse Laurent.

E de medo.

Ele acabava de deixar Maurice, o irmão, alojado na casa de um velho amigo de seu pai, ex-engenheiro das estradas de ferro. Apertando-lhe a mão, Maurice tinha perguntado: "Você vai tomar cuidado? — É claro — respondeu o mais velho. — Estarei de volta amanhã de tarde, como sempre. Quanto a você, não saia daqui."

Enquanto se dirigia à estação de ônibus, Laurent sentiu uma inquietação invadi-lo. Era difusa, e ele teve dificuldade para identificá-la. Normalmente, sua calma causava a admiração de todos os camaradas. Por que, então, aquela ansiedade? Não sabia.

Dumas, seu superior direto, compareceria ao encontro marcado? E se ele, Laurent, fosse pego em uma batida policial, seguraria a língua diante da Gestapo ou dos milicianos? E o irmão caçula, teimoso como um asno, não faria bobagens? Na verdade, seria Laurent mesmo que faria uma.

E não foi o único. O suboficial alemão que o interpelou também cometeu um erro. Como que surgindo das trevas, apontou a lanterna para o rosto de Laurent, ofuscando-lhe os olhos e dizendo em voz baixa: "*Papieren*". Instintivamente, Laurent levou a mão ao bolso do casacão para tirar os documentos falsos que o tornavam um bom rapazote francês, seguindo seus estudos no Instituto Protestante. "*Priechst du Deutsch?*", perguntou o alemão. Nesse ponto, relembrando algumas palavras em iídiche ouvidas em casa, na infância, Laurent respondeu maquinalmente: "*a bissel*", um pouco. Mal pronunciou essas poucas palavras, nem sequer alemãs, deu-se conta da bobagem feita. O suboficial o deteria. Até aí, nada tão grave: os documentos eram bons; a carteira de identidade, feita por um funcionário da Prefeitura de Rouen, era autêntica. O mais grave? Se o alemão o levasse ao Comissariado, ele seria revistado. E no bolso havia algo que o condenaria à morte: um revólver, tirado de um soldado morto em um atentado organizado por Dumas uma semana antes. Recuperando o sangue-frio, Laurent disse: "Vou mostrar algo que vai convencê-lo." Voltou a enfiar a mão no bolso. Em um piscar de olhos, o alemão estava estirado na neve, com a lanterna ainda acesa. Laurent se debruçou sobre o corpo ensangüentado, pegou a arma que o militar ainda segurava e foi embora a passadas regulares, sem se virar. Quinze minutos depois, encontrou Maurice. "Ouça, irmão, acabo de matar um alemão", disse-lhe. Maurice ficou chocado, mas se manteve calmo. Enquanto escondia os dois revólveres, Laurent continuou: "Temos que partir imediatamente. Daqui a pouco o bairro vai ser cercado. O exército, a polícia e todos os canalhas da Gestapo vão revistar as casas. É melhor estarmos longe, antes que cheguem com os seus cães." Por sorte, conheciam atalhos para alcançar uma outra parte da cidade. Encontraram meios para chegar a Paris. Pegaram o metrô até a estação Châtelet. Maurice se juntou aos pais, que se abrigavam com a mulher de um sapateiro do bairro, enquanto Laurent contatou o agente de ligação de Dumas. Encontro marcado no Jardim de Luxemburgo, na hora do almoço, quando muitos estudantes estão ao redor do lago, ocupados em conseguir um pouco de calor e de amizade. Laurent recebeu ordem para ir ver Dumas. Era urgente. Um telefonema confirmou o encontro para o dia seguinte, no final da tarde.

De ombros largos, vestindo um casaco de couro, com a barba por fazer e a cabeça pesada de trabalhador manual cansado, Dumas já estava a par.

— Foi você? — perguntou sem olhá-lo.

Todas as regras de segurança haviam sido respeitadas. O local: um café, perto do mercado central, os Halles. Era a primeira vez que vinham ali: reservavam-no para as situações excepcionais. Dumas certificou-se de não haver nada suspeito nas redondezas. Laurent juntou-se a ele um pouco mais tarde. Poderia passar por um encontro fortuito entre dois trabalhadores. Dumas se manteve à direita do balcão, sinal de que não havia perigo. Além dos dois, eram apenas clientes habituais. Um sem-teto morrendo de frio, semibêbado. Um operário exausto pelo dia de trabalho. Duas mulheres maquiadas e um homem muito bem vestido, que as divertia. Todos conversavam à toa, em voz baixa. Como se estivessem roucos. Uma luz azulada os envolvia em uma cor irreal.

— Então, foi você? — repetiu Dumas.

Laurent se surpreendeu: como e por quem o chefe tinha sido informado da notícia? Pelo rádio? Laurent havia ouvido o noticiário da manhã: mistura de praxe das novidades triunfantes do *front* e propaganda, nada sobre o atentado.

— Foi você? — insistiu Dumas, olhando-o.

— Sim — respondeu Laurent. — Fui eu.

— Por quê? Esqueceu? Nada de ataques individuais. Nada sem ordem superior.

— Não tive escolha.

— Explique.

— Ele ia me prender. Eu estava armado.

— Ele estava sozinho?

— Não totalmente... Com certeza havia alguma patrulha nos arredores...

Dumas não disfarçou o aborrecimento:

— Deveria ter fugido. Você é moço. Pode correr rápido.

— Os alemães me teriam pego.

Dumas não se deu por satisfeito:

— Foi um erro ter saído armado.

Laurent não respondeu. Sabia que Dumas tinha razão. Na clandestinidade, a disciplina deve ser férrea. Qualquer transgressão precisa ser severamente punida. Agir sozinho põe em risco toda a rede. Será que o excluiriam do movimento? Seria para ele uma humilhação pior do que a morte.

— Sinto muito — disse Laurent. — Eu realmente não tive escolha.

— Acredito, mas não serei eu a decidir o que fazer com você.

— Quem, então?

Imediatamente lamentou ter feito a pergunta. Sabia muito bem que não haveria resposta.

— No local em que está, quem o conhece?

— Meu irmão menor, Maurice.

— Ele faz parte do movimento?

— Faz.

— Diga-lhe para mudar de domicílio. Você também. Em poucas horas veremos os cartazes vermelhos. Sem dúvida, já estão prontos. Certamente haverá represálias. Os alemães não vão demorar a dar início à caçada humana, pode ter certeza. A operação pode vir a nos custar caro. Permaneça invisível, inencontrável. E espere que eu faça contato.

Ele pôs alguns francos no balcão, balançou a cabeça como vago sinal de despedida e saiu sem apertar a mão de Laurent. Por prudência, este esperou 15 minutos para se retirar, com a cabeça pesada de remorso e de preocupação.

O cartaz vermelho e negro. Palavras violentas e precisas. Era um destino cego, que incidiria sobre inocentes: se o assassino da cidade de Reims não fosse entregue às autoridades alemãs em 48 horas, 10 reféns seriam executados.

Trancado em seu quarto, Laurent não chegou a ver o cartaz, mas soube, pelo rádio, o que dizia. Usou toda a energia possível para sufocar o sentimento de culpa que o corroía. Sobretudo porque a conversa com Dumas deixara um gosto amargo em sua boca: não esperava ser tão repreendido. Mas devia perguntar a si mesmo: com que direito pusera na balança a vida de 10 franceses, de um lado, e a de um alemão, de outro? O novo responsável por sua moradia tentou tranqüilizá-lo: "Pare com tanta preocupação... e de se acusar tanto... É a guerra, meu caro... Se precisar condenar alguém, que sejam os alemães..." Laurent ouvia sem responder.

O dia se passou com uma lentidão irritante. Os nomes dos reféns ainda não tinham sido divulgados. Laurent se perguntava se conheceria algum deles. Algum colega de escola? Um amigo de Maurice? De repente, um pensamento lhe dilacerou o peito: e se o próprio Maurice fosse um deles? Desde o dia anterior, Laurent não tinha notícia alguma. Imagens atrozes se atropelaram em sua cabeça, pronta a estourar. Seu irmão de sangue, estendido no chão, mudo de dor. E os pais? Com um salto, precipitou-se ao telefone. Cinco chamadas longas, seis, sete. Alguém, afinal, atendeu: a mulher do sapateiro, que o tranqüilizou.

No dia seguinte, os reféns apareceram no cartaz vermelho e preto. Dez nomes, dez rostos. Condenados à morte como criminosos, sabotadores e terroristas. Pagariam pela morte do suboficial alemão. Morreriam porque Laurent achou que se podia derramar o sangue de um alemão sem pôr em risco o seu próprio, atentar contra a vida de um soldado de Hitler sem sacrificar a de inocentes. Ou seja, impunemente. A comer e dormir tranqüilamente. Quem seria o carrasco daqueles 10 prisioneiros? Ele, Laurent, era o que sugeria o cartaz vermelho e negro.

Saiu para ver com os próprios olhos. Leu cada nome, lentamente, parando para pensar, antes de abordar o seguinte. Um alfaiate lituano. Judeu estrangeiro. Um estudante de medicina polonês. Judeu imigrado. Um jovem operário de origem romena. Judeu sem documentos. Um jornalista político de origem húngara. Judeu estrangeiro. Os nomes, sem dúvida, eram falsos. Mas os rostos, não. Laurent conhecia o jornalista, Yancsi, poeta nas horas vagas. Haviam freqüentado os mesmos ambientes, próximos do Partido. Ele provocava risadas pelo sotaque. Gostava de cantar, aplaudindo a si próprio. O romeno, Yonel, tinha um sorriso encantador. As jovens de nada podiam lhe recusar.

Yonel não sorriria mais. Yancsi não cantaria mais. Por causa daquele canalha de suboficial, pensou Laurent. O que vinha fazer na França? Por que não ficou com a família, ou com seus amigos mal-encarados, a barriga cheia de cerveja, em Munique ou Frankfurt? Era culpa dele, não minha. E a execução dos reféns seria crime dele, e não meu. Laurent repetia isso, sem convicção e sem encontrar a calma. Quando a morte vem, argumento algum apazigua o coração partido.

E a compaixão nisso tudo? O amor ao próximo? A fidelidade? A esperança traída? E a verdade? Que papéis representavam? E que lugar teriam naquele universo de terror?

Seu pensamento não abandonava os reféns, como se ele tentasse acompanhá-los em sua solidão. Mas estariam sozinhos? Claro, é sozinho que todo ser humano recebe a morte. Mas no instante anterior, os reféns estariam juntos. De pé, diante do pelotão de execução, não tombariam no mesmo momento? Oferecendo o último olhar ao mundo indiferente, como um testamento, orgulhosos daquela solidariedade, orgulhosos de não irem embora sozinhos?

Laurent não conseguia enxergar com clareza os próprios pensamentos. Prefereria estar com os reféns a estar em liberdade? Seria mais lógico, mais justo. No final das contas, não era ele o verdadeiro responsável pela agonia e pela morte deles? Os alemães? Seriam punidos. Hão de perder a guerra, não havia dúvida quanto a isso. Serão derrotados, esmagados, humilhados. A alegria e a liberdade do mundo serão o seu castigo.

E eu nisso tudo?, perguntou-se Laurent. Estarei vivo nesse dia?

Na mesma noite, uma chamada telefônica convocou-o para um encontro imediato com Dumas. Imaginou uma repreensão severa.

Uma Vontade Louca de Dançar 🜲 233

Julgá-lo-iam irresponsável, indigno de sua missão e, afinal, o excluiriam do movimento, tirando-lhe a razão de viver, apagando-o das memórias ao excluí-lo do movimento? O ato que ele acreditara heróico, pois necessário, o tornaria sua própria vítima?

Dumas o esperava no local combinado, perto de um hotel de prostituição. Crepúsculo cinzento, denso, pesado, que turvava o cérebro. Ajudaria o ocupante ou aqueles que o combatiam? Dois vigias tomavam conta nas duas pontas da ruela. Ao primeiro sinal, Dumas desapareceria no prédio em frente, enquanto Laurent seria atendido por uma bela profissional.

Dumas não perdeu tempo. Logo de início, tranqüilizou Laurent: ninguém assistira ao atentado. Nenhum mandado de prisão que pudesse visá-lo. Mas a *Kommandantur* se sentia humilhada; enraivecida, seguia de perto a investigação feita pela Gestapo, usando delatores de todo calibre, os agentes duplos e os alcagüetes por ideologia ou por oportunismo, que circulavam tanto pelo submundo quanto pelos meios próximos da Resistência: deviam revirar céu e terra, mas trazer um nome, uma foto, qualquer fiapo de informação, alguma pista. Os alemães se diziam dispostos a libertar os reféns se o autor do assassinato de Reims se entregasse. Com a voz calma, Dumas observou:

— Os canalhas não são nada idiotas. Sabem perfeitamente que ninguém vai cair nessa armadilha, mas contam buscar o apoio da população com a ajuda dos propagandistas, que vão nos tratar como criminosos sem coração, capazes de sacrificar 10 vidas humanas para poupar a sua. E você vai ver o que os colaboracionistas vão escrever em seus jornalecos.

Laurent ouvia sem reagir. Uma voz interior, no entanto, sugeria: e se você se sacrificasse? Isso simplificaria as coisas. Fim da angústia, fim da culpa. De qualquer maneira, não fazendo isso, se estivesse só pensando em salvar a pele, qual vida teria? Como fazer calar aquela voz? Pedir conselho a alguém que o conhecesse e amasse é o que devia fazer. Os pais? Maurice? Não, por que lhes infligir mais esse sofrimento? Sobrava Dumas. Por que não? Mas ele tomou a dianteira:

— Sei em que está pensando. Não vai servir para nada bancar o herói ou o mártir. Se for pego, os alemães vão interrogá-lo, e acha que vai resistir aos métodos que eles têm? No final, vão matar tanto você quanto os reféns, é o que eles fazem. Estaria entregando seu futuro por nada.

Tenso a ponto de sentir dor, Laurent sabia que Dumas tinha razão. Não totalmente. Tinha razão quanto à tortura, mas Laurent saberia evitá-la, matando-se antes de falar.

Uma vez mais, o chefe pareceu adivinhar-lhe o pensamento. Ele prosseguiu:

— Aliás, Laurent, não cabe a você decidir; mas à Rede e ao Partido. Ao abater o alemão, já cometeu um erro grave; está proibido de cometer outro.

Dumas passou tarefas para os dias seguintes. Ele devia se manter onde estava. Não telefonar a ninguém. Em caso de urgência, quem o hospedava serviria de contato. Saberia quem chamar e qual procedimento utilizar.

Então, não fui punido, pensou Laurent. Aos olhos do Partido, sou inocente. Amanhã, talvez, cheguem até a elogiar minha coragem. Mas, aos olhos dos reféns, o que represento? Para eles, para suas famílias e seus camaradas, o que represento?

Laurent se voltou para mim, olhando-me nos olhos com uma intensidade que me deixou pouco à vontade:

— E você, Doriel, diga: vê em mim um sujeito cruel?

Uma Vontade Louca de Dançar 235

— Não tenho o direito de julgá-lo — respondi. — Não conheci a Ocupação como você conheceu e viveu. Não precisei matar.

Eu ia continuar, perguntar se os reféns tinham sido executados, se haviam morrido juntos ou não, se o irmão caçula, Maurice, ainda estava vivo, e onde se encontravam os pais. Gostaria de ter sabido se as experiências na Resistência tinham tido algum papel na decisão de ir para Israel e se engajar nos serviços de informações, mas de repente senti que já havia falado demais.

Laurent deve ter tido a mesma sensação. Nada mais disse e se contentou em sorrir. E aquele sorriso me pareceu uma lição de otimismo.

— Laurent não é mais um estranho para você, não é? — observou a doutora, com a voz impassível. — Já me disse que não é um amigo; seria mais do que um amigo? Um outro aspecto seu, talvez?

Poderia esbofeteá-la. Deixei a cólera tomar conta de mim:

— Não vai recomeçar, doutora? A senhora é quem precisa de um psiquiatra, não eu. Laurent era Laurent, e eu sou eu. A senhora esquece nossa diferença de idade.

— No entanto, gostaria de ter sido Laurent.

— Gostaria, também, de ter sido Moisés, Sócrates ou Cícero.

— Às vezes, a gente pode ter vontade de proceder a uma transferência de ser, isto é, de mudar de personalidade. É bem comum. Vários pacientes meus confirmariam isso. Por razões diversas e, muitas vezes, obscuras, detestam a si mesmos. Alguns chegam a se matar. Outros optam por um método menos radical, mas tão grave quanto: desligam-se do real e vivem no imaginário. Quais seriam as suas razões para agir assim?

Ergui-me:

— A senhora... a senhora é louca, por Deus. Vou acabar dando razão a Karl Kraus e a seu ódio pelos judeus e pela psicanálise, "essa doença que se imagina o remédio"... Perco meu tempo com a senhora. Parece que se diverte me deixando furioso. Além do mais, ainda é paga. Se eu fosse pobre, diga, me atenderia ainda?

Ofendida, ela não respondeu. Mergulhou em suas anotações, sem nem olhar para mim. Estaria com vergonha de me mostrar o rosto? Eu havia, então, tocado em algum ponto sensível? Teria compreendido que ultrapassara os limites? Ela me dava enjôo.

Antes de terminar, lançou-me uma última série de perguntas:

— E os reféns? Foram executados juntos? E Laurent? O que aconteceu com ele? Encontrou, de verdade, força para trabalhar, ter esperanças, amar? E o exército israelense lhe proporcionou a paz e a felicidade?

Eu poderia responder já haver dito que ele se casara e era pai de duas crianças, mas ela me punha nervoso, me irritava, me deixava fora de mim. Eu estava junto à porta. Voltar para lhe dar uma lição de respeito e de cortesia? Ela não se movera com os olhos pregados em sua caderneta. Bruscamente, ergueu a cabeça e, de repente, como a cada vez que estou diante de uma desconhecida, achei-a atraente, desejável, misteriosa, e fiquei perturbado por sua inacessibilidade, tanto quanto pela feminilidade.

Na semana seguinte, de cabeça fria, Doriel retomou a narrativa de Laurent, tal como se lembrava.

Dos 10 reféns, seis foram poupados, mas nem Yonel e nem Yancsi. Dumas contou a Laurent suas últimas horas, o comportamento deles diante dos carrascos. Dois dos camaradas, católicos, tiveram direito à visita de um padre. Por provocação, mesmo sendo ambos ateus, Yancsi propôs a Yonel que exigissem ver um rabino. Yonel recusou: os alemães seriam capazes de desencavar algum,

Uma Vontade Louca de Dançar ✥ 237

prendê-lo e enviá-lo no transporte seguinte. Diante do pelotão, sob um céu cinzento e impenetrável, lançaram o mesmo grito, antes de cair: "Amanhã será a vez de vocês."

Maurice foi transferido para o sul, mas Laurent permaneceu em Paris, temporariamente. Dura, necessária, a separação dos dois irmãos transcorreu sem lágrimas. Marcaram encontro para o dia imediato após a Libertação. Também com os pais, naturalmente. Não sabiam, então, que não manteriam a promessa. Laurent foi o único da família a sobreviver.

Ele não ficou muito tempo em Paris e, no fundo de si mesmo, sentiu-se aliviado. Temia que o acaso o fizesse encontrar familiares dos reféns. Ainda tentava se tranqüilizar, dizendo que, afora Dumas, ninguém sabia a identidade do autor do atentado. Mas se fosse descoberta? O que ia poder dizer ao filho de um, ou à filha de outro, ou à noiva de Yancsi? Que as guerras sempre fazem mais vítimas do que aquelas que nela morrem? Alguns anos mais tarde, entretanto, Laurent viveu o momento que tanto temera. Dumas e ele jantavam com suas famílias em um restaurante do bairro. A primavera perfumava a noite. Falavam de política, de teatro, de educação. Os dois amigos tinham rompido com o Partido ao mesmo tempo, quando houve a insurreição popular de Budapeste, brutalmente reprimida pelos soviéticos. Por que tinham esperado tanto tempo? A pergunta os perturbava. Mas como poderiam ter sabido do aspecto cruel e inumano do stalinismo? Apesar de tudo, continuavam de acordo em uma coisa: não lamentavam ter participado da Resistência em uma rede comunista.

De repente, uma mulher sentada a uma mesa vizinha se levantou e veio falar com eles:

— Perdoem incomodá-los no meio do jantar. Sem querer, no entanto, ouvi pedaços da conversa de vocês. Eram comunistas e participaram da Resistência. Pois meu irmão mais novo fez o mesmo percurso. Talvez o tenham conhecido...

Seria por causa do sotaque húngaro? Laurent teve a intuição de que era a irmã de Yancsi à sua frente. Teve vontade de deixar a mesa e fugir, mas não houve tempo. A mulher continuou:

— Ele foi pego pelos alemães. Foi torturado. Mas não falou. Então o fuzilaram. Morreu como herói.

— Yancsi — balbuciou Laurent, com um nó na garganta.

— O senhor o conheceu?

— Nós o conhecemos — disse Dumas. — Era alguém, acredite-me. Tínhamos orgulho de ser seus camaradas.

— Orgulho — repetiu Laurent. — Mas...

E começou a chorar.

— Quando penso nele — acrescentou Dumas —, também tenho vontade de chorar. Mas para nada serve derramar lágrimas. O coração pode se afogar.

Dumas abaixou a cabeça. Todos os demais, espantados, se entreolhavam, sem saber como reagir. A irmã de Yancsi gaguejou:

— Desculpem-me, peço-lhes...

Foi a filha de Laurent, uma bonita menina chamada Cécile, a primeira a se recuperar e a vir em socorro do pai. Sentou-se em seus joelhos e beijou-lhe demoradamente a testa, os cabelos e as faces, murmurando:

— Não chore, papai, nós te amamos.

E, continuou Doriel, Laurent me disse:

— Após a guerra, caí em uma depressão nervosa que me levou ao hospital. Recuperado, vivi uma vida mais ou menos normal, com recaídas freqüentes mas imprevisíveis. Em Israel, as coisas se passaram melhor. Trabalhei com Tamir. Missões interessantes, muitas vezes perigosas. Concretamente, elas me lembravam a época da Resistência, com a única diferença de que a polícia da qual fugia não era mais a Gestapo. Tamir acha que realizei atos heróicos. É uma brincadeira, ele exagera. Mas me faz bem ouvir.

Enquanto ele falava, eu me perguntava por que me contava tudo aquilo e por que Tamir quisera que eu o ouvisse. Esperava sensibilizar meus sentimentos judaicos e minhas lembranças próprias da Tragédia, na expectativa de que eu acabasse aceitando a proposta de recrutamento?

— Se quiser que lhe diga algo estranho — acrescentou Laurent, concluindo a narrativa —, durante muito tempo me senti incapaz de chorar. Até encontrar a irmã de Yancsi. Aquelas lágrimas me curaram.

— E a mim, doutora? O que vai me curar?

À sua maneira, Tamir-Beinish quis me ajudar, doutora, com certeza. Sem dúvida, achava existir um remédio para todo sofrimento. Mas qual deles me conviria? Lançar-me à ação, contribuir com o crescimento do jovem Estado de Israel me ajudaria. Isto é, tornar-me útil.

— E o senhor respondeu o quê?

— Pedi para pensar. Voltei à América.

— E depois?

— Depois, disse não.

— Por quê? Porque esse novo papel não lhe agradava? Não se imaginava na pele de um aventureiro, ou, simplesmente, na de um patriota?

— Não é isso, doutora. Foi por motivo bem diverso que recusei.

— Qual?

— Tamir não confiava suficientemente em mim. Apesar da minha curiosidade, nunca realmente explicou por que havia abandonado a esposa, a pobre Reisele. Isso não me agradou.

Nunca mais o vi. Sei que ficou chateado. A seu ver, eu poderia ser um excelente agente secreto. Teria dirigido a minha formação e depois me enviaria a algum país árabe. Após minha recusa, confiou a missão a outro agente. Não sei quem era. Mas sei que foi preso. Torturado. Enforcado.

No meu lugar.

Capítulo 17

E no entanto, sim, no entanto. Para Doriel, essas palavras se tornaram uma espécie de mantra contemporâneo. Tinham passado a remoer seu cérebro como um remorso. Thérèse Goldschmidt tinha razão: é preciso continuar, é preciso. Continuar a esmiuçar a memória. Desistir seria pior. O incidente que ela tentava desentocar devia mesmo existir em algum lugar. Um gesto esquecido, uma palavra perdida, uma ferida. Soterrado sob camadas de lembranças, o sentido daquilo que pesava sobre seu paciente e o arruinava estava ali, à espera desde... desde quando? Ele virava as páginas, ano após ano, revivendo cada episódio e se agarrando ao seguinte: algum acontecimento da infância, alguma imagem da adolescência. E, é claro — muito bem, tio Sigmund! —, como nos antigos anais bem ornados da psicanálise nascente, a salvação acabaria chegando. Tinha-se escondido em uma palavra, uma simples palavra: convulsões.

De repente, o mundo familiar e mais ou menos estável se revirou novamente. E ele se perguntava, estupefato: "E eu, o que faço nisso tudo?" De fato, Doriel ignorava como a reviravolta havia ocorrido. Mas pode-se falar de reviravolta? Reviravolta significaria uma mudança brusca, um capricho do destino, o piscar de olhos cúmplice e imprevisto dos deuses à cata de distrações. Não. Foi sobretudo a conseqüência, claro que imperceptível até então, de todos aqueles acontecimentos que moldaram a sua existência desde a infância até a idade madura: a guerra, depois o exílio, os períodos agitados de formação e de aprendizagem na América e, depois, na Terra Santa, os desvarios do amor, o fervor religioso e os encantos apaziguadores da amizade.

Já que a vida se compõe não de anos, mas sim de momentos, alguns sombrios, outros ridentes, talvez precisasse mesmo evocá-los, nem que fosse apenas para descobrir algum fio condutor, por mais frágil que fosse.

Aconteceu, correção: isso explodiu de improviso, em plena sessão de terapia. Distraído, eu estava distraído. Não me lembro mais exatamente do que falava, mas sei, e o sabia então, perfeitamente, que meu pensamento tinha ido flanar longe dali. Ouvia-me discorrer e me perguntava o que fazia, deitado no divã, fixando uma figura púrpura no teto e pensando: "Alguém deve tê-la esquecido assim, informe e inútil, talvez como uma mensagem de amor ou de despedida a uma amante cansada." De repente, uma voz longínqua interrompeu minha divagação:

— E depois, Doriel?

— Depois, o quê? — respondi, surpreso

— O que aconteceu em seguida?

— Em seguida a quê?

Tinha esquecido o que acabara de confiar à boa e insuportável terapeuta.

— O senhor dizia há pouco que, ainda moço, sofria de enxaquecas. Mas rapidamente corrigiu: não, não enxaquecas, mas convulsões. Pedi que me explicasse a diferença. E me respondeu que um ser humano sofre de enxaquecas, mas que a História sofre de convulsões. E então parou.

— Eu disse "convulsões"? Tem certeza?

— Certeza absoluta.

Comecei a repetir a palavra e, subitamente, me vi pequenino, com meus pais, na Polônia. O coração batia como se tivesse um martelo dentro do peito. E meu pai, assustado, exclamou: "Olhe, olhe o menino! Olhe como está tremendo da cabeça aos pés!" Mamãe, então, encostou a mão em minha testa e, para me acalmar, beijou-a: "Parece que está tendo convulsões." Foi a primeira vez que ouvi a palavra.

Em silêncio, a doutora anotou alguma coisa em seu bloquinho. Não sei se olhou para mim. Talvez tenha se contentado em dizer:

— Interessante isso tudo. Vamos voltar a isso na próxima vez.

Na rua, não consegui me desgrudar da palavra: convulsão. Solitária no mundo, ora vestida, ora nua, vivia em meu interior, senhorialmente. Corria, voltava saltitando, de novo partia com a velocidade do vento. Ria e uivava, como para assustar os vivos e apaziguar os mortos. Esbofeteava-me e acariciava, adulava e ameaçava. Era como se me tivesse tornado seu brinquedo, ou, claramente, sua vítima.

Desde o início da sessão seguinte, a doutora propôs, com uma voz que traía a curiosidade:

— Voltemos às convulsões, concorda? Não é uma palavra neutra, e menos ainda inocente. O que ela lhe sugere? Aonde o conduz? Deixe-se levar por ela.

Desse modo, o paciente se viu em um hospital, em algum ponto da Califórnia. Hipnoticamente observava o vizinho de quarto, um adolescente barbudo que gemia, tremendo da cabeça aos pés. Como se uma corrente elétrica percorresse seu corpo, segundo uma lei constante e rigorosa, indo de um membro a outro, da fronte ao pescoço, do olho direito ao olho esquerdo, do lábio superior ao lábio inferior; parecia uma marionete entre as mãos nervosas de um homem impassível, inteiramente ocupado com suas experiências. "O que ele tem?", perguntou ao médico que o examinava. "Dose maciça de LSD. Está mergulhado em outro universo, um universo irreal, onírico. Alucinado, assiste ao combate dramático entre a vida e a morte, entre anjos e demônios. Às vezes é um campo que ganha, outras vezes, o outro. Por isso os sobressaltos."

Doriel se viu em um campo de refugiados, na Ásia. Uma multidão de crianças em farrapos cercava um velho descarnado, que dançava e rodopiava, com a cabeça jogada para trás, em ritmo estupefaciente. "O que ele tem?", perguntou ao guia. "É um santo. Sabe tornar sagrado o cotidiano. Seu método? A alma entra em transe; não demora e leva junto o corpo ao ápice."

Sofrimento extremo, alegria indizível, amor incandescente: são acompanhados por convulsões para melhor se completarem nos instantes que precedem o nascimento, a morte ou a revelação derradeira.

De repente, sem qualquer transição, Doriel se viu de novo em sua casa, na Polônia, em um belo domingo de primavera. Era criança ainda. Os pais estavam com ele no jardim. Respirava a felicidade dos reencontros. A cidadezinha estava calma. Paz sobre a Criação de Deus. A chegada brutal de Romek rompera o encanto. Doriel já sabia que não gostava dele, que devia desconfiar dele como de alguém que traz a desgraça e a maldição. O visitante, porém, estava sorridente e tinha os braços carregados de presentes. Doriel não se afastou, para poder ouvir melhor os adultos. Falavam da guerra, do grupo clandestino do qual Romek e mamãe eram membros. "Você se lembra de...?" Naturalmente, ela se lembrava. "E de..." Mas é claro, como teria esquecido? O pai quase não intervinha. Por que o menino tinha uma sensação de constrangimento? Por que, como o pai, se sentia excluído daquela troca e daquelas lembranças?

Tempos mais tarde, ele se perguntou por que o coração começara a bater mais forte. Por que a respiração se embalava, a ponto de despejar nele uma angústia sombria e maléfica?

Era Romek a causa, isso Doriel podia jurar. A lembrança daquele homem que... que o quê? Que conseguira se interpor entre o pai e a mãe. Desde que chegara, o equilíbrio benfazejo fora abolido, deixando lugar a uma tensão muda, impalpável e pesada.

De repente, mais uma vez de improviso — ou seria o efeito mágico da análise? —, Doriel reviu um episódio do qual não se lembrava desde o fim da guerra. Por que permanecera oculto? Talvez fosse doloroso demais. E desagradável. E certamente irritante, como o murmúrio vago vindo de um quarto vizinho que impede de dormir ou paralisa o pensamento.

Tratava-se, simplesmente, de uma imagem furtiva daquele mesmo dia. O sol se punha. O pai se ausentara por alguns instantes. Tinha ido buscar um copo na cozinha, ou um livro na biblioteca? Romek e mamãe permaneceram no jardim. Doriel se manteve um pouco mais adiante, afastado. Foi quando seu olhar captou o do homem, inclinado na direção de mamãe e falando em voz baixa. Sem dúvida lhe fazia uma pergunta, pois mamãe logo respondeu, balançando a cabeça: "Não, acabou." O homem insistia e mamãe repetiu: "Já lhe disse: acabou. Não deve tentar destruir uma família, sobretudo, não a minha." Mais uma vez, ele perseverou. Mamãe então, com um tom reprovativo, respondeu: "O passado é o passado; se persistir, vai apenas enfeá-lo." De cabeça baixa, como um culpado, ele cochichou: "Uma vez, só uma vez, é tudo que peço." Mamãe se preparou para dizer algo, mas o pai já estava de volta.

Naquela noite, Doriel teve febre. Tremendo, com o olhar perdido, delirava. Chamado à sua cabeceira, o médico explicou:

"O menino deve ter se resfriado ou tomado sol demais, daí as convulsões." Mamãe, apertando as mãos, observou: "Olhe só. O corpo inteiro treme. É como se estivesse tendo um pesadelo. Será que às vezes pensa em Dina e em Jacob, sem querer falar conosco? No entanto, parecia feliz, até então. E como não seria, tendo os pais junto de si?"

Na verdade, o menino era feliz, mas a felicidade se partira ao, simplesmente, olhar a sua mãe em plena disputa, pois, sem dúvida, aquilo havia sido uma disputa com o visitante que lhe falava, como se tivesse direitos sobre ela. Mais tarde, uma pergunta não cessou de incomodá-lo, mais ou menos conscientemente: o que teria acontecido se, naquele momento, o pai não tivesse voltado?

Essas imagens e a pergunta, insidiosamente, assombraram o cérebro de Doriel a ponto de perturbar seu comportamento com as mulheres? Pois ele sem dúvida devia admitir, apesar de seu raciocínio durante tanto tempo ter apresentado argumentos mais simples: ele procurava — dizia o raciocínio —, procurava a mulher, a mulher única que o destino lhe teria reservado. Mas ainda não a havia encontrado... Ou então: não seria irresponsabilidade um casal colocar crianças, contra a vontade delas, em um mundo que não as espera e não as amará?

Mas a verdadeira explicação, descobriu Doriel com estupefação, teria sido aquela desconfiança inconfessa, nunca formulada, que lentamente, implacavelmente, o isolara na ascese do celibato, condenando-o à solidão e às desordens do pensamento.

— É possível — disse a doutora, no momento em que o silêncio se impôs.

Como se tivesse sido pego em flagrante delito, Doriel deu um salto: ela leu meus pensamentos? Teria pensado em voz alta?

— O que é possível?

— Quando se acredita ter perdido tudo no abismo, inclusive o senso de orientação e de pureza, pode-se às vezes tentar se agarrar às paredes. Mesmo sem achar que isso sirva para qualquer coisa.

A doutora baixou a voz, como se falasse consigo mesma:

— Ajuda a sobreviver, mas não a viver.

Doriel não respondeu. Para quê? Um pensamento aflorou: deveria, talvez, imaginar os deuses enlouquecidos pelos homens.

Capítulo 18

RECHO DAS ANOTAÇÕES DA DRA. THÉRÈSE GOLDSCHMIDT

Martin lia o jornal com tanta atenção que precisei me forçar para interrompê-lo:

— Acredita em loucura mística?

— Tanto quanto em loucura política — respondeu, sem erguer a cabeça.

Era irritante. Por que não se casou com uma jornalista? Há muito tempo sabia ter uma rival aos domingos: a imprensa. A grande e a pequena. Os periódicos locais e os nacionais. Semanais, mensais, tudo o interessava: atualidades, informações e comentários, folhas literárias, esporte, culinária... Como se eu existisse à margem. Como um artigo rápido de jornal.

— Explique — eu disse.

— Ambas são assassinas.

Como me calei, ele continuou:

— As cruzadas, a Inquisição, o nazismo, o comunismo...

— Mas Doriel não é um assassino. Não percebo nele traço algum de violência. De cólera sim, mas só isso.

Um balanço de ombros como resposta, e este era Martin quando lia o jornal. Normalmente, eu fazia algo sozinha para não estragar seu prazer. Mas estava agitada demais naquela manhã. Frustrada.

— Preciso de um livro sobre *dibuks*; deve haver algum em sua biblioteca.

Que os deuses fossem louvados, ele levantou a cabeça. Olhou para mim:

— Sem dúvida — disse. — Conosco, encontra-se de tudo. Mas por quê?

— Por que... o quê?

— Por que esse assunto a interessa de repente?

Mordiscando os lábios, respondi:

— Doriel acha que um *dibuk* entrou nele.

— E você acredita nisso?

— Em que acredito importa muito pouco. Ele parece acreditar. A seu ver, isso explicaria seu comportamento, suas carências, seus males.

— O que ele espera? Que você o exorcize? Só os grandes místicos, e eles são raros, seriam capazes. Ora, você, você é...

Não gostei daquele tom. Mostrava irritação. Era óbvio: a história de Doriel e o papel que tenho nela o desagradam.

— Sinto muito tê-lo incomodado, mas seja gentil: traga amanhã um ou dois livros sobre esse assunto.

No dia seguinte, encontrei sobre a escrivaninha um dossiê volumoso, preparado pelo especialista em ocultismo da Biblioteca: um filme em iídiche (com legendas), uma peça de teatro traduzida para o inglês, alguns ensaios e uma nota explicativa me informando que, em sua maioria, as obras sobre o assunto eram escritas em hebraico ou em iídiche.

Uma Vontade Louca de Dançar 251

O especialista achou que seria útil acrescentar algumas páginas que escrevera para mim. Desse modo, soube que o *dibuk* não é mencionado na Bíblia nem no Talmude. Figura abundantemente na literatura da Cabala e no folclore popular, sobretudo no hassídico, da Europa Central. Ali, o *dibuk* aparece como a alma de um ímpio, cujas transgressões foram tamanhas que sequer mereceram ser julgadas; para ela, o pior dos castigos ainda seria ameno. Por isso, ela erra através dos mundos em busca de um ser frágil no qual possa forçar sua entrada. Os cabalistas luriânicos, dentre eles rabi Hayim Vital, rabi Israel Baal Shem Tov, o Mestre do Bom Nome, e alguns outros mestres tinham o poder de curar a vítima, exorcizando-a. Aliás, continuava o perito com precisão, existe uma espécie de manual que se utiliza para expulsar o *dibuk* do corpo e da vida de uma pessoa. O ritual é solene e grave; ele precisa ser assustador. Uma sala é iluminada por círios negros. Tudo é negro. Convocada por um tribunal rabínico especial, a alma maldita recebe a ordem de explicar sua conduta. Sob a ameaça do anátema irremediável e eterno, o *dibuk* é obrigado a abandonar o refúgio e se lançar no vazio.

Do ponto de vista psiquiátrico, toda a história parecia se referir a sintomas da esquizofrenia e da neurose, mas eu sabia não ter os apetrechos suficientes para lutar contra aquilo.

O que fazer?

Se continuasse assim, acabaria acreditando na existência do *dibuk*: Doriel não teria se tornado o meu?

Capítulo 19

Um grande Mestre perguntou: qual é o personagem mais trágico da Bíblia? Um discípulo respondeu: Abraão, o primeiro a crer e que recebeu a ordem de sacrificar a Deus o filho amado. Não, respondeu o Mestre. Abraão sentiu que Deus o impediria no último momento. Isaque? Arriscou um outro. Amarrado pelo pai no altar em que sua vida se tornaria suprema oferenda? Também não, cortou o Mestre. Uma voz interior o tranqüilizava: o pai não iria até o fim. Então, Moisés? Sugeriu um terceiro discípulo. Moisés, filho de Joquebede e de Anrão? O homem mais solitário do mundo, eternamente dividido entre os mandamentos do céu e as necessidades do povo? Também não: ele sabia que suas vitórias pesariam sobre o destino da sua gente; como uma vida assim poderia ser a mais trágica? Mas então, qual?, exclamaram todos os discípulos a uma só voz. É o Senhor, bendito seja Ele, ensinou o Mestre. Do alto de Seu trono, Ele contempla o que os humanos fazem com Sua Criação. E isso O entristece.

Lembrando-se estranhamente dessa lição, no dia seguinte a uma sessão de análise particularmente difícil, Doriel se perguntou, flanando pelas ruas barulhentas de Manhattan: por que aquela algazarra de golpes e a constante necessidade de silêncio que lhe faziam girar a cabeça? Há tanto tempo vagava pelas estradas do exílio; como encontrar algum repouso? E Deus nisso tudo, heim? Seria o homem o fracasso de Sua Criação, Seu pesadelo, quem sabe, até mesmo a Sua dor, aquilo que os humanos chamam melancolia? Condenado ao desespero, de quem o homem é prisioneiro ou vítima? Por qual motivo foi punido e acorrentado? Como fazer para escapar? E como sempre, quando esbarrava em algum obstáculo intransponível, Doriel se perguntava: e eu nisso tudo? Subitamente se deu conta de sua incapacidade para responder a tais perguntas. Apenas sabia ter seguido um caminho que, aparentemente, não levava a nada. Seria tarde demais para dar meia-volta? Para reivindicar o direito de se definir em um mundo assombrado por tantos estranhos? Na sua idade, devia se render à evidência. Errara, ficando sozinho. Errara, não se casando. Errara, não recomeçando a viver quando chegou a Nova York com o tio. Não pensando no futuro, quer dizer, na vida que a vida dá. Seria então, irrevogavelmente, tarde demais? Tarde demais para fixar laços que seriam a promessa de uma realidade e de uma felicidade possíveis? Diante dos seus olhos, rostos apareceram e desapareceram, como em uma tela de cinema ou em um palco de teatro com cenários variáveis. Era como se, sem saírem da ribalta, moças atraentes e mulheres com sorrisos calorosos e aliciantes viessem, amiúde, vê-lo no camarote. A jovem piedosa do Brooklyn. A cantora de cabelos flamejantes no convés de uma embarcação, indo de Marselha a Haifa. A viúva que procurava se consolar nos braços de desconhecidos. Doriel podia ter se casado com qualquer uma delas. Seria realmente tarde demais para adquirir uma identidade de marido, de pai ou, pelo menos, um lugar na paisagem tão colorida de uma comunidade?

Na época, ele pensou, tive muitas vezes a sensação de que tudo que podia acontecer comigo me escapava. Tudo escorria em minha existência: eu não retinha coisa alguma.

Quanto às nossas sessões, doutora, perco-me nelas. Sou seu paciente e a senhora é minha única esperança. Cada uma das minhas histórias, vividas ou imaginadas, todos aqueles fardos carregados de remorsos e de culpa, é à senhora que mostro: diga-me o que fazer com isso.

— Gostaria que me explicasse — disse Thérèse. — O senhor é culto, rico e razoavelmente inteligente, como foi que não se casou?

— Poderia responder que sou louco, mas não o suficiente para isso. Mas sem brincadeira. Eu lhe disse: sempre achei que meu passado e o estado em que ele me deixou não me permitiam gerar uma vida.

— Seja franco, Doriel. É a única razão?

Era bobagem, mas me senti ruborizar.

— Como ela se chama?

— Ayala.

— Bonito nome. E ela? Amou-a?

Ela se chamava, desculpe: eu a chamei Ayala. Ela enriqueceu minha existência durante alguns dias e foi com quem, entre duas respirações, esperei, erradamente é claro, o último instante de serenidade a que temos direito.

Nosso encontro foi fruto do acaso. Disse acaso, pois poderia não ter ocorrido: tudo nos separava. Era francesa e eu americano. Vinha de uma família rica e eu quase não tinha família. Era bonita e eu, bom, meu corpo há muito tempo se esquecia de me lembrar do vigor e da juventude de outrora. Ayala tinha 22 anos e eu quase três vezes mais.

Aconteceu de estarmos sentados, lado a lado, em um vôo Paris-Nova York. Eu esperava passar as Festas com os filhos e netos de tia

Gittel e tio Avrohom, que não estavam mais vivos. Previra, na mesma ocasião, encontrar o poeta iídiche Yitzhok Goldfeld, pouco conhecido mas admirado por quem teve a curiosidade e a oportunidade de lê-lo e conhecer. Quanto a Ayala, ia encontrar o noivo, sem saber se queria realmente se casar.

Foi ela quem entabulou a conversa:

— Será um vôo longo — disse. — E tenho dificuldade para dormir em aviões. Vou tentar ler e agradeceria se não me incomodasse. Mesmo que eu não esteja lendo. Quero aproveitar essas horas para pensar.

E após uma pausa:

— É porque tenho decisões a tomar. Importantes. Só isso.

Não respondi, mas com um balanço da cabeça demonstrei concordar. Dizer que também tinha decisões a tomar? Revelar a verdadeira finalidade de minha viagem? Que se tratava da tranqüilidade de minha alma, ou seja, de minha saúde, de meu futuro? Ela não parecia querer se interessar por meu caso. Com um gesto brusco, abriu um livro, e eu, outro. Ainda um acaso? Líamos o mesmo romance. Na verdade, isso não era tão espantoso. Apesar de mal concebida, a história se passava durante a Segunda Guerra Mundial, meu período preferido, e o livro figurava há semanas na lista dos mais vendidos.

Uma hora transcorreu. O comandante e a tripulação tinham se preocupado com o nosso bem-estar e fornecido informações e instruções inúteis: altitude, velocidade, hora de chegada aproximada e, com o tom sóbrio e sério, explicaram o manuseio do colete salva-vidas, em caso de... Uma loura *sexy* nos ofereceu o paraíso: gostaríamos de beber? Comer? Uma coberta para dormir melhor? Não houve candidatos em minha fileira. Decepcionada, afastou-se. Teve melhor sorte na fileira seguinte. De repente, minha vizinha começou a falar, sem olhar para mim:

Uma Vontade Louca de Dançar 257

— Se eu resolver conversar, promete não perguntar meu nome?

— Não a conheço; não tenho por que lhe prometer coisa alguma.

— Seria o senhor cruel ou idiota?

— É uma escolha? Não se pode ser idiotamente cruel ou cruelmente idiota?

Ela me fuzilou com o olhar, antes de se voltar:

— Bom. Azar o seu.

Fechado o parêntese? Tão rápido, assim?

— Na verdade, até estou contente com o seu pedido. Contente de não saber o seu nome. Posso lhe dizer por quê? Porque pretendo, se me permitir, presenteá-la com um nome, um nome original.

— Qual?

— Não sei ainda. Deixe-me pensar. Mas enquanto isso, fale, já que tem vontade. Ouvir sua voz vai me inspirar. Deve certamente saber que há uma correspondência entre os nomes e as vozes.

— Está bem. Mas vou parar quando eu mesma decidir.

— Estou ouvindo.

Sua voz. Profunda, melodiosa, carinhosa: foi o que apreciei, de imediato. A voz de alguém que, à procura, está se procurando. Uma sensação de bem-estar e de serenidade me invadiu. Poderia dormir, levando em meu sono a sua voz.

— Pronto — ela concluiu. — Só isso.

Não compreendi coisa alguma do que acabara de contar. Não guardara sequer uma palavra.

— Não — respondi, semi-adormecido. — Não pare. Não é só isso. Isso é apenas o começo

— O começo de quê?

— De um sonho. De uma aventura. De uma história. De uma promessa feita de proibições e de sol em plena noite.

Após uma hesitação, prossegui:

— Não tema nada, de forma alguma pretendo cortejá-la. Olhe para mim: sou velho, velho demais para isso, velho demais para você. Ah, se fosse mais novo...

— ... O que faria?

— Pegaria sua mão. Isso, sua mão. Nada mais.

E o milagre aconteceu: senti uma mão apertando a minha.

— Nada mais — disse a voz que parecia ressoar no meu interior, como se reconfortasse a minha.

Na penumbra que invadiu o avião, pus-me a pensar nos tantos seres que haviam atravessado minha vida. Cada um tinha um rosto, um corpo e um nome. Cada um trouxe momentos de alegria que fizeram cantar, ou horas sombrias que fizeram chorar. Mas eu não experimentaria mais isso. Sim, com a idade, o corpo pressente as armadilhas, adivinha os perigos e impõe a prudência: precisa aceitar os limites. E no entanto. O que tinha a perder, oferecendo um sorriso a mais ao destino? Em amor, tudo surge em um piscar de olhos; tendo como ingrediente obrigatório a surpresa, o espanto e o sentido do miraculoso. Tudo que eu tinha a fazer, no momento, era continuar a jogar, levar a história adiante, mas sem movimentos:

— Não me diga como se chama; nem agora nem mais tarde. Vou chamá-la Ayala.

— Posso perguntar por quê?

— Ayala é uma corça. Ela corre.

— Explique, por favor.

— Nos textos judaicos, a vida é, às vezes, comparada a uma corrida, a uma fuga. A um sonho também. No Oriente, ela não passa de ilusão. Uma corça transportada pela ilusão. Ou uma ilusão transportada por uma corça.

Esperava vê-la sorrir, mas manteve um ar grave.

— Isso quer dizer que devo me livrar de meu nome atual? Lançá-lo aos quatro ventos? Retornar à virgindade, esvaziada de qualquer lembrança?

Uma Vontade Louca de Dançar 259

— De jeito algum, Ayala querida. Por essa única noite, recebo-a como tal, acompanhada unicamente da sua bagagem.

— E depois?

— Esqueçamos a duração, mandemos de volta o tempo.

— E depois?

— Para os loucos, o depois não existe mais.

— Mas eu não sou louca.

— Talvez eu seja.

Ela recolheu a mão. Parecia não apreciar os loucos. Davam-lhe medo. Algo em mim se desfez. Bastaram alguns instantes de graça, ou de maldição, e todas as vias se tinham aberto para, em seguida, se fecharem. Como se, no avião, acabássemos de nos encontrar, amar, casar e divorciar. Lamentei minha inconsciência, minha falta de maturidade, de seriedade. Tinha simplesmente sido estúpido e ridículo. Na minha idade, não se jogam mais jogos desse tipo. Não se lançam palavras no ar. Minha vizinha certamente me imaginava um imbecil, senão algo pior.

Não sei mais por quanto tempo mantivemos o silêncio.

Acordei pouco antes da aterrissagem.

— Gostei do meu novo nome — disse Ayala, sorrindo. — Vou levá-lo à descoberta da América. Para lhe agradecer, faço uma proposta: se o acaso nos reunir de novo, lhe direi se consegui me separar do meu noivo. E então...

— E então?

— Veremos.

No Brooklyn, em Williamsburg, fui prevenido por um homem comprido e magro, com a boca deformada por um cacoete, de que não era coisa fácil ser recebido pelo poeta Yitzhok Goldfeld: ele estava mal de saúde.

— Eu vim de longe — disse eu.

— Aqui, a geografia é uma noção em desuso. A poesia se coloca fora e acima das fronteiras.

— Mas meu caso é urgente.

— Estaria doente?

— Estou... Não... Mas ele conhecia meu tio Avrohom.

— Não é o único a ter o nome do nosso patriarca.

— Meu tio *reb* Avrohom.

— E o rabi o conhece?

— Eles se conheciam.

— Tem certeza?

— Eles se conhecem.

Na verdade, a idéia do encontro viera de meu tio. Preocupava-se com o declínio da intensidade de minha fidelidade a Deus. Sentia que eu me afastara não da família ou do que restava dela, mas daquilo que, para ele, representava mais do que a felicidade e a paz: o temor a Deus e o amor a Deus.

Tivemos muitas conversas a esse respeito. Ele apresentava seus argumentos, e eu, minhas objeções. Tinha dúvidas não quanto à existência de um juiz supremo, governando o universo dos homens, mas de sua justiça. Um dia, repetindo o que dissera Gittel em outra época, afirmei que, afinal, eu podia admitir a morte tragicamente prematura e absurda dos meus pais. Talvez tivessem pecado perante o Eterno que os punira. Mas sua progenitura, o pequeno órfão, por que, por quais pecados, fora condenado a crescer e a viver sem eles? Nesse ponto, meu bom tio pôde apenas balançar a cabeça e dizer: "Ele sabe, melhor do que nós, o que Ele faz e por quê." Foi quando me aconselhou a visitar seu antigo amigo, o poeta místico reb Yitzhok. "Ignoro se ele se ocupa com a cura do mal que a perda da fé constitui, mas vale a pena tentar. O único risco que corre é o de descobrir um grande poeta." E foi assim que, vários anos após a morte de Avrohom, resolvi seguir seu conselho.

Preveniram-me de que seria complicado, difícil. Todo mundo tentava passar um momento com o poeta iídiche, praticamente inabordável. Estudantes, para mostrar trabalhos escritos sobre a sua visão do mundo. Jornalistas, para interrogá-lo sobre a sua interpretação do Eclesiastes e dos Salmos. Visitantes ingênuos, que o imaginavam rico e fazendo donativos. Resumindo, todos que precisavam de esperança e de ajuda. Como eu.

Aquele místico representava minha última chance para vencer o mal que me minava. Havia tentado de tudo. Sumidades médicas de Nova York e de Paris, de Amsterdã e de Los Angeles conheciam o meu caso. Realmente, precisava de um milagre.

Era preciso que o poeta me olhasse nos olhos. Que eles vissem o que vissem. Que me escutasse. Falasse comigo. Corrigisse, em mim, os erros da natureza. Ou do Senhor.

— Escute — eu disse à pessoa que me abriu a porta. — Não me mande embora de mãos vazias; sei demonstrar reconhecimento.

— Não tente me subornar — respondeu com um tom duro.

— Não preciso do seu dinheiro. Sou médico. Aquilo de que preciso não é o senhor que me pode dar.

— E o que é?

— *Yirat Shamayim*, o temor a Deus. Teria, para colocar à minha disposição?

Abaixei a cabeça. Se ele, pelo menos, soubesse... O médico sumira. Não seria ele a vir em meu socorro. Minutos passaram. Ele reapareceu:

— Tenho boas notícias para o senhor. Reb Yitzhok, efetivamente, conhecia o seu tio. Volte amanhã de manhã. Se ele estiver melhor, irá recebê-lo. Senão volte depois de amanhã.

— Obrigado.

— Não deixe de voltar, então.

— Parece ser o seu verbo preferido.

— Talvez. Para alguns de nós, *"teshuva"*, a volta, significa também o desejo de arrependimento. E para o senhor?

— Para mim, todas as palavras se equivalem.

Em meu interior, para ilustrar o que dissera, prossegui: sim e não. Ontem ou amanhã, alegria e luto. Tudo se equivale. Inclusive uma boa e uma má ação.

O médico me escrutou longamente, perguntando-se, com toda certeza, se devia se zangar ou deixar de lado, e acabou se retirando, sem nada dizer.

Poderia voltar para casa, mas permaneci nos arredores. Entrei em alguns oratórios onde estudavam o Talmude cadenciadamente. Observei aqueles homens e mulheres que ouviram este ou aquele Mestre comentar os textos e os seus segredos. Estranho, todos compreendiam que uma determinada hora é dada, para cada um, permitindo à sua alma abrir uma porta no palácio celeste, onde tudo se cumpre ou se desfaz.

Um fiel contou que um dia um penitente exaltado, com impressionante envergadura, cheio de ímpeto e vigor, visitando Safed, irrompeu na moradia do Mestre de Rovidok, que estudava os mistérios do apocalipse e da redenção: "Se não fizer o Messias vir imediatamente, vou matá-lo", urrou, diante dos alunos espantados. Como o Mestre não respondeu, lançou-se sobre ele para estrangulá-lo. Apenas o velhote não manifestou medo algum. Dirigiu-se ao agressor com voz suave e melancólica: "E se me matar, acha que o Messias virá?" O intruso, então, se pôs a chorar: "Era minha última esperança, que se esvai." E o ancião lhe respondeu: "Não, ela vai voltar um dia e, assim desejo a você, o conduzirá ao Redentor."

Alguém perguntou ao narrador se a história tinha uma continuação. O que aconteceu ao homem e à sua violência? Uma noite, ele apareceu na Cidade Antiga de Jerusalém, atarantado e feroz, batendo em portas e janelas, a gritar com todas as forças: "Falo em nome do profeta invisível, que reside lá no alto, nas esferas celestes, e ele diz: Sigam-me antes de me rejeitar, temam-me antes de me odiar... O homem tem escolha entre o braseiro e a árvore ressecada... Sou a primeira esperança de vocês! A única!"

Eu me perguntei onde poderia ter passado aquele louco que combatia um único inimigo: o desespero? E o Mestre, tão sereno, devia ver nele um aliado ou um adversário?

Um outro visitante substituiu o primeiro. Também tinha uma história a contar. Outro louco. Igualmente o ouvi. Tinha tempo. Depois, abarrotado com minhas próprias histórias de fé e de decepção, enquanto continuava a caminhada me interroguei: por que não retomo contato com meus ex-amigos e conhecidos da *yeshiva*, se ainda estiverem vivos? E se encontrasse Ayala? E se tentasse convencê-la a abandonar o noivo? Idéia louca, indecente: eu era velho demais para ela. E outras preocupações se impuseram em meu espírito. Se eu chegara até ali, pensei, e me faziam esperar, era porque assim quisera alguém, que assim havia programado: cabia a mim descobrir por quê, e com qual finalidade — pois somente eu podia dar sentido àquela finalidade.

No dia seguinte, o poeta me recebeu. Enfim. Na sala estreita e mal iluminada, sentado à mesa coberta de livros, com o olho ao mesmo tempo escrutador e apaziguante, deixou o silêncio se prolongar. Minha primeira reação? Estava desconcertado com sua idade. Como antigamente *reb* Yohanan, ele parecia espantosamente enérgico. Viria semelhante força de dentro da sua visão poética do homem em seu tempo? Apenas o olhar era velho. Não sei por quê, meu coração começou a bater forte, muito forte; o sangue afluía em meu cérebro. O que ele via em mim? Quais segredos inviolados estaria desvendando? Por que se mantinha em silêncio? Seria para me desestabilizar, me pôr em situação de inferioridade ou mesmo de culpa? Um frêmito desagradável percorreu meus lábios.

Finalmente, decidiu me fazer ouvir sua voz; era rouca, profunda, impregnada de uma reticência indefinível. Falar representava, para ele, uma provação dolorosa.

— Você vive só — afirmou, obrigando-me a não desviar o olhar do seu.

— Sim — disse. — Só.

— É a razão da sua vinda?

— Não.

— Seria porque leu alguns dos meus poemas?

— Também não.

— Para conversar comigo sobre a literatura iídiche, que está em vias de extinção?

— Não exatamente.

— Teria, por assim dizer, ambições literárias?

— Certamente não.

— Por quê, então?

— Não compreendo...

— ... Por que está à minha frente? Para me dizer que está só? Por que está só? Sempre foi? Teve, no entanto, parentes, amigos? Foi alguma escolha sua, fechar-se em seu corpo e em sua solidão?

Senti-me desorientado, desestabilizado, sacudido e, também, um tanto decepcionado. Fora um erro vir vê-lo? Iria lhe confessar que "algo não vai muito bem em minha cabeça"? As perguntas que me fez pareceram simplistas, banais. Onde, então, estavam seus dotes de escrita e de expressão? Eu devia, primeiro, falar do meu tio, e somente em seguida do meu mal?

O poeta, entretanto, prosseguiu seu monólogo, que ele demarcava com perguntas às vezes precisas, outras vezes vagas, sobre minha infância, minha experiência religiosa e os combates que, em mim, o anjo do bem travara contra o anjo do mal.

— O que, então, espera de mim? — acabou perguntando.

— Na verdade, ignoro. Um milagre, talvez.

— Qual?

— Não sei. Tudo que sei é que sofro, ao mesmo tempo, de falta e de um certo transbordamento. De um excessivamente cheio e um excessivamente vazio.

— Os poetas sentem a mesma dor.

— Mas não sou poeta.

— Nesse caso, o que é?

— Se porventura consigo ler o olhar das pessoas, elas me vêem como um louco. E acho que sempre fui. Louco por meus pais, primeiro, por Deus, em seguida, pelo estudo, pela verdade, louco pela beleza, pelo amor impossível.

O poeta endireitou a cabeça e me contemplou longamente:

— Para um homem como você, escrever pode se tornar uma âncora, um refúgio, talvez.

— Mas a literatura me rejeita. Para escrever, é preciso amar as palavras e, também, que elas nos amem. As minhas zombam de mim. Assim que escolho uma, outras dez surgem para enxotá-la.

O poeta sorriu:

— Para mim, é o contrário que ocorre. Dez palavras se apresentam à minha frente, é a riqueza da minha língua; mas quero uma só. Ela, muitas vezes, fica escondida.

Como me calei, prosseguiu o interrogatório:

— E os estudos, em que ponto os deixou?

— Nunca, de fato, os interrompi. E nada esqueci deles, *reb* Yitzhok. Mas o saber em nada me ajuda. Como o restante, tenho a impressão de que também me enlouquece. É assim: em mim, o louco é mais forte do que eu.

O poeta doente se levantou. E me dei conta de que não tinha me convidado a sentar. Ele era grande; eu batia em seus ombros. Magro, curvado, não parava de mordiscar os lábios. Ia me indicar a porta? Sentou-se em uma poltrona e me apontou uma cadeira.

— De início — disse, após um suspiro —, quero preveni-lo: não sou um fazedor de milagres. Com a ajuda de Deus, faço apenas palavras. Apenas Deus pode mudar as leis da natureza. E seus meios permanecem secretos. Quanto a mim, só posso ajudá-lo a enxergar mais claramente em si mesmo. Isso basta?

Um pensamento me atravessou o espírito: nunca o havia encontrado e ele me tratava com intimidade. Eu não, e isso nada tinha a ver com a idade. Eu respeitava aquele homem que tantos seres humanos admiravam.

— Diga-me pelo menos uma coisa: acha que nosso encontro pode ajudá-lo?

— Acho que sim — respondi baixinho. — Mas de qual maneira, não sei. A clareza, dentro do pesadelo, seria mais estável? Mais aparente o sentido do destino? Menos próxima a ameaça? Em mim e do lado de fora de mim, conseguirei me orientar melhor entre as armadilhas que estão em meu interior e aquelas que encontro no caminho?

O médico entrou e fez um gesto discreto ao Mestre: achava que a entrevista já estava durando muito, mas logo se retirou.

— Fale-me mais da solidão — disse o poeta doente. — Por que a aceitou? Não sabia ou pode levar ao desespero, às vezes à loucura? Somente Deus é sozinho. Nós, Suas criaturas, devemos formar família, comunidade. Você não tem mulher, nem filho: por quê? Não teme abandonar este mundo sem deixar descendentes, herdeiros, traços? Desaparecer para sempre, é o que quer? Fale. Estou ouvindo. É falando comigo que você vai se compreender melhor.

Uma Vontade Louca de Dançar 267

— É uma longa história — eu disse. — E o tempo...

— Esqueça o tempo. Você veio de longe. Quis me ver. Está me vendo. Acreditou precisar de mim. Aqui estou. Neste momento, estou aqui apenas para você.

Por onde começar? As primeiras quebras, onde situá-las? As primeiras quedas, primeiras derrotas, primeiros dilaceramentos, primeiros naufrágios. A invasão das trevas, os urros do fim do mundo que eu tinha em mim ou que me serviam de guias...

Com a voz entrecortada, procurando as palavras, contei a infância exilada, a morte dos pais, o sentimento de culpa que perseguiu o órfão que fui e que permaneci. A atração do vazio. Claro, mais de uma vez, em ocasiões diversas, encontrando alguma jovem mulher cuja voz me agradasse, pensei em fundar um lar. Cada vez, no último minuto, recuei assustado. Dizia para mim mesmo: não estou pronto, não estou pronto ainda para exprimir confiança no homem e em sua humanidade. Não estou pronto para dizer ao mundo: acredito em você e nos que o constroem, quero participar da sua trajetória, fazer parte do seu futuro. Não estou pronto a lhe entregar meus filhos, condenados de antemão.

Além disso, havia minha doença. Não a descrevo bem, mas talvez, com seus dons poéticos, conseguisse apontar o que se escondia no fundo do meu ser. Desde a infância, trazia em mim um indefinível sentimento de carência, de derrota. Mas como fazê-lo sentir isso? Sentia-me em falta com relação a meus pais: era, presentemente, mais velho do que eles. Tinha o direito de julgá-los, sobretudo à minha mãe? Tinha o direito de desconfiar? Devia contar minhas alucinações que me engoliam, às vezes, como ondas do oceano, afogando meus últimos lampejos de lucidez?

Falei da noite em que, fraco, com o corpo dolorido pelas perfusões, acordei em uma clínica psiquiátrica. Tinha sido salvo de uma tentativa de suicídio. Vozes chegavam a mim, algumas abafadas, outras atordoantes. Meu companheiro de quarto, em delírio, brigava com o céu. Eu captava apenas uma palavra ou outra, mas conseguiram me fazer dormir. No dia seguinte, tentei ter uma conversa com ele. Por que reclamava tanto de Deus? Assim que ouviu esse nome, ficou irritadíssimo. Muitas reprovações havia, muitas queixas, muitas mágoas: desde a saída do Egito e do deserto de Sinai até Auschwitz, sem esquecer as perseguições babilônicas, persas, romanas, as Cruzadas, os guetos; os descendentes de Abraão, Isaque e Jacó não tiveram descanso, reclamava — e por quê? Por que a morte de um milhão e meio de crianças, durante a grande e terrível tormenta? Em certo momento, parou, antes de exclamar: "Sabe-se que, para um homem que nasceu cego, Deus é cego, mas o que se passa para o homem que nasceu louco: seu deus também é...? Que Deus me perdoe..." Estranho sujeito: quis morrer porque não acreditava mais em Deus...

— Pare. Basta — interrompeu o poeta iídiche, visivelmente constrangido. — Mude de assunto. Rápido. Há pouco, tive a idéia de usar suas histórias e integrá-las em meus poemas. Desisto: os blasfemadores me aborrecem.

— Escute-me por alguns minutos ainda — eu disse, com um tom implorante. — Preciso lhe contar uma última história, bem recente.

Coloquei-o a par do meu único encontro com Ayala, a jovem noiva do avião. Da nostalgia que me tomava quando pensava nela; sentimento estranho, pois não captava o sentido. Ignorava tudo a seu respeito e a meu respeito diante dela; não sabia se meu corpo, sob o seu olhar, despertaria me oferecendo sensações e felicidades há muito tempo desaparecidas. E, no entanto, ocupava meus pensamentos; mesmo ali, naquela sala, estava presente, como se desejasse participar de nossa conversa.

— Ayala — repetiu *reb* Yitzhok, com a mão na testa. É um belo nome para uma mulher judia...

— É apenas um nome — eu disse.

— Mas é bonito. Nunca encontrei uma mulher que se chamasse assim.

— Aquela que assim se chama o merece; ela é estranha.

— Sente-se culpado com relação a ela?

— Não. Pelo menos, não ainda.

— Porque ela disse querer romper o noivado?

— Talvez.

— Mas se ela não o tiver rompido?

— Ela rompeu. Tenho certeza.

— E então, o que pensa fazer? Casar-se com ela? Não é jovem demais para você?

Não respondi. Não viera para pedir conselho, mas..., afinal, por que viera? Para que me ajudasse a tornar mais leve o fardo sobre meus ombros, afugentando os demônios que me atenazavam, para me possuir antes de me aniquilar? Queria que ele, de fato, me curasse?

— E então? — insistiu o poeta. — Pretende se casar com ela? Se for o caso, seria para lançar um desafio ao passado, ou um apelo ao que subsiste ainda do futuro?

— Não sei — eu disse. — Não pensei. Nada disso tem a ver com, como dizer, meu problema. Senti a necessidade de vir vê-lo, muito antes de encontrar Ayala.

— E a finalidade inicial da visita, qual era?

Não sabia mais como responder. A finalidade pode mudar, no meio do caminho?

— Imagino que esperava, de mim, que o salvasse, não é?

— É, em certo sentido.

— Mas salvá-lo de quem, de quê, exatamente? De si mesmo? Do medo? Do medo de morrer, talvez? Ou de amar?

— Espero do senhor — disse, com um tom hesitante — que me guie ao caminho que me leva a mim mesmo.

Durante um longo momento, olhou-me, sem pronunciar uma palavra. Depois, abaixando a cabeça, com um murmúrio quase inaudível, pronunciou algo, creio que me abençoando.

Ayala? Nunca mais a vi. Deve ter se casado com o noivo.

Também não revi o poeta iídiche. Mas uma semana depois, bem cedo pela manhã, tomando meu café, bruscamente a cortina se rasgou. Seria a conseqüência do nosso encontro?

E a jovem mulher com sorriso de criança assustada que procurei a vida inteira?

Hoje, terminando minha narrativa, acho que, de fato, o fracasso foi por minha culpa, não de Thérèse: ela cumpriu honestamente o seu trabalho, mas, do meu lado, fiz tudo para criar obstáculos em seu caminho. Ela manteve seu compromisso, eu não. Não consenti que explorasse os recantos mais obscuros do meu inconsciente? No entanto, nunca lhe falei de Samek. Várias vezes me perguntou, sem nunca insistir, sobre meus meios de subsistência. Mas toda vez que parecia se surpreender com minhas generosidades ("Mas, olhe só, o senhor dispõe de somas ilimitadas. Seria um príncipe árabe, disfarçado de judeu infeliz?"), eu me esquivava, balançando os ombros.

No final, não sei mais se a doutora me ajudou ou não. As enxaquecas se obstinam a me visitar, o sono permaneceu perturbado, e os sonhos, assombrados. A noite não passa de uma interminável espera, até saborear a aurora. Minha cabeça e alma vivem em guerra. E continuo me sentindo mal em meu corpo e mal em minha vida, arrastando um desalento sombrio que se tornou uma espécie de segunda natureza.

Uma Vontade Louca de Dançar   271

A terapia foi interrompida. Não fui eu a tomar a decisão, mas ela, a doutora. Surpreso, ofendido, reclamei: eu passara a gostar das nossas sessões, mesmo que ela me enchesse os ouvidos com suas referências à libido e suas intenções estranhas, mas lógicas; ao inconsciente e seu poder misterioso, mas racional; ou mesmo que me escandalizasse, insinuando que eu via minha mãe em cada mulher, explicando, assim, minhas relações sempre ambíguas e medrosas. Sentia-me como em casa, no divã; meu olhar passeava pelo teto nu, buscando imagens da minha mais recuada infância. Queria ter continuado. Dada a minha insistência e contrariando seus hábitos, a doutora aceitou explicar:

— São múltiplas as minhas razões. Não apenas profissionais. Em primeiro lugar, há o fato inegável de eu não ajudá-lo mais, de forma alguma. É verdade, ajudando-o a se lembrar das convulsões, demos um passo importante. Mas foi o último. A história extraordinária do *dibuk* me mergulhou no alvoroço, ela me deprime. Não sou exorcista por profissão. Não acredito em superstições; são para os fanáticos ou os imbecis. Não para alguém como eu, que duvida de tudo. Ora, o senhor, Doriel... Já há algum tempo não progredimos mais. Antes, avançávamos passo a passo, com clarões bruscos, surpreendentes. Não mais. Eu o ouço e observo: continua a viver igualmente mal a sua vida. Um sofrimento inominável o corrói. Não consegue compreender o que faz aqui na Terra. E não é apenas um problema de memória — seja ela falha ou transbordante: nos dois casos, pode-se levar uma existência mais ou menos normal. Mas, nos dois casos, seria possível também falar de doença mental. Alguns fizeram a escolha para continuar a viver em sociedade. Só que, no seu caso, há também outra coisa, um elemento que incessantemente escapa e zomba de mim... O seu mal, de forma alguma patológico, também não está necessariamente ligado à memória, que inevitavelmente é seletiva, ele deriva de uma zona impenetrável que o senhor chama mística. Perseguido pelos deuses, o senhor foge dos humanos. Se Deus é o inimigo, me recuso a combater.

— Imaginei-a mais corajosa.

— Não é a coragem que falta, mas a fé não é o meu negócio. Situação deplorável. Lamento. Parei de confiar em meu juízo. Não estamos mais avançando. Suas zonas fechadas permanecem obscuras; luz alguma, calor algum as penetra.

A doutora parou, sem dúvida para pensar, antes de prosseguir um monólogo que poderia lhe fazer confessar coisas inconfessáveis:

— No início esperei, mesmo temendo, que a teoria freudiana se aplicasse também a seu caso. O senhor sabe: segundo o célebre princípio da transferência, o paciente acaba se apaixonando por seu, ou sua, terapeuta. Em determinado momento, cheguei a pensar que, para precipitar o processo, devia, quem sabe, inversamente, adotar uma atitude afetuosa, ou até amorosa, com relação ao senhor. Deus sabe que tentei de tudo, inclusive com riscos. Meu marido se deu conta antes de mim, e isso levou nosso casamento à beira do desastre. Felizmente, soubemos evitá-lo. Mas no que se refere ao senhor, reconheço o fracasso. E, por isso, é hora de nos separarmos.

Demonstrava tanta tristeza que me surpreendi a me afligir por ela, como se fosse ela quem sofresse, e não eu. O que fazer para ajudá-la? Tentar convencê-la de que, perdido em meu labirinto, precisava dela mais do que nunca, de sua escuta, de seu saber, de sua maneira de me guiar, despertando em mim a lembrança dos que amei, e, sobretudo, de seu silêncio?

A essa altura, estendeu em minha direção um envelope espesso:

— O que estou fazendo não é lá muito ortodoxo. Isto é, estou violando regras que se impõem ao analista. Resumindo, confio-lhe minhas anotações sobre o seu caso. Não me pergunte por quê, pois eu mesma não sei. Talvez devido à qualidade particular dos nossos laços. Em meu consultório, normalmente, as coisas não se passam assim. Pode ser também que me sinta em falta com o senhor; não lhe dei o apoio e a ajuda a que tinha direito. Cabe ao senhor prosseguir. Com alguma sorte, vai se curar por conta própria. Vamos, pegue essas anotações e trate de não me julgar.

Não encontrando palavras suficientemente convincentes e verdadeiras, calei-me. Contrariamente ao que estávamos acostumados, meu silêncio a desnorteou.

— Aliás — continuou, com a voz tensa —, o senhor me pagou a mais. Continuo sem saber de onde vem o dinheiro e isso me incomoda. Achei que devia devolvê-lo. Seria banqueiro? Principal acionista de alguma multinacional? Espião russo, traficante de armas, talvez?

Contive uma gargalhada:

— Tem muita imaginação, querida doutora.

— É possível. Mas aprendi a desconfiar de pessoas que têm muito dinheiro para distribuir ao redor, sobretudo se ignoro o que fizeram para ganhá-lo.

Ergui-me com um salto e me sentei à sua frente:

— De quanto tempo dispõe essa tarde?

— O senhor é o último paciente.

— Muito bem. Vou lhe contar uma história.

Pela primeira vez, desde que eu vinha às consultas, ela acendeu um cigarro.

Mais uma vez, é uma história de louco. Mas é bonita, porque faz o elogio da generosidade. E vai responder às perguntas quanto à origem de minha fortuna.

Passou-se no Brooklyn, antes da minha estada em Israel, que era ainda apenas um projeto. Eu procurava um trabalho qualquer. Precisava mesmo me ocupar e ganhar o necessário para pagar a viagem.

Tia Gittel morrera. Meu tio envelhecia e se cansava rápido. Eu não podia mais contar com sua ajuda e não tinha uma profissão. No círculo que freqüentava, os rapazes facilmente encontravam trabalho no comércio ou no campo da informática, então em pleno crescimento. Os computadores, neutros em matéria de religião, pareciam atraí-los e gostar deles — eu era uma exceção. Nada entendia daquilo e a recíproca era verdadeira. Poderia ser chofer de táxi, só que não tenho o menor senso de direção e, aliás, nunca aprendi a dirigir. Esperar um milagre? Há muito tempo deixara de acreditar nisso.

E me enganara.

Eu tinha 25 anos. Certa manhã de inverno, meu tio perguntou se eu conhecia um tal Samek Ternover, que havia telefonado diversas vezes, querendo me encontrar. O nome não me dizia nada. Ele falava em bom iídiche e tinha deixado um número de telefone, acrescentou meu tio. Por que não lhe telefonar? Bom, podia fazer isso para agradar àquele que me considerava quase como um filho.

Tinha razão o meu caro tio. Samek Ternover se exprimia em um iídiche melodioso e agradável. Queria me encontrar. O quanto antes. Era bastante urgente. Curioso, perguntei por qual motivo. "Não por telefone", respondeu. Senti uma vaga inquietação me tomar: "Por que o segredo? — Quando nos virmos, vai compreender. — Vai durar muito tempo? — É possível, depende", disse, ainda enigmático. Tudo bem, que viesse ao Brooklyn. Não, ele preferia que o encontrasse em Manhattan, no hotel em que se hospedava, na Rua 64, entre a Segunda e Terceira Avenida. "Quando? Agora? — Sim, agora. — Não podemos esperar até amanhã? — Quando nos virmos, vai compreender. — Sem problema? Vou compreender em um piscar de olhos? — Talvez, um piscar de olhos pode ser longo. Aliás, como e com que medir? O senhor sabe? Eu, não."

Meu tio me aconselhou que fosse imediatamente. De metrô, iria mais rápido. Ele tinha razão. Uma hora mais tarde, bati à porta do senhor Ternover.

Uns 60 anos de idade, grande e magro, terno de bom corte, olhar ardente e duro, atravessado por brilhos de suavidade: uma estranha impressão de expectativa misturada à resignação emanava daquele asceta ou doente que, me recebendo, manteve por muito tempo minha mão na sua, antes de me propor sentar. Ele permaneceu de pé.

— Espero esse encontro há muito tempo — disse.

Eu ia perguntar por quê, mas ele tomou a dianteira:

— Procurei-o durante anos, sabia?

Hesitei em responder que não, não sabia que me procurava, aliás, nem sabia que interessasse suficientemente a alguém para que me procurasse, mas algo em seu comportamento me fez compreender que era melhor me calar. Seu rosto tornou-se sombrio:

— Sabe que, além de mim, é o último homem, ainda em vida, de um mundo desaparecido?

Meu cérebro fervilhou. Quem seria? O que esperava de mim? Em que lhe seria útil? Quem seria eu para ele? Por que não se sentava para falar comigo?

— Em outra época — retomou Samek Ternover — tive uma família grande. Um irmão, quatro irmãs, tios, tias, inúmeros primos e primas. Não tenho mais ninguém. Quase todos os meus desapareceram na tempestade de fogo e de cinzas. A maior parte nem sequer teve uma sepultura.

— Conheço a história — eu disse.

— Sei disso.

Perguntar-lhe como sabia?

— Apenas meu irmão teve direito a um funeral dentro dos ritos judaicos.

— Como meus pais.

— Isso eu também sei. Ficará surpreso, mas sei muito sobre o senhor. Sei que é só, como eu. Mas a sua solidão é diferente. O senhor tem um tio, primos de primeiro grau, amigos próximos, enquanto eu não tenho mais ninguém.

Ele se interrompeu, deu alguns passos, parou para contemplar uma foto pendurada na parede representando uma paisagem urbana, depois voltou a olhar para mim:

— Não me resta mais ninguém daquele passado, exceto você.

A mudança para o "você" me surpreendeu:

— Eu?

— Exatamente, você.

Ele voltou a percorrer a sala, da mesa até a porta, da porta ao quarto de dormir e acabou voltando para se sentar à minha frente. Começou, então, a me falar do passado. Eu o ouvia, mas, apesar de me esforçar, não conseguia compreender por que me escolhera como interlocutor. Para que guardasse seu testemunho? Respondesse às perguntas que daí decorressem? Não estava qualificado para tal papel. Mas, e então? Então, me contentei em ouvi-lo.

Sofrimento, fome, doenças, medo, agonia: eram os temas dos capítulos. Os "trotes". As proibições. Os decretos. O abandono do lar, o despedaçamento das famílias. O gueto superpovoado. A fadiga, a incerteza, a separação à força, as lágrimas de impotência. As primeiras vítimas, as covas comuns. Os primeiros comboios noturnos para o Leste, atravessando paisagens adormecidas. Para não ver a vergonha que esmagava a Sua Criação, Deus devia, sem dúvida, esconder o rosto.

— Meu pai, o mais lúcido entre nós, evocou o exemplo do patriarca Jacó e decidiu separar a família em duas partes. Meu

Uma Vontade Louca de Dançar 🕊 277

irmão se engajou em um movimento clandestino de resistentes judeus. Minhas irmãs mais velhas e eu devíamos nos juntar a ele, algumas semanas depois. Mas já seria tarde demais. Os alemães invadiram o gueto e nos escorraçaram para a estação ferroviária de mercadorias, onde vagões para o transporte de gado nos esperavam.

Dizer-lhe que eu sabia? Estava comovido demais para me livrar do peso que me esmagava o peito. Desde quando eu estava ali? Apenas desde meio-dia? Ele, porém, continuava a narrativa. Noites de pesadelo, cenas tiradas do inferno. Como se os carrascos tivessem nascido para matar, e as vítimas, para morrer sob os seus golpes. Ah, que tempo, que tempo! Naquela época, sob o signo das maldições, sob o reinado do mal absoluto, era humano ser desumano.

Uma hora transcorreu, lenta e com o peso do vazio das almas mortas. Samek Ternover não se interrompia:

— Meu irmão passou a guerra na clandestinidade, e eu em diferentes campos. Após a libertação da Polônia, ele se lançou na política, e eu nos negócios. No entanto, nos mantivemos unidos. Ele perdeu o que tinha e eu ganhei muito. Cedi-lhe então a metade dos meus bens. Mas os deuses são ciumentos. No momento em que ia deixar o país, meu irmão caiu gravemente enfermo. A mim, o casamento não atraía. Levava uma existência alegre, sem deveres nem vínculos. Não tinha contas a prestar a ninguém. O que eu buscava? A felicidade cotidiana, imediata. Dizia para mim mesmo: a humanidade não merece que eu lhe dê filhos. Não tenho confiança nela. Que tudo desapareça comigo, não me importo. Havia escolhido a minha solidão, inteira, ilimitada, feita de raiva e de protesto contra a do Senhor, bendito fosse Ele.

Se achou que a blasfêmia me chocaria, só podia ter se decepcionado. Pelo contrário, me senti mais próximo: como ele, às vezes duvidava da justiça do céu, tanto quanto de sua bondade. Mas continuava não compreendendo por que quisera tanto me encontrar.

Enquanto monologava, não pude deixar de me perguntar: o que eu tinha a ver com tudo aquilo? Mas o ouvia, e com uma intensidade dolorosa, quando voltou à experiência nos campos.

— Não vou lhe dizer o que passei e vivi por lá. O ser se torna irreconhecível, despojado de tudo, para além de tudo. Para nós, a cidade se estreitava e se transformava em rua, a rua, em prédio, o prédio, em quarto, o quarto, em vagão de transportar gado; a fortuna se reduzia a uma trouxa, a trouxa a uma vasilha, e a felicidade a uma infeliz e única batata. E aquele homem de destino incomensurável não passava mais de um simples número, e o número se transformava em cinzas. Resumindo, direi apenas o que aprendi. Aprendi que se pode viver com os mortos e, ainda mais adiante: pode-se viver na morte. Você, tão moço, é capaz de compreender isso?

Não respondi — o que se pode dizer a um homem que carrega em si um tal somatório de dores e de tormentos? Quais palavras empregar para consolá-lo, para transformar suas palavras nuas e geladas em linguagem fecunda e calorosa?

— É verdade — arrisquei —, é verdade que sou jovem. Mas a idade não tem nada a ver. Mesmo que fosse centenário, não compreenderia. Recusaria compreender. No entanto, gostaria de continuar ouvindo.

Evocou um episódio, descrito por ele como um dos mais opressivos de sua vida. De volta dos campos, sem saber ainda se o irmão estava vivo, voltou para casa. No caminho, parou em Bendin, pequena cidade em que havia morado com os pais. Estranhos ocupavam a casa. Com raiva, impediram-lhe que entrasse, gritando: "Ainda está vivo, judeu? Se quer continuar assim, vá para longe daqui." Na polícia, informaram-lhe que não havia mais judeus na cidade: a maioria tinha sido aniquilada. Quanto aos raros sobreviventes, tinham preferido morar na capital, em Lodz, na Cracóvia

Uma Vontade Louca de Dançar ⬥ 279

ou em Lublin. Aconselharam que fosse embora também: para que se obstinar a viver em lugar tão hostil? Que se mudasse para Varsóvia. E foi o que fez. Pouco tempo depois, soube que o irmão estava vivo. E que tinha se tornado um personagem importante no novo sistema. Reencontro comovente. Mas avancemos. Samek estava doido para voltar atrás e de novo procurar as repugnantes pessoas que ocupavam sua antiga casa.

— Pedi a meu irmão que me acompanhasse e tivemos direito a uma acolhida bem diferente. O chefe de polícia em pessoa se tornou nosso protetor e guia. Chegando à casa, eu me perguntava como seus ocupantes se comportariam daquela vez. Qual foi a grande surpresa? A casa estava vazia. "Mas onde estão os 'locatários'?", perguntei. "Punidos, expulsos", respondeu o chefe de polícia. O que ele esqueceu de acrescentar foi que o castigo teve curta duração. Um dia depois de partirmos, voltaram os novos proprietários da casa dos meus pais.

Samek respirou profundamente, como se tivesse um cigarro nos lábios. As mãos tremiam.

— Deve-se, ao mesmo tempo, ser audacioso e humilde — retomou, de cabeça baixa. — Deve-se ser capaz de contar as coisas mais horríveis, com as palavras mais simples, com voz inalterada, despida de qualquer emoção. Há histórias que merecem mais do que a emoção imediata que suscitam. Esse sentimento nos ajuda apenas a acalmar a consciência, a nos auto-absolver e nos persuadir de que não somos tão maus assim, nem tão condenáveis, uma vez que, essa é a prova, sofremos com as vítimas.

Em Bendin, Samek descobriu o último judeu da cidade. Como conseguira escapar das investidas, dos massacres, antes de ser denunciado — por quem? — aos alemães, que o deportaram para Auschwitz? Ninguém sabia. Somente ele poderia responder. Mas estava fora de alcance, em um hospital. Sofria de afasia.

— Simbólico, não acha? — observou Samek. — O único ser no mundo a poder dar testemunho sobre tantas mortes era afásico. Muito simples, as palavras, nele, não saíam. Como se até mesmo Deus temesse seu depoimento.

— O que espera de mim? — perguntei. — Por que estou aqui?

— Paciência, meu jovem — disse, ligeiramente irritado. — Acha, realmente, que o escolhi? Não tenho nada com isso: a vida é que decide, talvez seguindo uma lógica cujo sentido só captamos muito mais tarde... Mas, por agora, continuemos ainda, se não tiver nada contra, com aquele último sobrevivente da minha cidade. Sabe por que e como ele perdeu o uso da palavra? Quando voltou dos campos, decidiu percorrer o mundo para dizer o indizível e tirá-lo do torpor e de uma certa indiferença que o poderia levar ao próprio aniquilamento. Ele falou, falou em todo lugar, até o esgotamento. "Procuram o gozo? Pensem em sua futilidade. Sonham com riqueza? Um naco de pão, *lá*, tinha mais peso do que mil pérolas. As honrarias os excitam? No lugar de onde vim, valiam menos do que poeira." De início, as pessoas escutavam em prantos, ou simplesmente se calavam. Depois, passaram a evitá-lo. Como não desistia, procuraram humilhá-lo. Mas ele prosseguiu, apesar de tudo, com a missão. Indivíduos moralmente doentes, então, começaram a acusá-lo de mentir. Interrompiam-no aos gritos: "Você nem mesmo foi deportado, inventa sofrimentos pelos quais não passou, e isso para suscitar piedade; para ganhar uns trocados." Ele ouviu calúnias assim, inclusive em uma escola, onde fora falar a um público infantil. Foi onde desmaiou. Transportaram-no ao hospital. A partir dali, não pronunciou mais palavra alguma.

Samek Ternover me fixou com o olhar, como se verificasse se eu compreendia. Sim, eu o compreendia. Tinha lido suficientes depoimentos para saber que a tragédia do sobrevivente não acaba no fim da sua provação. Como a mulher ultrajada permanece assim pelo resto da vida, um homem torturado fica marcado para sempre. Mas eu continuava sem compreender por que me encontrava ali, à sua frente.

Samek se pôs de pé, voltou a andar pelo quarto, tomou um copo d'água para clarear a voz e observou:

— Como pode ver, eu também sou doente.

Em seguida, voltou à história. Ao contrário do irmão, ele se deixara ludibriar pelos alemães e vivera no gueto com os pais, até ser levado embora com eles: só os deixou diante da rampa de Birkenau. Eu passara a ouvi-lo como a um fantasma, e me perguntava se não seria, ele próprio, o sobrevivente mudo e infeliz de quem tinha contado o destino, e que se teria, afinal, curado.

— Meu velho pai, minha mãe, três tios e duas tias morreram naquela noite — disse, sem mudar a voz, mantida monótona, impessoal. — Quanto a mim, tive sorte. Passei pela "seleção" e me declararam apto para trabalhos penosos, estafantes, inumanos, dos quais pouco se fala. Às vezes pensava: obrigado, Deus, por meus pais não verem que vida o filho deles é obrigado a levar. Na verdade, não era mais uma vida. O frio e a fome, o medo e as agressões, os urros dos *kapos* e o uivo dos cães venceram: doente na Libertação, eu era um morto-vivo. E continuo sendo... Não se vê, mas não resta muito tempo mais para pôr fim a essa história. Pois ela permanece inacabada. E é onde você intervém.

— Eu? Eu não sou médico!

— Sei disso. Já disse: sei tudo de você, de onde vem e o que fez da vida...

Pedir detalhes, precisões?

— ... Mas, por agora, quero terminar de falar da minha. Ela me trouxe muito. Consideração, respeito, autoridade: tudo se tornou permitido, pois podia comprar tudo. Sim, fiquei rico. Multimilionário. Graças ao mercado negro, primeiramente, e depois porque aprendi a jogar na Bolsa. Tinha o dom para a especulação. Eu que cuidei de meu irmão doente. Paguei tudo: os melhores médicos, as enfermeiras mais dedicadas, as vilegiaturas mais caras. Por causa dele permaneci anos na Polônia. Na verdade, me propunha levá-lo para a França, Israel ou Flórida, mas ele sempre recusou. Por razões próprias, quis permanecer perto da cidade natal. É lá que está enterrado. Antes de morrer, contou-me a "sua" guerra. Eu só conhecia o que havia lido em jornais oficiais ou oficiosos. Os feitos valorosos, os combates políticos e a volta às origens: sim, no final, ele passou a se interessar pela cultura judaica e até pela tradição judaica. Mergulhava em textos sagrados, pediu que se recitasse o *Kaddish* em seu túmulo e durante o ano de luto. Contratei, para isso, os préstimos de uma *yeshiva* de Jerusalém. Mas ele me contou também a sua vida íntima. Aventuras, vínculos, flertes inocentes, triunfos do desejo seguidos de decepções amorosas. Sobretudo a última o comovera. Tinha se apaixonado por uma combatente judia da sua idade, mas que conservara uma certa juventude, muita graça, maturidade e personalidade, ao mesmo tempo que uma espécie de inocência no que dizia e na maneira de se comportar. Mas ela era casada. Veio-lhe daí um sentimento de frustração e de fracasso; ele culpava o destino. Nos últimos meses, pensava apenas naquela mulher, imaginando-a à sua cabeceira como esposa fiel e fervorosa. Após os funerais, para cumprir sua última vontade, que, no entanto, não tinha certeza de ter compreendido bem, saí à procura daquela mulher para fazê-la falar, ou para lhe falar do meu irmão. Dura e ingrata tarefa. Consultei fichários governamentais e arquivos nacionais; movi céu e terra; em vão.

Ele se calou, como se, no ponto em que tinha chegado, talvez fosse melhor não prosseguir com as revelações que fazia a um desconhecido, afinal. Aproveitei para fazer, sem dissimular meu nervosismo, minha perguntinha pessoal: o que esperava de mim? Por que eu estava ali? Bruscamente, sua respiração se precipitou, o rosto enrubesceu:

— Perdoe-me; conheço esse tipo de mal-estar. É porque preciso descansar. Deixemos a continuação para a próxima vez. Se não se incomodar, continuamos amanhã. À mesma hora.

Ele desapareceu no quarto de dormir. Eu, por minha vez, voltei para casa, com o coração pesado de presságios.

Meu tio, a quem contei o encontro, mostrou-se tão confuso, tão perplexo quanto eu. Quis que lhe repetisse a conversa em seus mínimos detalhes. Samek Ternover falava iídiche com um sotaque, mas qual: galiciano, lituano, romeno? Eu não sabia. Usava óculos de leitura? Não lera documento algum em minha presença. Parecia ter outras preocupações além daquelas da saúde? Aliás, ele se dizia doente, mas doente de quê? Havia mantido, quanto a isso, um silêncio absoluto. Meu tio e eu conversamos até tarde da noite. Ele se interrogava se o estranho sujeito não seria um escroque (não), um criador de confusões (também não), um aventureiro interna-cional (talvez), em busca de aliados ou de cúmplices ingênuos (não, afinal de contas)... Eu próprio, mesmo descartando todas essas hipóteses, reconheci não enxergar outras. Tudo que conseguia pensar era que Samek Ternover devia possuir uma imaginação mais fértil do que a minha.

— Então — exclamou meu tio exaltado —, já que não é no mal que devemos procurá-lo, por que não experimentar o bem? E se Samek — Shmuel, então — Ternover for o profeta Elias, protetor dos órfãos, enviado por Deus para ajudá-lo a se estabelecer na vida e fundar um lar, dentro da lei de Moisés e de Israel?

Percebendo minha incredulidade, tomou outro caminho:

— Pode ser, também, que tenhamos pela frente um daqueles 36 Justos escondidos, graças aos quais o universo ainda subsiste.

Teria procurado encontrá-lo por ter percebido em você uma alma mística, capaz de ajudar na reviravolta da ordem das coisas? Mas nesse caso, que me perdoe o Senhor, bendito seja o Seu nome, isso significa que entramos na era pré-messiânica...

Para acalmá-lo, disse que não se preocupasse; na manhã do dia seguinte voltaria a estar com Samek Ternover e teria todas as respostas — exceto, naturalmente, aquela sobre a data da Redenção última.

Na manhã seguinte, Samek me esperava diante do elevador. Como soubera da minha chegada? Com um gesto de mão, disse-me que o seguisse. Sentei-me na mesma cadeira do dia anterior. Um raio de sol se infiltrava pela janela, como a varrer as sombras, e fiquei-lhe grato. Estranhamente, sentia-me menos ameaçado. Como no dia anterior, o homem permaneceu de pé. Lívido, frágil, com os traços repuxados, cansado como após uma noite insone, escrutou-me com uma fixidez perturbadora, mas sustentei o olhar inquisidor. Com a voz rouca, acabou me perguntando:

— Você pensou?

— Em quê?

— No que está acontecendo.

— Pensei.

— E então?

— Meu tio acha que o senhor veio me pôr à prova porque é um Justo escondido, trabalhando em função do advento messiânico.

— E você, o que acha que sou?

— Não sei o que pensar. Continuo sem saber o que vim fazer neste quarto de hotel.

— E na vida? — perguntou.

— Não compreendo.

— Sabe, pelo menos, o que veio fazer na própria vida?

— O mesmo que o senhor, diriam nossos Sábios: ajudar o Criador a tornar Sua Criação mais hospitaleira e Suas criaturas mais justas, mais caridosas.

Ele me contemplou demoradamente, sem abrir a boca, depois balançou a cabeça, em sinal negativo:

— Se acredita em Deus, deveria saber que Deus se dirige de mil maneiras a cada um de nós, confiando a cada ser uma missão particular para a qual ele foi feito. Você como eu, e nós como o seu tio, e ele como cada transeunte na rua, vivemos apenas para um instante, um acontecimento, um encontro. Pessoalmente, talvez eu tenha vivido, ou melhor, sobrevivido, com a única finalidade de tê-lo à minha frente ontem, hoje e quem sabe por quanto tempo ainda.

Disse-lhe que o compreendia cada vez menos. Por que me escolhera? Para fazer o quê? Ele esboçou um sorriso desajeitado:

— Vou contar a continuação da minha história. Meu irmão teve nisso um papel ainda preponderante. Seu último, talvez.

Com a voz baixa, o olhar perdido no espaço, evocou um romance de amor vivido pelo irmão durante e depois da guerra. A coragem, o heroísmo de dois jovens judeus lutando contra a opressão, a humilhação e a morte. Guardiães da honra judaica, travaram contra os alemães uma guerra desesperada e sem dó. Para os dois, foi o período mais bonito, mais rico, mais marcante, mais cheio de sentido, enfim, o período mais vibrante das suas vidas. A Libertação os separou.

— Ninguém pode imaginar o sofrimento de meu irmão. Aquela mulher era especial, singular, única em tudo. Ontem fiz alusão a isso. Ela não era livre. Sua vida não lhe pertencia. Casada, sim, era casada. Isso não impediu que meu irmão a amasse. E como com tudo que fazia, amou-a plenamente: até seu último suspiro. No final, pediu-me que tentasse encontrá-la. Para lhe dizer adeus em seu nome.

Ele parou, como para retomar fôlego, com o rosto sucessivamente pálido, exangue e vermelho, e prosseguiu:

— Não tenho a menor idéia da razão por que isso lhe importava a tal ponto, mas meu irmão era assim. Estranho, impossível de se adivinhar. Muitas vezes, queria e fazia coisas que não se compreendiam. Mas eu tinha lhe dado a minha palavra.

— E a mulher tão especial, encontrou-a?

— Procurei-a durante anos e, quando descobri seu rasto, já era tarde demais. Mas consegui descobrir seu filho. Ele vai ser rico. Isso mesmo, não terá mais preocupações com dinheiro. Vai poder tudo se permitir. Eu o disse ontem: como meu irmão, estou doente. Resta-me pouco tempo pela frente. O filho daquela mulher que meu irmão tanto amou será nosso herdeiro.

— E a mãe?

Seu olhar ficou sombrio:

— Ela morreu alguns meses após ter visto meu irmão pela última vez.

E em seguida a um novo silêncio:

— Na França. Léah morreu na França.

Um golpe no estômago me deu vertigem. Fiquei tonto, resfolegante. Bruscamente inflamada, a memória me imobilizou e me fez recuar. Devia ter adivinhado. Com um suspiro, murmurei:

— Léah... Léah... como minha mãe.

Samek Ternover respirou profundamente e sussurrou:

— Era sua mãe.

Fechei os olhos e me rèvi criança, longe. Tudo doía, a cabeça explodia. O coração batia como querendo estourar. Pensei: agora compreendo tudo.

— Seu irmão — disse lentamente, tentando não trair minha emoção —, eu me lembro. Eu o vi.

Samek Ternover sorriu.

— Eu sei. Léah foi o seu grande amor.

— Acho que percebi.

De repente, compreendi o que fazia naquele quarto. No entanto, esperei um momento, para acrescentar:

— Mas minha mãe não o amava, não de verdade.

— Isso também eu sei. Ela só amava você.

— Não. Não somente eu. Amava meu pai.

Por que me sentia transtornado? Por que meus olhos se encheram de lágrimas? Samek sorriu, mas o sorriso mudara: estava nas rugas, no tremor que as percorria. Com a voz suave e melancólica, começou a falar de Romek, o irmão. Como vivera os últimos anos da vida. Sua doença, o medo de cair, sem saber, de um dia para o outro, na decadência física e mental, enfim, de se tornar um inválido, um "legume". Sua tristeza de não ter descendentes. De desaparecer sem deixar traços:

— Sabe em quem pensou antes de... partir?

— Como quer que eu saiba?

— Em você. Foi o seu nome que ele pronunciou. Designou-o como herdeiro. Em princípio, eu é que devia ser. Ele disse. Mas acrescentou que não seria o único.

Como permaneci mudo, ele me fixou com o olhar assombrado e murmurou:

— Você, sim. Como eu, você figura em seu testamento. E como não tenho ninguém e meus dias estão contados, será nosso único herdeiro.

Soltou um risinho rouco, em que se misturavam lamentação, remorso e humor:

— Sabe o que isso significa? Significa, simplesmente, que sua vida mudou. Está rico. Você pode realizar todas as fantasias. Tem a liberdade para pôr em prática, à sua maneira, todos os sonhos. Momento grandioso, não é verdade? Confesse que é miraculoso.

Para viver isso é que o procurei tanto tempo. Não vai nos esquecer, não é? Não vai esquecer o que nos deve, promete?

— Não compreendo nada nisso tudo — respondi, ruborizando.

Uma estranha sensação de culpa me invadiu e eu me perguntava por quê. Seria por me lembrar dos meus pais mortos? Ou de Romek, também morto? Ou por causa de minha riqueza tão recente e injustamente conseguida?

A cabeça girava, girava. Revi-me no enterro dos meus pais, cercado de homens enraivecidos, mulheres imóveis e mudas de tristeza. Todos tinham aparência ameaçadora. Sempre fui inquieto, mas, estranhamente, ignorava por que e desde quando. O que Samek vinha fazer ali? Não era ele que me vigiava, era o irmão. Revi-o com minha mãe. Sentiam-se próximos, com certeza. E ele a amava, mas somente naquele momento, graças àquele mensageiro do destino, isso se tornou uma evidência. E minha mãe, ela o teria amado também? Não o tempo todo, nem mesmo uma semana, mas uma noite, uma hora? Minha cabeça não girava mais, paralisou-se e explodiria a qualquer instante.

Capítulo 20

Naquela manhã, perambulava pela Madison Avenue coberta de neve e parei diante da minha confeitaria habitual, atraído pelo sabor particular de seus doces. Há algumas semanas eu vinha ali, quase todos os dias. Para passar o tempo, como um jogo, talvez. Encontrava, em todo caso, um calor que me fazia bem. Seguindo um rito idiota, herdado de minhas sessões com Thérèse Goldschmidt, assim que entrava, dava livre curso à minha língua e pedia o que me passava pela cabeça: um pedaço do céu, uma canção alegre da moda, uma pena branca e papel azul, uma pomba multicor, qualquer coisa. Naquele dia, tinha vontade de um chocolate quente e um croissant; pedi uma camisa e uma gravata. A jovem que servia já não se mostrava mais surpresa. Sabia o que fazer. Contemplou-me por um instante, como para ver se eu voltava a ficar normal e sério. Depois, sem o menor sinal de confusão, aceitou me atender, em um minutinho, me disse, com um tom estritamente profissional, sorrindo. Naquela manhã, porém, um acontecimento totalmente inesperado se deu. Se o destino tivesse resolvido me revelar o mais oculto dos rostos invioláveis, maior não seria minha surpresa. Pois, como se possuísse poderes ocultos, inclusive o de ler meus pensamentos, ela trouxe uma xícara de chocolate quente e um croissant, dizendo, com um ar sério:

— Sinto muito, não tenho mais camisa e nem gravata. Mas posso propor luvas negras, o senhor verá, são bonitas e lhe cairão muito bem.

Pasmo, peguei a bandeja que me oferecia e permaneci imóvel diante dela.

— São oito dólares — disse, com uma ponta de diversão na voz e ainda me olhando diretamente nos olhos. — Lá no fundo, à esquerda, uma mesa vazia o espera.

Se pretendia me infligir uma lição de humildade, de sabedoria e de bom humor, ela conseguira perfeitamente. Perguntar se conhecia minha língua e lógica próprias, aquelas da minha doença? E se fosse louca, estou dizendo louca, não desajustada nem perturbada, mas louca em sua cabeça, mais ou menos como eu? Dois loucos, vindos de galáxias ou de horizontes longínquos, podem ter a mesma visão, possuir a mesma chave, o mesmo código para abrir um cofre em que guardam, como tesouros, palavras esvaziadas de seus sentidos habituais, às quais dão um novo, o deles? Precisaria fazê-la falar mais, mas a garçonete já se encontrava longe, atendendo novos clientes. No entanto, sabia que devíamos imperativamente prosseguir aquela troca, curta demais. Era o começo de uma aventura. Não imaginava aonde nos levaria, a quais vitórias, sobre quais inimigos, e era melhor assim. Aquilo provava que eu vivia um momento de incerteza e de dúvida, que nada tinha a ver com as crises em que tudo permanece claro, rigoroso e inevitável. Como em um sonho que ainda não fosse meu, vi-me deixando a mesa, aproximando-me do balcão e dizendo à moça, com uma voz que os clientes podiam ouvir:

— Eu a esperei. É preciso que venha comigo.

— Mas...

— ... Mas, o quê?

— Meu trabalho...

— ... O que lhe pagarem aqui, ofereço o dobro. Ou o triplo, se preferir.

— E se eu for despedida?

— Minha proposta cobre todas as eventualidades, todas as situações.

— Se lhe seguir, será para ir aonde? Para fazer o quê? Para se vingar? Para humilhar alguém? Para ser feliz com a desgraça de outra pessoa?

Boas perguntas, pensei. Razoáveis, pertinentes. Era preciso ser idiota para rejeitá-las, e poeta para responder. Mas os loucos, às vezes, não são, à sua maneira, poetas que se ignoram? Onde teria lido ou ouvido os versos improvisados que meus lábios pronunciariam? Espantadíssimo, meu "público" não reagiria, como era de se esperar, com uma ruidosa gargalhada? Azar, arrisquei tudo.

— Tudo que desejo é estar com você — disse com um tom encantatório. — Sim, jovem dama, juntos nos livraremos do lastro das lembranças que não nos pertencem ainda. Juntos buscaremos a embriaguez; aquela das auroras de ouro e aquela das trevas em luto.

Bruscamente, ela parou de participar do jogo. A vida voltou ao normal. A garçonete não encarnava mais os meus sonhos de romper com a rotina: tinha, de novo, os pés no chão. Retomou a aparência séria, cética, quase preocupada. E seus lábios pronunciaram as palavras que só podiam me decepcionar:

— Mas, quem é o senhor, cavalheiro? De que mundo estranho saiu? E quem acha que sou?

Ela me tomou por um mentiroso. Tirei do bolso um amontoado de dinheiro:

— É tudo seu.

Olhou para mim, com os olhos arregalados, as mãos nos quadris: eu não parecia um banqueiro, nem um homem de negócios de Wall Street. Eu a intrigava, era evidente. Assustava. Ela cochichou:

— Um escroque, seria um escroque de luxo? Um aventureiro? Um bandido romântico que gosta do dinheiro dos outros?

Já que adivinhava, como eu estava persuadido, o que se passava em minha cabeça e em meu coração, respondi que devia saber que eu não era um malfeitor.

— Mas, então, quem é o senhor?

Respondi tratar-se de uma longa história. Eu a contaria mais tarde. Mas ela devia, primeiro, vir comigo. Como hesitava, virei-me para os clientes daquela bendita confeitaria. Hipnotizados, observavam a cena, rindo ou irritados. Pedi que me ajudassem a convencer minha eleita da boa-fé do que propunha. Um senhor idoso, com chapéu de feltro negro e casaco com gola de peles, exclamou, aplaudindo: "É uma bela história de amor!" E uma senhora respeitável, mas exuberante, aprovou: "Um velho e uma jovem! E eu que pensei que só acontecia em filmes!" Outro cliente apressou-a: "Rápido, senhorita! Não ligue para a idade dele! Poderia ser seu avô, e daí?" E um outro, ainda: "O príncipe encantado está chamando, não o faça esperar!"

Então, com um movimento brusco, ela alcançou o seu casaco, veio em minha direção, segurou o meu braço e disse:

— Como pode ver: estou indo. Sacrifico tudo, mas não vá me decepcionar, está bem? Seria bem chato, e bobo, ainda por cima!

— Tenha confiança — eu disse.

— Ah, quanto a isso, pode deixar. O que não sabe é que já vivi história semelhante...

— Tenha confiança — disse a ela.

Tomando-lhe o braço, abri a porta e mergulhamos em uma vida que não nos esperava, mas da qual, não tinha dúvida, queríamos muito enfrentar as incertezas.

— Ouça-me sem interromper — ela disse, ecoando palavras já ouvidas em outras circunstâncias. — Vou falar de mim por 10 minutos; depois será sua vez de falar de si. Dez minutos, combinado? Posso dizer o que quiser, o senhor também. Mentiras ou verdades, dá no mesmo. Em seguida, decidiremos se vale a pena continuar. Está claro?

Sentamo-nos em um café da vizinhança, diante de chocolates quentes. Como acertado, evocou o passado. Era judia leiga ou agnóstica, não sabia muito bem. Sefardita, nascida em Jerusalém, cidadã americana. Idade: 36 anos. Diplomada em Ciências Humanas. Estudos ora medíocres, ora brilhantes, dependendo do seu humor. Abandonou tudo após uma relação infeliz com um professor de Filosofia. Nunca se casou. Vários empregos, vários fracassos. Filha única de sobreviventes, o que deveria explicar tudo. Tudo? Uma palavra assim imensa pode nada dizer, ou muito pouco. Leve, sem espessura, como todas as demais. Talvez recobrisse seus impulsos, seus caprichos irracionais, sua curiosidade por tudo que saía do comum, sua recusa das normas impostas por uma sociedade hipócrita, à deriva e condenada à extinção, por tanto medo de se entediar.

— Mas não falou da história...

— Qual história?

— Que lhe aconteceu... Que se parece com a nossa...

— Ah, é verdade, isso...

Um dia, em um hotel de luxo, ela fora visitar uma amiga americana de passagem por Paris. Enganou-se de andar e bateu na porta errada. Um desconhecido abriu-a. Sem graça, confusa, murmurou: "Desculpe, eu me enganei..." Ele sorriu: "De forma alguma, não diga isso. Já que está aqui, entre." Como hesitava, ele continuou: "Prometo que nada de mal vai lhe acontecer."

— Ingênua como sou, adorando o imprevisto, aceitei. Ele, aliás, não parecia perigoso. Pediu que me sentasse, o que fiz. O quarto estava arrumado, com a cama coberta. Muitos livros e manuscritos se empilhavam na mesa. À guisa de explicação, informou que era romancista... Fiquei com ele três meses... Três meses de viagens ensolaradas, aventuras noturnas, descobertas, aprendizagem... Certa manhã, enquanto eu dormia, ele desapareceu, sem deixar uma palavra de despedida...

—Tenha confiança...

Uma vez mais, era tudo que eu encontrava para lhe dizer.

Chegou a minha vez de falar e me contentei em contar uma história do grande rabi Nahman de Bratzlav:

Um dia, o rei leu nas estrelas que a colheita de cereais seguinte viria com uma maldição: quem dela comesse ficaria louco. Convocou seu melhor amigo e disse: marquemos, você e eu, nossas testas com um sinal. Quando, como toda a população do reino, perdermos o juízo, ambos saberemos que estamos loucos.

— Ou seja? — ela perguntou.

Inclinei-me em sua direção:

— Não compreendo.

— Falei-lhe de mim e o senhor me cita uma parábola — respondeu, sem zanga, mas intrigada.

Citei, então, uma frase de um outro grande Mestre, rabi Israël de Rizshin: o dia virá em que a parábola e seu sentido nada mais terão em comum.

— É a minha vez de não compreender: de maneira clara, tudo isso quer dizer o quê?

Uma Vontade Louca de Dançar 295

— Façamos como aqueles dois grandes Mestres, aceita? Neste mundo demente e condenado, em que todos os seres vivos parecem fugir de um passado que, cedo ou tarde, se tornará o futuro, sozinhos, estaremos juntos, irremediavelmente sós, mas saberemos.

— Saberemos o quê?

— Que estamos loucos.

Esperei vê-la sorrir, daria tudo por um sorriso seu, mas ela se manteve fechada ao meu humor. Grave, desconfiada, contemplou-me como se eu acabasse de chegar do planeta Marte:

— Realmente, senhor contador de histórias, acho-o bem estranho. Não sei o seu nome e não perguntou o meu. Somos dois desconhecidos que o acaso, generoso ou maléfico, achou ser útil colocar frente a frente, em uma confeitaria em que outros desconhecidos vêm se alimentar e, indiretamente, me alimentar. Cedendo a um dos seus caprichos, deixei-o me arrancar dos meus clientes, do meu local de trabalho, do meu ambiente, da minha vizinhança, dos meus hábitos. Sem explicação e, talvez, sem motivo. Bem, outros antes do senhor já o fizeram e fazem-no ainda a outras mulheres jovens. Mas prometem-lhes uma semana de prazer à beira-mar, uma jóia de bom valor, quantidade de recordações exóticas, encontros com personalidades célebres, e também algum amor e até felicidade. Mas o senhor, se entendi direito, seu presente seria a loucura, é isso?

— Digamos que a tal pergunta respondo com uma só palavra: sim.

— Mas... Estaria zombando de mim?

— Não. Não zombo da senhora, mas de mim mesmo.

— E está querendo se servir de mim para rir melhor de si mesmo?

— Nisso está errada. Não me sirvo de ninguém.

Ela, de repente, pareceu se assustar:

— Senhor desconhecido, esqueçamos os gracejos, está bem? Diga-me, antes, a verdade: o que fazemos aqui?

Debrucei-me, aproximando-me ainda mais, como se quisesse que minha cabeça encostasse na sua, que minha vida encontrasse a sua vida ou, pelo menos, que ela sorrisse. Tolamente, pensei no mesmo instante que, se não o conseguisse, minha vida inteira estaria estragada:

— Quer, então, saber o que fazemos aqui. Poderia responder, simplesmente, que os dois tentamos transformar um encontro aparentemente fortuito em uma história que pode perfeitamente, com alguma sorte, se estabelecer sob o signo do destino, que tem mais imaginação do que nós.

A jovem confeiteira sabia ouvir muito bem. Em silêncio, parecia recolher minhas palavras, antes de decidir se encontraria logo um lugar para elas no livro da sua vida. Depois, se sacudiu:

— Chamam-me Liatt — disse.

Meu coração deu um salto: não havia dito "chamo-me", mas "chamam-me". Nunca conhecera qualquer mulher com aquele nome. É uma palavra hebraica. Significa: és minha. Repeti:

— Li-att.

Finalmente, como se parasse de resistir, seu rosto oval e belo, com traços harmoniosos, se iluminou com um sorriso.

— Poderia lhe dizer meu nome próprio, aquele que sempre usei até agora. Mas, somente para a senhora, gostaria de inventar um novo.

Ela aguardou. O sorriso pareceu se aprofundar. Reconciliava tristeza e alegria, fervor e graça, nostalgia do passado e cumprimento do instante. Febrilmente, procurei entre os nomes bíblicos, proféticos e talmúdicos, um nome especial, singular, único, que refletisse o momento que eu acabava de viver e aquele que viria.

Olhei-a intensamente, esperando encontrá-lo nela. Assim, já que me presenteara com Liatt, lhe ofereceria meu novo nome.

— E, então? — disse. — O tal nome, encontrou? Estou esperando.

Eu gostei de vê-la esperar.

— Um nome. Hebraico, como o seu. Uma sílaba: *Od*.

— Que significa o quê?

— Tem dois sentidos. *Od* com um *ayin* quer dizer: ainda. Com um *aleph*, a palavra poderia significar: obrigado, eu agradecerei.

Estaria emocionada? Ela pegou minha mão e disse:

— Ainda.

Há muito tempo não me sentia tão transtornado.

Nem tão aflito.

Isso porque uma voz em mim, tímida mas obstinada, cochichava dúvidas e avisos: o que, então, acha que está fazendo? Cuidado, velho solteirão. Está pisando em terreno desconhecido, perigoso, minado. Essa extravagância pode lhe custar caro. Está esquecendo os elementos negativos dessa equação; primeiramente, a idade. Dessa vez, é coisa séria; não se trata mais de um flerte, nem de uma relação fugaz. Com que direito decide moldar ou mudar a existência dessa mulher, abusando de sua ingenuidade, ou, simplesmente, de sua curiosidade? Você que sofre de tantos complexos, inclusive o de culpa, imagine em que está se metendo.

No entanto, outra voz cochichava: "Lembre-se das mulheres que conheceu. Elas lhe davam medo. Tem certeza de não ser sempre a mesma, que teria vivido várias vidas, até se tornar esta à sua frente?"

— O que há? — perguntou Liatt. — De repente sinto-o perturbado.

— Sempre fui. Chego a pensar que, se às vezes me deixei levar por momentos de loucura, foi para neles afogar o que me perturbava em minha vida.

Mas a voz, porém, pequenina, insistente, ousava me dar lição de moral: "Por que não lhe diz a verdade, heim? Reconheça que é velho demais, com um futuro bem limitado, que nunca pôde viver como todo mundo, estabelecido em um lar estável, com filhos cantando e netos que riem; diga-lhe que já é tarde demais para você começar uma existência a dois, com uma mulher jovem, bela e inteligente, merecendo um companheiro da sua idade; vá, diga-lhe que..."

Não, não lhe direi que... E resolvi tratá-la por "você".

— Escute, Liatt.

— Estou escutando.

— Liatt. Gosto desse nome e acho que gosto de você, que assim se chama. E se tive vontade de dizer "você", enquanto você não, é porque é muito jovem e eu, bem mais velho. Se ficarmos juntos, sei que vou receber muito de você, e você muito pouco de mim.

— E isso o assusta?

— Não, não de todo. Você é que está com medo. Engano-me?

— É verdade, estou com medo. Medo de gostar demais de minha vida nova. Ou seja: medo de amá-lo e depois precisar deixá-lo.

Naquele dia, nada fizemos além de falar. Um pouco de tudo e de nada. Das nossas origens, nossas primeiras lembranças, nossos sonhos e fracassos. Como eu, Liatt já vivera uma vida cheia e turbulenta, feita de feridas e de alegrias. Comparada à minha, porém, sua vida apenas começava. Fez-me perguntas sobre minhas leituras, e eu, sobre as suas. Sobre os meus pais, e eu, sobre os seus. Eram professores de biogenética, viviam seis meses em Israel e outros seis na Califórnia. Perguntou sobre minhas opiniões políticas e eu sobre suas distrações. Sobre meu judaísmo. Expliquei minha ligação com a tradição, a memória, a comunidade. Nossa experiência amorosa? Pobre, no que se referia a mim; rica, no referente a ela. Ela padecera disso, e eu também. Evocou várias relações na universidade, sem entrar em detalhes. Em certo momento, apaixonou-se por um

Uma Vontade Louca de Dançar · 299

guru pseudo-indiano. Seguiu-o em um *ashram*, por uma semana: foi a pior da sua vida. O inferno. E a perda das ilusões. Mas agora se sentia livre.

Saímos do café por volta de meio-dia, pensando almoçar em um restaurante. Ela estava sem fome, e eu também. Andamos sem destino pelas avenidas nevadas. Estava vestida com um casacão leve demais. Propus que comprássemos outro, mais quente. Recusa categórica: jamais seria uma mulher manteúda. Mesmo que a amasse? Sobretudo se a amasse. Mesmo estando eu longe de ser um necessitado? Mesmo que fosse o homem mais rico de Wall Street. Mesmo que lhe dissesse ter apenas ela no mundo? Quanto a isso, não respondeu de imediato. Depois, sem olhar para mim, perguntou, por sua vez:

— O senhor nunca se casou: por quê?

— Não sei, Liatt. Digamos que, antes, era cedo demais, e que agora provavelmente seja tarde.

— Deve, no entanto, ter encontrado mulheres, ter amado algumas.

— Acho que sim, que amei. Procurava a alma irmã, apesar de saber que fugiria antes de encontrá-la.

— Mas... por que tanto medo de se relacionar? Por que essas fugas?

— Minha psicoterapeuta fez as mesmas perguntas. Com ajuda dela, tentei escavar o terreno em profundidade. Você, sem dúvida, não deve conhecer analistas, é uma raça à parte. O universo deles é a alma, a sexualidade, ou os dois juntos. Segundo a terapeuta, eu tinha olhado para onde não devia, donde minhas perturbações psíquicas. Além disso, teria um agudo complexo de culpa, por ter sobrevivido a meus pais. E daí a recusa de imitá-los, quer dizer: fundando um lar, casando, tendo filhos.

— Só isso que descobriu?

— Não. Há também outra coisa. A terapeuta estava convencida de que tenho medo das relações sexuais. O que você quer?, ela é freudiana. Claramente, me deu a entender: se tivesse tido coragem para não recalcar o desejo, se tivesse escolhido uma pessoa que me agradasse o bastante, a ponto de amá-la nem que fosse apenas em pensamento, o que chamo minha loucura já teria, há muito tempo, desaparecido.

— E o que respondeu?

— Disse que, na vida, as coisas íntimas devem permanecer íntimas. Mas se você exigir...

— Não exijo nada.

Liatt parou diante de uma loja de roupas. Olhamos nossas duas silhuetas, os dois rostos no reflexo da vitrine:

— E agora? — perguntou.

— Agora, o quê?

— Não lamenta ter ficado sozinho, quero dizer: sozinho para sempre? Sem mulher, é claro, mas também, e sobretudo, sem descendência?

Rápido, ela percebera o ponto fraco, a parte vulnerável, em mim: os filhos. Antigamente, estava convencido de que não se devia tê-los. Era como dizer a Deus, ecoando o meu vizinho de quarto, na clínica: Senhor, viste do alto o aniquilamento sistemático, implacável, de um milhão e meio de crianças judias. Deixaste assim agir os assassinos. Muito bem, se estes são o Teu desejo e o Teu projeto, se preferes um mundo sem crianças judias, quem sou eu para ir contra a Tua vontade? Vê, retiro-me na ponta dos pés e Te digo: os meus filhos, o inimigo não matará. Não os matará porque não haverão de nascer. Para mim, então, permanecer só foi conseqüência de uma decisão maduramente pensada. Foi minha maneira de protestar contra a crueldade dos homens e o silêncio do seu criador. E aconteceu daquela jovem mulher, bonita e grave, tudo

Uma Vontade Louca de Dançar   301

repor em questão. Estaria querendo se casar comigo? Seria esse o sentido da sua curiosidade quanto à minha posição de velho solteirão? Fiz-lhe a pergunta. Respondeu com uma só palavra:

— Possível.

— E a diferença de idade, Liatt, o que fazer? O corpo tem seus direitos e exigências. O irresistível apelo da vida e para a vida; também o corpo está submetido à natureza. E a natureza quer que a mulher jovem se junte a um homem jovem. A mulher jovem se casar com um homem velho é antinatural. Pois o corpo não dá a mínima para o sentimento amoroso.

— Respondo com uma máxima simplista, reconheço, lida em algum romance de estação de trem — disse, com um tom entre o divertido e o sério: — o amor não leva em consideração a idade.

— Mas o corpo, sim, Liatt, o corpo leva em consideração!

— Pois muito bem, ele está errado.

Seria, ainda, um efeito da minha loucura? Tomei uma decisão rápida: me casaria com Liatt. Era minha. Liatt pertence a Od. Era preciso que isso estivesse escrito no Livro Celeste em que a Criação inscreve seus juízos e decretos que hão de marcar para sempre todos os indivíduos e todos os povos. Tinha certeza de que, na página 1.031 desse início de século, estaria consignado que Od e Liatt uniriam suas vidas e seus destinos.

Sem que fosse de propósito, chegamos diante do prédio em que eu morava. Devia convidá-la a subir comigo? Talvez entendesse mal. Mandá-la embora? Estava fora de cogitação.

— Escute, Liatt. Faço uma proposta: acompanhe-me até em casa e ficamos juntos algum tempo. Para pensar em tudo que acaba de nos acontecer. Depois, cada um de nós decidirá o que quer fazer.

Seria por medo de decepcioná-la? Passamos a noite, não no meu quarto, mas na sala. As horas passaram. À vontade, conversamos à toa e ouvimos música, tomando café. Liatt inspecionou a cozinha, os armários, consultou os livros, admirou os quadros.

Várias vezes, tive vontade de me aproximar dela, mas a tal voz interior, ainda a mesma, impedia: "Não faça isso, idiota. Ela o agrada, e daí? Acha que também agrada? Pode ser, mas para ficar conversando, nada mais. Não vá esquecer tudo que os separa." Deixei-a falar, sem responder. Pretendia se expressar em nome da razão, mas, pensei, era a voz da loucura. Já não era tempo de me livrar disso? Mas ela continuava: "Os dois talvez achem ter a eternidade pela frente, mas, pobre coitado, o que vai fazer quando estiver deveras preso e ela se sentir tentada, por sua vez, por outros homens, todos mais vigorosos do que você?"

Mais uma vez, consegui deixar aquela voz de lado, com seus conselhos; acabaria se cansando e me deixando, então, em paz e livre para viver minha vida, ou o que dela restava, como bem entendesse: ninguém tinha o direito de me privar da felicidade que antevia, com a mulher escolhida.

Entretanto, foi Liatt quem fez vacilar minha vontade. Deixando a xícara de café sobre a mesa, voltou-se para mim:

— Acho que deveria ouvir o que tenho a dizer, antes de tomarmos uma decisão que pode nos ligar um ao outro.

— Estou ouvindo.

— Quero que compreenda meu comportamento. Ficou surpreso? A mim, tudo isso espantou. Já mudei de vida uma vez, para seguir um desconhecido, e o deixei me enfiar em uma aventura que poderia ter acabado comigo. Foi um erro e consegui escapar. Mas prometi a mim mesma que isso não aconteceria mais. Nunca mais.

Franqueza, sinceridade, honestidade, senso moral: ela empregou todas essas palavras para explicar por que "aquilo", entre nós, nem com a melhor boa vontade do mundo, tinha qualquer possibilidade de dar certo. Não a interrompi. Falou de sua personalidade volúvel,

Uma Vontade Louca de Dançar 🕊 303

do temperamento vulcânico, das mudanças de humor. Era evidente que tentava me desanimar. Mas o que, de repente, a fizera mudar de atitude? Todas aquelas horas de cumplicidade, de ternura, de afeto quase amoroso: para onde teriam ido? E aqueles sinais de consentimento, de encorajamento, aqueles cuidados e promessas: tinham voado para longe? Nesse ponto, como sempre, era a mim mesmo que eu questionava: teria, talvez, dito ou feito algo que provocara aquele recuo, ou mesmo reviravolta de Liatt, ou, pelo menos, aquelas hesitações que, instantes antes, eu não imaginava.

— Além disso — continuou —, preciso confessar outra coisa, talvez mais grave. Devo-lhe a verdade. Se aceitei entrar em seu jogo, foi por o senhor ter aparecido em um momento oportuno na minha vida. Devo ir mais adiante?

— Claro, continue. Estou ouvindo.

— É uma história banal. Mais uma. Pois, como pode ver, recomecei. Acabo de passar por uma ruptura difícil, desmoralizante. Um homem que eu amava e que me amou, por um tempo, mas não me ama mais. Bem sei: coisas assim acontecem, chora-se um pouco e, depois, tudo volta ao normal. Deixou-me simplesmente porque estava cheio de mim. Inclusive, disse: "Nada tenho a criticar. Mas já tive tudo que podia me dar. Só isso. Seja feliz, mas sem mim. Adeus."

Olhei para ela enquanto falava. Não estava à vontade. Era como se cometesse uma violência contra si mesma. Sentada no sofá, evitou o meu olhar. Sua fala era lenta, entrecortada. Sabia estar me machucando? Precisaria, de novo, me refugiar com o meu *dibuk*, na loucura familiar e salutar, em que ninguém podia me atingir?

— Eu acompanhei o senhor — continuou, ainda no mesmo tom —, como se fosse para sempre, não por achar que podia amá-lo, mas para punir meu amante. Para que soubesse que um homem rico e amável tinha me escolhido. Para que sofra como eu sofro, que seja infeliz, mais infeliz do que sou.

Em seguida, após um silêncio:

— Peço-lhe desculpa. Aproveitei-me do senhor e não gosto disso. Não deveria tê-lo feito, eu sei. Não pude resistir. Só isso.

De novo o silêncio e:

— E agora, o que vamos fazer?

Ela se levantou, se alongou, foi buscar o casacão. Tinha-o no braço. Ajudá-la a vestir? Senti-me presa de impulsos contraditórios. Pôr um termo àquela aventura, condenada de antemão? Seria mais prudente, mais ajuizado. Ou chamá-la de volta, apesar de continuar ligada a um outro? O que teria feito, se fosse mais moço? O principal era me manter calmo:

— Escute, pequena Liatt. Vou abrir a porta. Vá para casa. Pense bem. Se voltar amanhã, ficará comigo. E viveremos juntos os próximos anos. Cuidarei para que transcorram o mais calmamente possível e nunca aborrecidos. Quanto a você e eu, sabemos: nem sempre será fácil para o homem envelhecendo que sou viver com uma mulher jovem, bonita e ativa; assim como para você, compartilhar os dias e as noites comigo. No que me concerne, estou disposto a tentar. Vai dizer que sou louco, certamente é o que pensa. Porém, eu também penso isso. Só que há muito tempo. Desde sempre, luto com meu *dibuk* e meus demônios, sem, de fato, querer me ver livre deles. Donde minha pergunta: estaria apta a conviver com eles, sem torná-los seus? Pode me responder amanhã, se quiser. Se não voltar, não vou lhe querer mal. O que quer que aconteça, vou me lembrar do seu nome.

Ela estava emocionada. Comovida às lágrimas. Diante da porta, perguntou, com um sorriso forçado:

— Por que está fazendo tudo isso?

— Tudo isso o quê?

Uma Vontade Louca de Dançar   305

— Por que gostaria que eu permanecesse com o senhor? Juntasse minha vida à sua, mesmo antevendo o quanto isso será difícil e arriscado? Por que esse desafio à lógica, e mesmo à natureza?

Não sorria mais ao continuar:

— Por que quer tanto me amar?

A isso eu sabia responder:

— É por causa do seu sorriso. Sempre soube que amaria a mulher que tivesse o sorriso de uma criança assustada.

Ela pensou por um instante, depois se foi, sem me beijar.

Capítulo 21

No dia seguinte, fui ao cemitério, recolher-me no túmulo de meu tio; era o aniversário da sua morte. Acabando de recitar os Salmos apropriados, percebi, de súbito, que não estava só. Uma velha senhora, com o rosto enrugado, estava à minha frente, envolta em um xale negro.

— Ah, Avrohom, Avrohom. Eu o conheci. Era amiga de sua mulher, Gittel. Já morta, também. O senhor os conheceu?

— Sim, os conheci.

— Como?

— Eu cresci na casa deles.

— Ah, sei, o senhor é o sobrinho.

— Sim, o sobrinho. Não me reconhece?

— Não gosto de mentir, mas...

— Mudei muito, eu sei.

Olhou-me por um bom tempo:

— É em outra coisa que penso — disse.

Eu revia, às vezes, meu tio Avrohom. Sentia sua falta. No fundo de si mesmo, ele havia compreendido, sem me julgar, o que se passava comigo. Convencido de que a fé respondia a todas as situações, sofria com o fato de a minha ser uma fé abalada. Mas não me queira mal, tio Avrohom, eu nunca o traí. Nem mesmo na loucura. Um alma ferida pode estar mais aberta à verdade do que as outras.

— Estou pensando em um outro dia, em um outro cemitério — disse a velha senhora.

Sua voz rouca parecia devanear:

— Sabe que não é a primeira vez que nos vemos? A primeira vez foi nos funerais dos seus pais, em Marselha. Eu me lembro: o senhor estava mudo. Além disso, era imperceptível, mas pude ver e me lembro como se fosse ontem: estava tão infeliz que sorria... E eu vi o seu sorriso... Partiu-me o coração... Era o sorriso de uma criança assustada...

Tive vontade de beijá-la, mas ela balançou a cabeça: não, não precisava.

Na mesma noite, Liatt voltou.

Um ano depois, contou que estava grávida. Por minha vez, confessei que durante todo aquele tempo, tarde da noite e muitas vezes ao amanhecer, enquanto ela dormia, escrevi cartas aos dois seres a quem eu devia tudo. De fato, devia-lhes a vida e a sobrevida. Estavam mortos, mas não me deixavam. Foi tudo isso que contei a meu pai e a minha mãe.

Disse-lhes tudo.

E sabia que, dali para a frente, aquelas histórias teriam um novo leitor: nosso filho.

Então, como o viajante que, chegando ao pico da montanha, percebe o abismo através das nuvens e é invadido por um deslumbramento angustiante, o velho homem em mim foi tomado por uma vontade louca de dançar.